DES FRAISES EN DESSERT

MARIE SEXTON

Des Fraises en Dessert

Marie Sexton

Publié par
DREAMSPINNER PRESS

5032 Capital Circle SW, Suite 2, PMB# 279, Tallahassee, FL 32305-7886 USA
www.dreamspinnerpress.com

Des fraises en dessert
Copyright de l'édition française © 2017 Dreamspinner Press.
Titre original : Strawberries for Dessert
© 2010 Marie Sexton.
Première édition : août 2010
Traduit de l'anglais par Domitile Malin.

Illustration de la couverture :
© 2010 Anne Cain.
annecain.art@gmail.com
Conception graphique :
© 2010 Mara McKennen.
Les éléments de la couverture ne sont utilisés qu'à des fins d'illustration et toute personne qui y est représentée est un modèle

Édition e-book en français : 978-1-63533-605-4
Édition imprimée en français : 978-1-63533-604-7
Première édition française : janvier 2017
v 1.0

Édité aux Etats-Unis d'Amérique.

Remerciements

Troy et Julie: Merci de votre soutien et de vos encouragements.

Scarlett : S'il vire sa cuti un jour, il est tout à toi !

Wendy : Merci de toutes ces séances de travail. Sans nos discussions, ce roman ne serait pas ce qu'il est. Et merci de m'avoir confié la part coquine de ton cerveau !

Sean : Comme toujours, merci de ton amour infini et de ton soutien.

Et le meilleur pour la fin, Kendall : Un de ces jours, tu pourrais trouver les romans de ta mère embarrassants, mais pour l'instant, je suis ravie que tu sois si enthousiaste. Et parce que cela compte tant pour toi, je vais écrire les mots que tu as ajoutés à ce manuscrit lorsqu'il ne faisait que dix pages : tim jim lim dim7975 6781

Je t'aime !

LE VOL durait six heures. Six heures pour imaginer toutes les façons dont les choses pourraient se terminer.

J'avais pris l'avion plus souvent qu'à mon tour, mais un seul autre vol m'avait causé autant de stress. Celui au bout duquel je m'étais jeté d'un avion en parfait état de marche. J'avais su alors que je m'apprêtais à vivre le moment le plus excitant de ma vie… Ou à finir écrasé au sol.

Aujourd'hui, je ne sentais pas la différence.

Chaque instant était un test de patience. L'embarquement avait fait battre mon cœur à tout rompre. Trouver ma place m'avait donné les mains moites. Le décollage avait failli me déclencher une crise de panique : il n'y avait plus de retour possible. On m'avait donné des bretzels (les cacahouètes n'étaient plus autorisées) et un shot minuscule de Sprite On the Rocks. Ce qu'il me fallait, c'était un Valium, mais cela m'aurait étonné que l'hôtesse en ait dans sa petite desserte branlante.

Tous les choix que j'avais faits m'avaient mené là, dans cet avion. Tout ce que je désirais était à l'autre bout de cette traversée terrifiante du pays. Et si cela se passait mal ?

Enfin, nous entamâmes notre descente. Mes mains ne cessaient de trembler et l'anxiété grandissait comme un parasite dans ma poitrine. J'étais presque paralysé de peur. Je l'aurais été s'il n'y avait pas caché sous tout cela quelque chose de simple. De plus fort. De pur. Quelque chose qui me poussait en avant.

L'espoir.

DIX-HUIT MOIS PLUS TÔT

Date : 10 avril
De : Jared
À : Cole

COLE,

    Il y a quelques semaines, nous avons croisé un ami de Zach à Las Vegas. Il vit à Phoenix et il a dit que tu devrais le contacter. Il est beau et il a l'air sympa, du moins tant que tu ne sors pas avec son ex. Vous devriez vous entendre. Il s'appelle Jonathan Kechter.

Date : 11 avril
De : Cole
À : Jared

BONJOUR, MON doux ! *Je suis content d'avoir de tes nouvelles, même si ton e-mail est horriblement court. Malgré ce que l'on raconte, ce qui se passe à Las Vegas peut être répété. Cela te tuerait-il de donner quelques détails croustillants ?*

    Alors, d'après toi, je devrais contacter cet homme ? Je te prends au mot au sujet de son apparence. Après tout, tu as un goût exquis en matière de mâle, même si ton grand méchant flic n'est pas mon genre. 'Tant que je ne sors pas avec son ex ?' Cela donne très envie d'en savoir plus. Je sens qu'il y a une histoire intéressante qui se cache sous cette mystérieuse déclaration. Tu n'as jamais été une grande commère (tu devrais y travailler, mon doux). Je serai à New York dans les jours qui viennent, mais je l'appellerai peut-être à mon retour. Dieu sait que la récolte est horriblement maigre à Phoenix, ces temps-ci, et chéri, je ne parle pas d'agriculture !

LE VOL de Los Angeles à Phoenix durait à peu près une heure. Une heure durant laquelle j'avais l'excuse parfaite pour éteindre mon téléphone.

Cela en disait long sur mon travail, que le trajet soit ce qu'il avait de plus sympa !

Je venais de passer une semaine à Los Angeles pour aider l'hôtel que nous avions comme nouveau client à transférer sa comptabilité sur le programme de ma compagnie. La semaine suivante, je ferais la même chose pour un autre client à Las Vegas. Entre ces deux villes et Phoenix, je jonglais avec six clients à différents stades de transition. Tous avaient tendance à m'appeler, quelle que soit l'heure.

Et puis, il y avait mon patron.

Les appels commençaient à six heures et se terminaient en général à vingt-deux heures. Je doutais fortement que mon simple téléphone portable soit une menace envers l'équipement de l'aviation moderne, mais j'étais ravi d'obéir aux règles exigeant de l'éteindre pendant un vol. Bien trop vite, nous fûmes à Phoenix et ma pause fut terminée. Entre la porte de débarquement et la récupération des bagages, je rallumai mon téléphone et découvris immédiatement quatre messages sur mon répondeur. Quatre en une heure ?

Je ravalai mon agacement. Encore une année ou deux et je serais bien placé pour une promotion. J'essayais de ne pas perdre de vue cette récompense. Néanmoins, quatre messages en attente étaient le signe que même si nous étions vendredi, mon arrivée à Phoenix ne signalait pas le début de mon week-end.

Avant même que je puisse écouter le premier, mon téléphone sonna. Et merde. C'était reparti.

— Jonathan à l'appareil.

— Jonathan ! Où êtes-vous, bon sang ?

Marcus Barry, mon patron.

— À l'aéroport. Qu'y a-t-il ?

— La bonne femme du Clifton Inn essaie de vous joindre depuis une heure.

Je n'avais quitté l'hôtel que quatre heures auparavant. Qu'avait-il pu se passer de si urgent ?

— J'étais dans l'avion, dis-je en essayant de cacher mon agacement.

Il soupira.

— Eh bien, elle nous rend tous dingues, ici. Elle veut des réponses immédiatement.

— Je la rappelle tout de suite.

— Parfait !

3

Il raccrocha sans dire au revoir. Pas que cela me dérangeait.

J'arrivai au tapis roulant, duquel mon sac n'avait pas encore été recraché. Je surveillai ledit tapis le temps de rappeler Sarah, la comptable du Clifton Inn. Je tombai tout de suite sur le répondeur. Je lui laissai un message pour dire que j'étais de retour à Phoenix et qu'il fallait qu'elle me rappelle. Avant même que je raccroche, mon téléphone vibra.

Cinq messages. Super.

Je vis mon sac tomber sur le tapis, alors je fendis la foule afin de le récupérer lorsqu'il arriverait à mon niveau. J'étais sur le point de l'attraper quand mon téléphone sonna.

— Jonathan à l'appareil.

Il y eut une demi-seconde de silence, puis une voix que je ne reconnaissais pas dit :

— Tant de formalité, chéri ? Je ne m'y attendais pas. C'est Cole.

La voix était légère, le ton moqueur. Masculin, mais avec quelque chose de féminin.

— Pardon, dis-je. Qui… *merde !*

Parce que, à cet instant, je réalisai qu'en répondant, j'avais raté mon sac et qu'il faudrait que j'attende un autre tour de tapis roulant.

— Quelque chose ne va pas ?

— Non.

Mon téléphone vibra dans ma main. Six messages. Au moins, cette fois je réussis à taire mes jurons.

— Pardon, répétai-je en essayant de cacher mon agacement. Qui êtes-vous ?

— Un ami de Jared. Il m'a donné ton numéro, chéri.

Chéri ? Sérieusement ?

— Je m'appelle Jonathan.

— Oui. Tu l'as déjà dit, commenta-t-il avec un amusement apparent.

Je réussis à ne pas soupirer trop fort.

— Je voulais dire que…

— Je sais, m'interrompit-il.

Il y avait une mélodie dans sa voix qui ne faisait qu'amplifier l'idée d'une féminité exagérée.

— Jared m'a laissé entendre que tu t'attendais à mon appel.

— Oui, je veux dire non, mais oui.

Je m'interrompis et pris une profonde inspiration. J'avais horreur de perdre contenance et j'étais un peu énervé qu'il m'ait déstabilisé aussi facilement. Je comptai jusqu'à cinq. Dix aurait été mieux, mais j'avais appris que les gens me laissaient rarement y arriver.

— Jared a effectivement parlé d'un ami sur Phoenix, dis-je, plus calme, mais il ne m'avait pas donné ton nom.

Et pour être franc, cette brève conversation avec Jared, dans un casino animé de Las Vegas, plus de quatre semaines auparavant, m'était complètement sortie de la tête.

— Alors, cela ne te dérange pas que j'appelle ?

— Bien sûr que non. Je ne m'y attendais pas, c'est tout.

— Tu es à l'aéroport.

Ce n'était pas une question. Surpris, je demandai :

— Comment le sais-tu ?

— Je l'entends. Je connais bien ce chaos très particulier.

— Oh.

Je n'avais aucune réponse plus intelligente. Mon sac me revenait et cette fois j'étais déterminé à ne pas le laisser s'échapper.

— Ce n'est peut-être pas le bon moment, chéri ? Prends-tu l'avion ?

— J'en redescends. Je suis tout juste de retour à Phoenix.

— Excellent timing, alors. Es-tu libre ce soir ?

— Ce soir ? répétai-je, surpris.

Mon sac me dépassa à nouveau.

— Merde !

— Veux-tu dîner avec moi ? me demanda-t-il sans relever mon exclamation.

— Je… eh bien… Il faut que je défasse ma valise et…

Je gagnais du temps. J'essayais de décider si j'avais l'énergie nécessaire pour le jeu de conversation que requérait un rendez-vous. L'idée m'épuisait. D'un autre côté, j'avais bien envie de ce qui viendrait probablement après. À Los Angeles, mes activités sexuelles s'étaient résumées à ma main. En fait, je n'avais rien pu m'accorder de mieux en trois semaines. Toutefois, je n'étais pas certain qu'il recherche la même chose, et demander n'était pas poli.

Comme s'il lisait dans mes pensées, il dit :

— Chéri, c'est une question en oui ou non et ce n'est qu'un dîner. Négocions le reste plus tard, veux-tu ?

Mon téléphone vibra à nouveau. Sept.

Oh, et puis qu'avais-je à perdre ?

— Excellente idée.

LA BANLIEUE de Phoenix s'étalait sur plus de 1 300 000 m². Là où la plupart des villes construisaient en hauteur, nous, nous construisions en largeur. Par chance, Cole et moi vivions au nord de la ville. Il me donna le nom d'un restaurant où j'acceptai de le retrouver à dix-huit heures.

Je ne savais pas à quoi m'attendre. C'était un ami de Jared qui, tout comme Matt, son partenaire, était fort et masculin. Tous deux répondaient au type du fan de football américain, buveur de bière, amateur de nature. Ma première idée avait été que Cole serait sorti du même moule. Entendre sa voix avait suffi à me faire changer d'avis. Et puis, il y avait le restaurant. Je n'y étais jamais allé, mais je savais qu'il s'agissait du plus cher de Scottsdale.

Je n'avais pas eu le temps de rentrer me changer, ce qui signifiait que j'étais arrivé au restaurant en avance, dans le costume que j'avais mis à six heures ce matin-là. La seule chose qui me sauvait, c'était que nous étions mi-avril. À Phoenix, la température tournait plus autour de vingt que de trente-cinq, Dieu merci.

Le restaurant était petit, calme et pourtant, il y avait foule. Ils me dirent que nous n'aurions pas de table avant encore trois quarts d'heure. Je décidai d'attendre Cole au bar. J'étais sur le point de commander un verre lorsque mon téléphone sonna. Je m'attendais à moitié à ce que ce soit Cole qui prévenait qu'il serait en retard ou qu'il ne venait pas, mais non. C'était mon père. Il vivait aussi à Phoenix. Nous n'étions pas très proches, toutefois depuis la mort de ma mère neuf ans auparavant, nous faisions l'effort de rester en contact.

— Bonjour, papa.

— Jon ! Où diable es-tu ?

Je passais autant de temps à Phoenix qu'ailleurs, alors il trouvait amusant de commencer par cette question.

— Je viens de rentrer.

— Excellent ! Veux-tu dîner avec moi ?

— Je ne peux pas, j'ai…

J'hésitai. Ce n'était pas que mon père ignorait que j'étais gay, mais il n'avait jamais été très à l'aise avec l'idée.

— J'ai un rendez-vous.

— Un rendez-vous ? répéta-t-il comme si le terme lui était complètement étranger.

— Oui, tu sais : dîner, boire, discuter…

Coucher, avec un peu de chance, mais je n'allais pas le lui dire.

—… en galante compagnie.

— Oh, se contenta-t-il de dire.

Il devait lutter contre l'envie de demander si c'était avec une femme. Cela lui arrivait encore, comme si je pourrais le surprendre en annonçant que j'avais changé d'avis. Je décidai de ne pas lui donner l'occasion de poser de question.

— Papa, écoute, c'est une bonne chose que tu aies appelé. Je serai à nouveau parti la semaine prochaine. J'ai des billets pour voir un spectacle. Je me demandais si tu les voulais.

J'avais un abonnement au théâtre, mais je ne l'utilisais plus beaucoup.

— Je ne sais pas, Jon, dit-il à contrecœur.

Il ne partageait pas mon amour du théâtre. Il préférait le baseball. Cela résumait plus ou moins notre relation.

— Qu'est-ce que c'est, comme spectacle ?

— *West Side Story.*

— Non merci, Jon…

— Peut-être que ça te plairait.

— Je sais déjà comment ça se termine. Les Capulet et les Romuliens…

— Non, ça, c'est *Roméo et Juliette…*

— Même histoire, seule la musique change.

—… et je t'assure qu'il n'y a aucun Romulien ni dans l'un ni dans l'autre.

— C'est bien dommage. Ça aurait probablement animé l'affaire.

Je fis l'effort de ne pas soupirer. Je ne m'étais pas attendu à ce qu'il soit intéressé, mais je n'avais pas envie que les billets se perdent. Peut-être pourrais-je les donner à Julia, ma voisine.

Mon téléphone vibra dans ma main, indiquant un autre appel.

— Papa, il faut que je raccroche.

— D'accord. Bonne chance pour ton rendez-vous.

Je savais que cela lui avait demandé un certain effort, alors je répondis : 'Merci, papa', avant de raccrocher et de répondre au nouvel appel.

C'était à nouveau mon patron.

— Jonathan, avez-vous résolu le problème du Clifton Inn ?

— Pas tout à fait. Leurs dossiers sont un vrai capharnaüm. Ils se servaient de deux systèmes différents pour…

— Il va falloir que vous y retourniez lundi.

7

— Je pars pour Las Vegas, lundi, lui rappelai-je alors qu'il aurait déjà dû le savoir. Franklin Suites. Vous vous souvenez ?

Il soupira.

— Il va falloir que vous coupiez court. Le Clifton devrait être votre priorité.

Profonde inspiration. On compte jusqu'à cinq.

— Je pourrais quitter Las Vegas mercredi et partir à Los Angeles directement. Si les comptes du Franklin sont en ordre…

— Je regarde ça et je vous rappelle.

Je raccrochai et consultai ma montre. Il était dix-huit heures pile. Cole n'était pas en retard, mais il aurait pu arriver pendant que j'étais au téléphone. Je regardai autour de moi, mais je ne vis personne qui semblait chercher quelqu'un. Je me demandai comment je le reconnaîtrais.

Je n'aurais pas dû m'inquiéter.

Il y a plus de stéréotypes sur les hommes gays que je ne pourrais les nommer : les ours, les twinks, les motards tout de cuir vêtus… La liste était sans fin. La plupart de ceux que je connaissais ne rentraient jamais tout à fait dans une case. Mais lorsque Cole arriva dans le restaurant, le mot qui me vint à l'esprit fut 'maniéré'. Il faisait environ un mètre quatre-vingt, quelques centimètres de moins que moi. Il était mince, avec quelque chose de féminin dans son visage. Il avait les cheveux presque de la même couleur que les miens, brun clair et bien coupés, mais avec une longue frange qui avait tendance à lui tomber sur les yeux. Ses vêtements étaient de toute évidence luxueux, mais légèrement ostentatoires : un pantalon noir, moulant, peut-être du daim, un pull lavande, bien ajusté, probablement de la soie, et une écharpe, en soie aussi, autour du cou.

Les hommes efféminés n'avaient jamais été mon genre, mais je ne pouvais quand même pas m'en aller. Et si ce n'était que pour la nuit, il n'avait pas besoin de me plaire vraiment.

Il rejoignit le podium de l'accueil où l'hôtesse prenait les noms. Elle sembla le reconnaître. Elle lui accorda tout de suite un sourire, qui paraissait sincère. Il pencha la tête, ses cheveux lui cachèrent les yeux. Il lui sourit d'un air aguicheur, peut-être même battit-il des cils. Je n'entendis pas ce qu'ils se dirent. En tout cas, elle rit puis me montra du doigt.

Il me rejoignit d'une démarche légèrement chaloupée.

— C'est moi que tu attends, je crois.

— Je crois aussi.

Je lui tendis la main. Je m'attendais à ce qu'il ait la poigne molle, mais malgré ses mains fines et d'une incroyable douceur, elle était ferme.

— Je suis Jonathan Kechter.

Il pencha la tête à nouveau, à droite cette fois, ce qui lui dégagea les yeux. Il me sourit comme s'il me trouvait très amusant.

— Cole Fenton, dit-il d'un ton quelque peu sarcastique.

Du menton, il indiqua l'hôtesse qui nous attendait avec des menus.

— Viens donc. Notre table est prête.

— Ils m'ont dit que cela prendrait un peu de temps, déclarai-je, surpris.

Il s'éloignait déjà, alors il jeta un regard amusé par-dessus son épaule.

— Chéri, je n'attends *jamais*.

Nous nous installâmes et Cole rendit son menu à l'hôtesse sans même l'ouvrir. Il s'appuya au dossier de sa chaise et me regarda, la tête penchée sur la droite, donc les yeux dégagés. Sa peau était presque caramel : un ton trop sombre pour être blanche, mais trop claire pour être appelée quoi que ce soit d'autre. Le faible éclairage m'empêchait de déterminer la couleur de ses yeux – marron, me semblait-il –, mais je ne voyais pas son expression. Elle était amusée, presque moqueuse, comme s'il ne prenait rien au sérieux, ce qui m'agaça sans aucune bonne raison.

— Alors, comme ça, tu es l'ex de Zach.

Ce n'était même pas une question. J'essayai de cacher ma surprise. Zach et moi avions rompu dix ans plus tôt et j'avais passé toutes ces années à voir en lui mon plus grand regret. Je n'avais jamais cessé de l'aimer. Des retrouvailles impromptues à Las Vegas m'avaient rappelé tout ce que notre couple avait eu de bon… et de mauvais.

— C'est Jared qui te l'a dit ?

— Pas vraiment. Mais ce n'était pas difficile à deviner, chéri.

Je ravalai mon irritation contre Jared et lui.

— Je m'appelle Jonathan.

— Oui, je sais. C'est la quatrième fois que tu me le dis.

Je pesai rapidement le pour et le contre de lui demander clairement de ne pas m'appeler 'chéri'. J'avais le sentiment que cela ne ferait que l'amuser.

— Toi, tu es un ami de Matt et Jared ? Tu connais aussi Zach et Angelo ? demandai-je.

— Matt protesterait sûrement à l'idée d'être appelé ainsi. Le seul que je connaisse vraiment est Jared. Depuis presque douze ans, maintenant.

9

Nous sommes amis depuis l'université. Les autres, je ne les ai rencontrés qu'une ou deux fois.

Sur ce, le serveur arriva.

— Bonsoir, M. Fenton. Je suis ravi de vous revoir. Je présume que vous n'avez pas besoin de la carte des vins ?

— Et je suis très heureux d'être de retour, Henry. Vous avez tout à fait raison, je n'ai pas besoin de la carte. Toutefois, je ne sais pas encore ce que nous allons boire.

Il se tourna vers moi.

— Sais-tu ce que tu vas commander, chéri ?

Je ravalai l'envie de lui répéter mon prénom.

— Je pensais aux côtes d'agneau.

Il sourit.

— Parfait.

Puis au serveur :

— Je prendrai la même chose. Ainsi qu'une bouteille de Tempranillo Reserva, s'il vous plaît.

— Bien sûr.

Un rouge espagnol, le préféré de Zach. Quel était le pourcentage de chance que Cole le choisisse ? Peu de restaurants en avaient dans leur cave. Zach s'en plaignait toujours lorsque nous sortions dîner.

— Ai-je dit quelque chose de mal ? demanda soudain Cole, coupant court à mes réflexions.

Je me rendis compte que je contemplais la nappe d'un air absent, alors je repris mes esprits.

— Non. C'est le vin que tu as choisi… Ça m'a fait penser à Zach.

— Alors, tu n'aurais pas dû commander l'agneau, chéri.

Je ne sus que répondre.

Le serveur apporta le vin. Pendant qu'il le versait, mon téléphone sonna. Dans l'atmosphère feutrée du restaurant, il sembla incroyablement bruyant. Tout le monde nous regarda. Je m'empourprai. Je sortis mon téléphone et coupai la sonnerie. Lorsque je levai les yeux vers Cole, il avait l'air amusé.

— Je suis désolé, lui dis-je en indiquant mon portable. Il faut vraiment que je…

— Je t'en prie.

Je répondis.

— Jonathan à l'appareil.

— Jonathan, c'est Sarah !

— Sarah, puis-je vous rappeler plus tard ?

— Jon, nous avons entré le prix de tous nos produits spa, mais lorsque nous essayons d'ajouter la taxe…

— Elle ne doit être ajoutée qu'au moment de l'achat.

J'étais certain de l'avoir déjà précisé, mais c'était une erreur commune. Elle soupira d'agacement.

— Je ne vais jamais y arriver !

— Sarah, tout ira bien. Nous sommes vendredi soir. Rentrez chez vous. Vous y arriverez mieux demain matin, à tête reposée.

— Peut-être avez-vous raison.

Mais je savais qu'elle ne suivrait pas mon conseil.

— Je suis occupé pour l'instant, puis-je vous rappeler demain, à la première heure ?

Elle soupira à nouveau.

— Bien sûr. D'accord. Bonne soirée.

Je raccrochai et dis à Cole :

— Je suis vraiment désolé.

Il sourit.

— Le devoir appelle ?

— Toujours. Tu dois savoir ce que c'est.

Son sourire s'agrandit.

— Pas vraiment.

— Qu'est-ce que tu fais, dans la vie ?

Sa coupe de cheveux était parfaite. S'il penchait la tête sur la droite, ses mèches retombaient sur le côté, ce qui lui permettait de croiser le regard de son interlocuteur. Mais s'il la baissait, ou s'il la penchait de l'autre côté, ses cheveux lui cachaient les yeux, ce qui rendait son expression plus difficile à déchiffrer.

— Quelle question banale, chéri. Que fais-tu, toi ?

— Je suis le principal chargé des comptes externes de GuestLine Software.

Il esquissa un sourire.

— Quel titre ! Qu'est-ce que Guestline Software ?

— Nous créons des programmes informatiques à l'intention des complexes hôteliers. Réservations, paiement des services de spa et de chambres, registre du personnel et salaires. Nous rassemblons tout au même endroit afin que…

— Je ne possède pas d'hôtel, chéri. Tu n'as pas à me vendre ton produit. C'est pour cela que tu étais à Las Vegas lorsque tu es tombé sur Jared ?

— Oui. Nous y avons trois clients.

— Et quel est le rôle d'un 'principal chargé des comptes externes' ?

Il y avait quelque chose de moqueur dans sa voix. J'essayai de ne pas me vexer. Il m'avait fallu beaucoup de temps et de travail pour atteindre cette position en si peu de temps.

— J'aide nos nouveaux clients à transférer leur comptabilité sur notre programme informatique.

— Je vois. Depuis combien de temps travailles-tu pour eux ?

— Huit ans.

— Huit ans… Dis-moi, chéri…

Maintenant qu'il penchait à nouveau la tête, je voyais ses yeux.

— … Être le principal chargé des comptes externes de Guestline Software, cela te rend-il heureux ?

— Eh bien, mon objectif est de voyager moins. Dans un an ou deux, je devrais obtenir une promotion qui me permettrait de travailler plus souvent sur les comptes internes. Dans quelques années de plus, je…

— Vises-tu une position particulière ou désires-tu simplement monter et monter jusqu'à ne plus pouvoir ?

Cette question me paraissait étrange. La promotion était toujours l'objectif, bien sûr.

— Comment ça ?

— Y aura-t-il un moment où tu seras satisfait de ton sort et où tu pourras te détendre et en profiter ?

Je ne savais comment répondre, mais au bout du compte, ce fut sans importance, car mon téléphone sonna à nouveau. Et encore une fois, tout le monde me regarda. Je répondis aussi vite que possible.

— Jonathan à l'appareil.

— Jonathan !

C'était encore Marcus Barry.

— Je me suis organisé, Lyle se chargera de Franklin Suites. Je vous veux en partance pour Los Angeles dès samedi soir.

— Bien sûr.

— Bouclons ce projet avant qu'ils nous rendent alcooliques.

J'étais plus que d'accord.

— Je suis vraiment désolé, dis-je à Cole en raccrochant. C'est un nouveau client et…

Il me fit un signe de la main indifférent, toutefois, il était évident qu'il trouvait cette nouvelle interruption moins amusante.

— Il ne devrait plus sonner, dis-je alors qu'arrivaient nos plats.

Je mis mon téléphone en mode vibreur et le posai sur la table à côté de moi. Nous mangeâmes en silence. Le vin s'accordait parfaitement aux côtes d'agneau. Je rompis le silence en redemandant :

— Que fais-tu dans la vie ?

Il leva les yeux, penchant la tête de façon à ce que ses cheveux cachent à nouveau ses yeux. Je n'arrivais pas à savoir si ma question l'agaçait ou l'amusait.

— Est-ce si important ?

— Non, répondis-je, encore que sa réticence à me répondre m'intriguait. C'est de la simple curiosité.

— Tu es curieux, car, bizarrement, ton image de moi est liée à mon activité professionnelle.

— Eh bien…

C'était vrai, non ?

— Oui.

— Et si je te disais que j'étais prostitué ?

— Je… euh…

Je me rendis compte que je bredouillais, alors je me tus. Était-il sérieux ? Jared avait-il donné mon numéro à un prostitué ? Je ne savais comment réagir.

— Je te dirais que je n'ai pas l'intention de te payer pour quoi que ce soit ce soir, dis-je enfin.

D'un autre côté, cela signifierait que je n'avais plus à essayer de faire la conversation.

— C'est vrai ? demandai-je.

— Bien sûr que non, me répondit-il avec un large sourire.

C'était plutôt bon signe que je sois soulagé de l'entendre.

— Mais l'idée que j'en sois un a tout changé, non ?

Je ne savais pas ce que je devais répondre. J'avais l'impression d'être prisonnier d'un étrange interrogatoire. Il rit d'un ton moqueur et j'essayai de retenir mon irritation.

— Tu meurs encore d'envie de savoir, n'est-ce pas ? demanda-t-il en dégageant les cheveux devant ses yeux.

Bien sûr que oui. La façon dont il évitait la question ne faisait qu'aiguiser ma curiosité.

— Oui. C'est une simple question : que fais-tu dans la vie ?

Il but son vin, sembla réfléchir un instant puis déclara :

— Je voyage.

— Tu *voyages* ?

Je me creusai la tête pour savoir ce qu'il voulait bien vouloir dire.

— Je ne comprends pas.

— Est-ce un mot que tu ignores ?

Je voyais dans ses yeux combien il trouvait tout cela amusant. J'avais l'impression qu'il se moquait de moi en silence depuis que nous avions fait connaissance. Et à tort ou à raison, cela commençait à m'agacer.

— Bien sûr que je le connais. Mais je ne vois pas en quoi tu peux en faire une carrière.

— Je n'ai jamais dit que c'était le cas, chéri.

— Mais tu viens de…

— J'aime cuisiner, aussi.

— Alors, tu es chef cuisinier ?

— On peut dire ça. Mais ce n'est pas non plus mon métier, si c'est ce que tu veux dire.

— Mais bien sûr que c'est ce que je veux dire !

Même moi, je fus surpris par la colère dans ma voix. Plusieurs personnes se tournèrent vers moi et je me sentis m'empourprer. Je fermai les yeux et comptai jusqu'à cinq.

— T'ai-je froissé, chéri ?

— Non ! répondis-je, plus calme malgré mon irritation.

— Tu t'excuses toujours bien vite pour des broutilles, dit-il d'un ton léger.

J'ouvris enfin les yeux. Il me souriait, toutefois son expression était bien moins moqueuse.

— Combien de temps Zach et toi avez-vous été ensemble ?

Ce changement de sujet soudain me prit par surprise. J'étais encore perdu et agacé par la conversation précédente. Mais désormais, le regard qu'il me lançait était plus ouvert et franc que condescendant, alors je répondis :

— Trois ans.

— Et c'était il y a combien de temps ?

— Nous avons rompu il y a dix ans. Pourquoi ?

Il m'adressa un sourire d'excuse.

— Je faisais simplement la conversation, pour tout dire. Mais ce n'était pas un sujet très heureux, n'est-ce pas ? En réalité, ce que je voulais vraiment savoir, c'est si tu fréquentais quelqu'un.

— Puisque je suis ici avec toi, non, de toute évidence.

— Est-ce vraiment évident ? Je dois avouer que j'ai rencontré de nombreux hommes qui croyaient acceptable de ne pas clarifier leur situation

Il n'avait pas tort.

— Non, je ne vois personne, ni sérieusement, ni autrement.

Il m'arrivait d'aller en boîte de nuit pour trouver quelqu'un, ou bien aux bains publics, mais cela faisait des mois que je n'étais pas sorti avec quelqu'un.

— Et toi ?

— J'ai beaucoup d'amis, mais aucun engagement envers eux.

Je ne pus m'empêcher de rire un peu.

— On dirait que tu fais toi-même partie de ces hommes qui restent vagues.

Il me rendit mon sourire, mais à peine.

— Disons que cela fait très longtemps que je n'ai pas dîné avec quelqu'un.

Nous fûmes interrompus par une voix familière qui s'exclama :

— Jonathan !

Lorsque je levai les yeux, Julia me souriait d'un air rayonnant. C'était ma voisine directe. Elle avait quelques années de plus que moi. Son mari, Bill, était dans l'immobilier et Julia passait la majorité de sa journée à véhiculer leurs trois enfants.

— Bonsoir, Julia.

Elle se tourna d'un air significatif vers Cole. J'étais sur le point de les présenter lorsque mon téléphone se manifesta de nouveau. Au moins, maintenant que la sonnerie était coupée, seuls Cole et Julia le remarquèrent.

De toute façon, Cole n'avait pas eu besoin que je les présente. Il s'était déjà levé de table et lui serrait la main. Un instant, je crus même qu'il allait lui faire un baisemain. J'étais à nouveau au téléphone avec Sarah, à lui expliquer un autre bug du programme, alors je n'entendis pas leur conversation, mais je les surveillais. Quelque chose dans le comportement de Cole était respectueux, quoique séducteur, et Julia fut conquise.

15

Je raccrochais tout juste lorsque son mari surgit.

— On dirait que notre table est prête, dit-elle. J'étais ravie de vous rencontrer, Cole.

Elle me jeta un regard significatif.

— Quant à toi, nous nous verrons plus tard.

Elle partit et Cole se rassit avec un sourire amusé aux lèvres.

— Qu'y a-t-il ? demandai-je sans pouvoir m'empêcher de le lui rendre.

— J'ai le sentiment que j'aurai les oreilles qui sifflent.

Je fus forcé de rire.

— Quelque chose me dit que tu as raison.

— Comment la connais-tu ?

— C'est ma voisine. Elle s'occupe de ma maison lorsque je suis en voyage d'affaires. Elle nourrit mes poissons et récupère mon courrier. Et puis, je suis sorti avec son frère Tony pendant deux ans, avant qu'il déménage en Californie.

— Vous êtes proches ?

— Plutôt. Je ne sais pas. Il nous est arrivé de partager une bouteille de vin. Ou deux.

Il avait l'air encore plus amusé, alors je demandai à nouveau :

— Quoi ?

— Rien, rien, chéri…

— C'est *Jonathan.*

—… Je songeais simplement que c'est terriblement cliché, n'est-ce pas ? Qu'un homme gay soit ami avec une femme hétéro ?

— Ce serait moins cliché si tous mes amis au grand complet étaient des hommes gays ?

Il me sourit, et c'était sincère. Pour la seconde fois de la soirée seulement, je n'avais pas l'impression qu'il se moquait de moi.

— Tu n'as pas tort, c'est vrai.

À côté de moi, mon téléphone vibra.

— Merde !

— Est-ce toujours comme ça, chéri ? demanda-t-il.

Cette fois, il ne cachait pas son irritation.

— Pas toujours, seulement…

Vrrr, vrr, vrrr.

— Je suis désolé. Il faut vraiment que je décroche.

Il détourna les yeux, mais me fit un signe de la main qui semblait m'indiquer de répondre.

— Jonathan à l'appareil.

— Jonathan !

Marcus à nouveau.

— Cette Clifton va me rendre chèvre. Oubliez dimanche. Je vous veux dans l'avion ce soir.

— Ce soir ? Marcus, je suis rentré il y a moins de quatre heures !

— Je le sais bien. Mais si elle continue à travailler ce week-end, alors vous aussi. Autant que vous soyez là-bas, où vous pourrez aider.

Je comptai jusqu'à cinq et dis :

— Je peux partir à six heures demain matin. Cela suffira ?

Pitié, que je dorme dans mon lit cette nuit-là !

Il soupira.

— Il le faudra.

— Merci, Marcus.

Je m'excusai déjà auprès de Cole en raccrochant.

— Je suis vraiment désolé…

Mais lorsque je levai les yeux, il sortait son portefeuille de sa poche.

— Tu t'en vas ? demandai-je, surpris.

Il ne répondit pas, mais déposa quatre billets de cent dollars sous le bougeoir entre nous.

— Tu n'as pas à…

J'allais dire qu'il n'avait pas à payer pour ma part, et encore moins à laisser un pourboire aussi énorme, mais il m'interrompit.

— Écoute, chéri, tu es adorable, vraiment. Mais pour dire vrai, je préfère quelque peu être le centre de l'attention. Surtout lorsque je dîne avec quelqu'un.

— Tu n'as pas à t'en al…

— Mais je ne serais pas contre l'idée de réessayer un autre soir.

Il me tendit une carte de visite. Dessus, il n'y avait rien d'autre que son nom et un numéro de téléphone. Ses cheveux retombèrent devant ses yeux et il battit des cils à mon intention.

— Appelle-moi. De préférence un soir où tu peux laisser le téléphone chez toi.

Il partit et je terminai mon dîner seul.

Mon téléphone ne sonna plus du reste de la soirée. Pas avant cinq heures quinze le lendemain matin. J'étais déjà de retour à l'aéroport.

Date : 17 avril
De : Cole
À : Jared

OH, MON doux, je t'en veux terriblement ! J'ai appelé Jonathan comme tu l'as suggéré et, de toute évidence, il ne savait pas du tout qui j'étais. Si tu joues les entremetteurs, donne au moins mon prénom au pauvre homme, veux-tu, mon cœur ? Il faudra bien que je te le pardonne. Je dirais bien que tu m'en dois une, mais je sais que ton grand méchant petit ami ne te laissera jamais faire ce qu'il faudrait. Ce qui est bien dommage...

Donc, Jonathan et moi avons dîné ensemble, et mon lapin, ce fut un désastre. Je suis certain de ne pas être son genre. Et il a beau être tout à fait mignon, il est aussi coincé, il n'a aucun sens de l'humour et il est complètement obsédé par sa carrière. Pour information, mon doux, c'est le genre de détails qui devraient être précisés lorsque tu organises une rencontre. Je crains ne pas avoir bien géré la situation. Pour tout dire, la récolte est toujours aussi maigre à Phoenix ! Je lui ai donné mon numéro, mais je soupçonne que les poules auront des dents avant qu'il m'appelle. Heureusement que je suis riche, car étant donnée la situation, je vais peut-être devoir retourner jusqu'à Paris pour remplir mon lit.

LE WEEK-END suivant, mon père m'emmena à un match des Diamondbacks de l'Arizona. Je n'étais pas vraiment fan de baseball, mais il exigeait que nous y allions tous les deux quelques jours par an. Nous achetions des hot-dogs hors de prix et de la bière sans goût brassée en série qui coûtait quand même huit dollars le gobelet. Mon père me parlait de points produits et de la sélection des batteurs, moi je faisais semblant de m'y intéresser alors que nous savions tous les deux que ce n'était pas le cas. De même, je passais la moitié du match à répondre à des appels professionnels et il faisait comme si cela ne le dérangeait pas, alors que nous savions tous les deux que si. C'était un arrangement ridicule, mais il maintenait la paix.

C'était le début du deuxième tour de batte, je venais de raccrocher d'avec mon supérieur lorsque mon père me demanda soudain :

— Comment s'est passé ton rendez-vous ?

Je pensais encore à l'appel téléphonique – Marcus venait de m'informer que je repartais pour Los Angeles ce lundi –, alors ma réaction fut de répondre bêtement :

— Mon quoi ?

Mon père me lança ce regard typiquement paternel, le même que lorsque je ne faisais pas mes tâches ménagères quand j'étais enfant.

— Tu sais, me dit-il d'un ton sarcastique, un rendez-vous : dîner, boire, discuter. En galante compagnie.

J'avais horreur de lui laisser l'opportunité de me renvoyer mon insolence à la figure. Je m'empourprai.

— Cela ne n'est pas bien passé.

— Pourquoi ?

Je ne voulais pas lui raconter. Il me reprochait toujours de laisser mon travail diriger ma vie. Je regrettais de ne pas savoir mentir. Je n'avais jamais réussi à inventer des histoires au bon moment. Et de toute façon, il l'aurait vu sur mon visage, alors je pris sur moi et je lui avouai la vérité, sans pour autant réussir à le regarder dans les yeux. À la place, je contemplai le terrain.

— Ce soir-là, j'ai reçu beaucoup d'appels, ça l'a agacé, alors il est parti.

Je m'attendais à ce qu'il me sermonne tout de suite, mais non. Il garda le silence. Quand je tournai la tête vers lui, je vis qu'il me regardait d'un air triste.

— J'en suis navré, Jon.

— C'est sans importance, répondis-je avec une nonchalance feinte.

En réalité, cela m'avait un peu touché qu'il me laisse ainsi.

— Il n'était pas mon genre, de toute façon.

— Tu vois quelqu'un d'autre ?

— Non, pas pour l'instant.

Pas depuis très longtemps, pour être franchement déprimant.

Il garda un instant le silence. Ses fantômes le hantaient. Pas de véritables esprits. Pas comme ceux des films. Seulement ceux de ses souvenirs. J'avais appris à identifier les moments où son passé le tourmentait.

Autrefois, j'avais une sœur. Je n'en avais aucun souvenir, seulement des images floues que j'avais probablement inventées après avoir vu sa photo. Elle était morte à six ans, j'en avais à peine deux. Elle s'était noyée dans notre piscine un jour où ma mère et moi faisions la sieste et que mon

19

père était au téléphone avec la compagnie de climatisation. Par la suite, il avait bétonné la piscine et chaque fois que le nom de ma sœur était évoqué à la maison, c'était en chuchotant. Plus de trente ans plus tard, mon père traînait encore son sentiment de culpabilité comme un boulet. Il n'était pas toujours perceptible, mais au bon moment, il était visible là, dans son regard.

Puis il y avait ma mère. Je savais qu'elle lui manquait tout le temps. Elle était décédée neuf ans plus tôt d'un cancer du pancréas. Durant les années qui avaient conduit à sa mort, mon père et moi n'avions pas beaucoup parlé. Ma sexualité le mettait mal à l'aise, moi j'étais jeune et l'idée que ma famille ne serait pas toujours présente m'était inconcevable. Son décès nous avait tous les deux touchés avec violence. Nous nous étions alors rendu compte que, même si nous n'étions pas proches, nous étions tout ce qui restait de notre famille. J'avais alors quitté le Colorado pour Phoenix.

J'attendais encore qu'il s'exprime. Je savais qu'il avait quelque chose à me dire. Il cherchait simplement les bons mots.

— Jon, commença-t-il avec hésitation, il y a une fille au bureau…

— Non.

— Je sais ce que tu en penses…

— Alors, pourquoi en parler ?

— Quel serait le mal, Jon ? Tu ne fréquentes personne en ce moment. Pourquoi ne pas la rencontrer ? Voir comment ça se passe ?

— Non.

— C'est que…

Il se tut. Je vis le poids de ses fantômes peser sur ses épaules. Il avait l'air triste. Je me demandai s'il ravalait des larmes.

— Les familles, c'est fait pour s'agrandir, Jon, dit-il tout bas. Pas pour rétrécir.

Et voilà le cœur du problème. Ce n'était pas tant qu'il désapprouvait mon homosexualité. Il désirait simplement plus. Il rêvait de la famille qu'on lui avait prise, des petits-enfants qu'il n'aurait jamais. Je ne pouvais lui en vouloir.

— Je sais, papa, répondis-je doucement.

Je tournai la tête vers le terrain pour qu'il s'essuie les yeux sans se sentir embarrassé.

Nous ne parlâmes plus avant la fin du cinquième tour de batte. Nous restâmes jusqu'à la fin, pourtant, je n'avais aucune idée du vainqueur.

JE GARDAI la carte de Cole sur moi durant les deux semaines suivantes. J'avais mis du temps à m'avouer que j'avais envie de le revoir. Il était arrogant, irritant, extravagant et absolument pas mon genre. D'un autre côté, il était aussi intelligent, drôle, mignon et fascinant d'une façon indéniable. De plus, il y avait le simple fait qu'il s'était montré intéressé et que je n'avais aucune autre proposition pour l'instant. Au bout du compte, je me dis que le minimum était vraiment de lui présenter mes excuses.

Lorsque j'appelai, il répondit en français.

— *Allô* ?

— Bonjour, Cole. C'est Jonathan.

— Oooh, bonjour, mon chou ! Quelle bonne surprise ! Comment vas-tu ?

Un instant, j'envisageai de lui rappeler mon nom, puis décidai que non. Je sentais qu'il faudrait que je m'habitue à ces petits noms.

— Je voulais te présenter mes excus…

— Ne t'inquiète pas, mon chou. Pour être sincère ni toi ni moi ne nous sommes présentés sous notre meilleur jour. C'est du passé, je t'assure.

— Je me demandais si tu voulais réessayer.

— Avec grand plaisir. Serons-nous seuls, cette fois ?

— Je ne peux pas laisser mon téléphone. Mais aucun de mes clients n'est en période de crise, alors ça ne devrait pas être un aussi gros problème que la dernière fois.

— Il faudra que je m'en contente, alors, dit-il avec un amusement évident. Pensais-tu à ce soir ?

— Non. Je suis actuellement à Los Angeles.

— Voilà qui rend les choses difficiles, n'est-ce pas ? Quand rentres-tu ?

— Mardi après-midi.

— Tu as un horrible timing, mon chou. Je prends l'avion pour Paris mercredi.

— Ah bon ? Tu pars en vacances ?

— Non, répondit-il d'un ton dégagé qui éveilla ma curiosité. Alors, c'est d'accord pour mardi ?

— Oui.

— Quand atterris-tu ?

— Seize heures, mais je dois aller directement au bureau voir mon supérieur. Je devrais être rentré un peu avant dix-huit heures.

— C'est parfait, mon chou. À mardi, alors.

— Attends… quoi ?

Mais j'avais été trop lent. Il avait déjà raccroché. J'envisageai de le rappeler, mais je devinai que cela ne ferait que me ridiculiser.

MON VOL de retour fut retardé d'une heure, alors je dus courir pour être à l'heure à ma réunion avec Marcus Barry.

Marcus avait la quarantaine passée, et même si je ne le définissais pas comme un ami, il était juste et il n'était pas difficile de travailler avec lui. C'était le genre d'homme que l'on imagine mourir d'une crise cardiaque bien avant soixante ans. Il était en surpoids et surmené. Il fumait trop, buvait trop et ne se nourrissait que de fast-food. Il avait aussi incroyablement réussi. Il rendait des comptes directement au PDG de la compagnie, gagnait plus de cinq cent mille dollars par an et conduisait une Porsche. J'espérais suivre la même carrière, sans l'acide gras et l'arrêt cardiaque imminent.

— Pardon du retard, Marcus !

Je me précipitai dans son bureau et fermai la porte derrière moi.

— Où étiez-vous ?

— Mon avion était en retard…

— J'ai essayé de vous appeler.

— Vraiment ?

Je sortis mon téléphone.

— Merde. Pardon. J'ai oublié de le rallumer en descendant de l'avion. J'étais tellement pressé.

— Peu importe. Laissez-le éteint, qu'on ne nous interrompe pas.

— Voulez-vous le rapport pour la Californie ?

Il me fit un signe de la main désinvolte.

— Non, Jon. Vous connaissez votre travail.

C'était le plus beau compliment que je pouvais attendre de sa part.

— Je voulais vous parler d'autre chose.

Je m'assis en face de lui.

— Je vous écoute.

— Monty a organisé une réunion hier.

Montgomery Brewington était notre PDG, et Marcus la seule personne de toute la compagnie à pouvoir s'adresser à lui par son prénom.

— Il parle de restructurer.

— Restructurer comment ?

— Il veut que les chargés de comptes externes soient dans chaque état où nous travaillons, afin de réduire les dépenses de voyage.

— C'est plutôt sensé. Qu'est-ce que ça veut dire pour moi ?

— Jon, n'oubliez pas que, pour le moment, tout ça n'est que pure spéculation. Aucune décision n'a été prise. Mais si cela arrive…

Il haussa les épaules.

— Il y a plusieurs possibilités.

— Comme… ?

— Il parle de couvrir sept zones majeures : l'Arizona, San Diego, San Francisco, Las Vegas, le Colorado et l'Utah. Le problème, c'est que vous êtes dix.

— Alors trois d'entre nous vont perdre leur travail ?

J'essayai de contrôler la panique qui venait de naitre dans ma poitrine.

— Personne ne sera renvoyé.

— Alors quoi ?

— Trois d'entre vous seront probablement rétrogradés.

— *Quoi* ?

— Ne vous énervez pas encore. La bonne nouvelle, c'est que vous êtes le cinquième sur la liste, alors il n'y a pas de raison de croire que vous ferez partie de ces trois-là.

Voilà qui était effectivement une bonne nouvelle. Je comptai jusqu'à cinq, me détendis un petit peu.

— Auquel cas, j'ai une chance sur sept de devoir me délocaliser ?

— Oui. Ce que je vous demande, c'est ce que vous en penseriez.

Je dus y réfléchir un instant. Je n'étais pas attaché à l'Arizona. Je détestais l'idée de déménager parce que ce serait pénible. Et que mon père se trouvait à Phoenix. Il me manquerait. Mais il n'y avait aucune raison de protester.

— Je ferai ce qu'il faut, Marcus. Vous le savez.

Il sourit.

— Excellent.

Il se leva, signe de la fin de notre entrevue, alors je l'imitai.

— Rentrez et reposez-vous. À demain.

23

JE PARTIS du bureau la tête pleine d'images de mon déménagement éventuel dans un autre état et de la promotion qui pourrait découler d'un nouveau poste. Je rentrai chez moi un peu étourdi. Le premier signe que quelque chose de bizarre se passait fut la Saab garée dans mon allée. Lorsque je passai la porte d'entrée, je découvris Julia assise sur le canapé avec un verre de vin.

— Comment s'est passé ton voyage ? me demanda-t-elle.

— Rien à en dire, lui répondis-je en lâchant mon sac sur le seuil. Qu'est-ce que tu fais là ?

— Ton petit ami m'a demandé de lui ouvrir...

— Mon *quoi* ?

—... et au début, je ne voulais pas. Mais il a réussi à me convaincre et...

— De quoi tu parles ?

—... c'est tellement mignon, qu'il veuille te faire une surprise en préparant le dîner...

Je n'attendis pas la suite. Je traversai le salon et poussai la porte à tambour qui menait à la cuisine. Cole était près du four. Je cinglai :

— Mais qu'est-ce que tu fiches ici ?

Il ne se retourna même pas vers moi.

— Je prépare le dîner, mon chou. N'est-ce pas évident ?

— Tu as décidé comme ça de forcer ma porte et de faire la cuisine ?

— Ne dramatise pas, répondit-il en faisant volte-face. Je n'ai pas forcé ta porte !

Il était vêtu comme la fois précédente : un pantalon moulant noir et un pull léger dont je ne savais pas quelle matière, dans un ton vert pâle. Cela faisait ressortir ses yeux qui n'étaient non pas marron, mais noisette. Il était pieds nus, et bizarrement, mon regard fut attiré par leur finesse.

— Écoute, je suis désolé si je t'ai dérangé, vraiment.

Il avait vraiment l'air plus sincère que d'habitude.

— Mais je sais ce que c'est que voyager, manger tout le temps au restaurant, et je me suis dit que tu apprécierais une cuisine maison. C'est tout, mon chou. J'ai essayé de t'appeler, mais je suis tombé sur le répondeur.

Bien sûr. Mon téléphone était éteint depuis que j'avais embarqué à Los Angeles près de cinq heures plus tôt.

24

— Certes, forcer la pauvre Julia à m'ouvrir était déplacé. Mais si j'avais attendu que tu arrives pour cuisiner, nous aurions mangé bien tard. Alors j'ai décidé de prendre le risque.

Et pour être franc, ma colère se calmait déjà. C'était vrai que c'était attentionné de sa part. Je ne me souvenais pas de la dernière fois où quelqu'un avait fait un tel effort pour moi. Après dix jours à Los Angeles à manger dehors à chaque petit-déjeuner, déjeuner, dîner, l'idée d'un repas tranquille à la maison était bien plus agréable que celle d'un restaurant bondé. L'arôme délicieux qui se dégageait de ce qu'il préparait était aussi un bon argument. On attrapait peut-être vraiment un homme par l'estomac, car à cet instant, j'aurais pu l'embrasser.

— Merci, dis-je d'une voix douce.

Il se détourna vite, mais je vis quand même le rouge qui était apparu sur ses joues.

— Qu'est-ce que tu cuisines ?

Il jeta un regard rapide par-dessus son épaule avant de revenir à sa tâche.

— Des pâtes sautées au homard.

— Ça sent délicieusement bon.

Il se tourna à nouveau vers moi avec un sourire aguicheur.

— J'espère bien, chaton. Je suis un *excellent* cuisinier.

— Tu as besoin d'aide ?

— Pour la cuisine ? Non. Mais tu pourrais mettre la table. Dis à Julia qu'il y a tout ce qu'il faut si elle veut rester.

Julia ! Je l'avais complètement oubliée. Étant donnée mon arrivée, elle s'attendait sans doute à ce que je sois furieux qu'elle l'ait laissé entrer. Je retournai dans le salon où elle faisait les cent pas.

— Jonathan ! Je suis vraiment désolée ! dit-elle dès qu'elle me vit. Je n'aurais pas dû…

— Ce n'est rien, Julia. Vraiment.

Elle eut l'air sceptique.

— Je te promets que cela n'arrivera plus.

— Ce n'est pas grave. Il m'a pris par surprise, mais ce n'est vraiment pas un problème. Je suis content que tu lui aies ouvert.

— D'accord. Si tu en es certain…

— Oui. Il dit qu'il y a tout ce qu'il faut, si tu veux te joindre à nous.

Elle m'adressa un grand sourire

— Et gâcher ton rencart ? Hors de question.

25

— Ce n'est qu'un dîner, dis-je tandis qu'elle faisait mine de partir.

— Tu sais, Jon, déclara-t-elle en ouvrant la porte. Je crois que celui-là, il faut le garder !

— Ce n'est qu'un dîner ! répétai-je.

Mais elle était déjà partie.

NON SEULEMENT il avait déjà préparé le dîner, mais il avait aussi apporté une bouteille de vin blanc.

— D'habitude, je bois du rouge, lui dis-je tandis qu'il servait.

Il pencha la tête et ses mèches lui tombèrent devant les yeux. La lumière de mon séjour était meilleure que celle du restaurant, alors je remarquai des reflets roux qui me rappelaient la cannelle. Je me demandai s'il en avait aussi l'odeur.

— Mon chou, tu n'es tout de même pas l'une de ces pauvres âmes persuadées que le Merlot s'accorde avec tout, si ? me demanda-t-il d'un air pince-sans-rire.

Je me sentis rougir.

— Eh bien, bredouillai-je, d'habitude, j'achète du Chianti.

Il me fit un sourire sage.

— Crois-moi. Le Viognier sera bien meilleur.

Le vin me laissa dubitatif, mais il n'avait pas menti en disant qu'il était excellent cuisinier. Le dîner était fantastique.

— Où as-tu appris à cuisiner ainsi ? lui demandai-je lorsque nous eûmes terminé.

Il penchait parfois la tête quand il parlait, ce qui dissimulait son regard sous ses longs cils et sa frange.

— J'ai beaucoup de temps libre.

— Vraiment ?

J'hésitai, je ne voulais pas faire de vagues, mais ma curiosité l'emporta.

— Que fais-tu dans la vie ?

Il leva les yeux au ciel.

— Encore, mon chou ? Cette question ne te fatigue donc pas ?

— Je m'en lasserais si tu y répondais.

Jouant avec ses couverts, il s'agita d'un air mal à l'aise.

— Pour dire vrai, je ne fais pas grand-chose.

— Tu dois bien avoir un travail.

— Pourquoi cela ?

— De toute évidence, tu ne manques pas d'argent…

— Effectivement.

—… alors comment le gagnes-tu ?

— Je ne le gagne pas.

J'attendis qu'il développe, mais au bout de quelques secondes, il devint évident qu'il n'en avait pas l'intention.

— Alors, dis-je d'une voix lente et d'un cynisme calculé, tu es donc rentier ?

Il renversa la tête en arrière, ses cheveux tombèrent sur le côté et il put me regarder dans les yeux. Ce petit jeu lui donnait l'air évasif et pourtant franc.

— Eh bien, oui.

Je ne savais pas quelle réponse j'attendais, mais ce n'était certainement pas celle-ci.

— Oh, dis-je bêtement, car je ne savais comment réagir.

— Je n'aime pas le révéler trop vite, mon chou. J'ai appris, très jeune, que des personnes sont prêtes à rester avec moi parce que je pourrais payer les factures.

Je n'avais aucun mal à le croire.

— As-tu gagné à la loterie ?

— Non. C'est un héritage. Je crains que l'histoire n'ait rien d'original. Mon père possédait une quantité d'argent indécente. En partie familial, en partie gagné. Il s'était marié plusieurs fois sans avoir d'enfants. À cinquante-cinq ans, il a médité sur sa mortalité, ou quelque chose comme ça. Il a décidé qu'il lui fallait un héritier, alors il s'est trouvé une épouse. Elle avait vingt-deux ans, elle était belle et pas très vive.

— Un faire-valoir ? demandai-je.

Il sourit.

— Exactement. Bien sûr, il lui a fait signer un contrat de mariage, mais une fois qu'elle lui a donné un héritier, il s'est débarrassé d'elle en la payant grassement. Elle vit à Manhattan, désormais.

— Alors l'héritier, c'est toi ?

— Bien sûr, mon chou.

Il se leva. Je crus qu'il sortait de table, alors je fis de même, mais comme il restait là à me regarder, je me rassis.

— Mon père est mort lorsque j'avais quinze ans. L'argent a été laissé en fiducie. Avant d'en hériter, j'ai dû répondre à quelques critères.

— Lesquels ?

Il contourna la table dans ma direction.

— J'ai dû sortir diplômé d'une université réputée avec un minimum de douze de moyenne. Continuer à entretenir ma mère si aimante.

À la façon dont il le disait, je sus qu'elle ne l'était en rien.

— Combien as-tu, exactement ? demandai-je lorsqu'il atteignit ma chaise.

Ce n'était pas une question polie, mais j'avais le sentiment que cela ne le dérangerait pas.

— Je ne sais pas exactement. Chester s'occupe de tout. Encore qu'il menace sans cesse de prendre sa retraite, je n'ai aucune idée de ce que je ferai alors.

— Tu ne sais pas à combien se monte ta fortune.

— Pas tout à fait. Je sais qu'il y en a assez pour me permettre de vivre comme je vis sans léser du tout l'héritier que je n'aurai certainement pas.

Il s'assit sur mes genoux, face à moi. Il déboutonna ma chemise puis passa ses doigts fins dans les poils de mon torse. Soudain, la conversation perdit toute importance. Il avait de belles lèvres pleines et je ne pouvais en détacher les yeux.

— Alors, dis-moi, mon chou, as-tu envie de discuter de ma fortune toute la nuit ?

Il laissa ses cheveux retomber pour lui dégager le regard et me décocha un sourire coquin, lascif, qui descendit droit vers mon aine.

— Ou bien es-tu prêt pour le dessert ?

Je découvris rapidement qu'il n'aimait pas trop les baisers sur les lèvres. C'était sans importance. Il y avait bien d'autres endroits sur son corps où il aimait être embrassé, et je m'en contentai. Nous laissâmes une traînée de vêtements de la table à ma chambre. Je dénichai un préservatif et le lui proposai.

— As-tu une préférence ? Les deux me vont.

Il le repoussa dans ma direction.

— Je ne suis jamais actif, mon chou. Terriblement cliché, de la part d'un homme tel que moi, non ?

Je lui souris.

— Ça ne me dérange pas.

Son corps était beau et mince. Il n'était pas beaucoup plus petit que moi, mais sous moi, il paraissait fragile. Je compris vite qu'il ne l'était en rien. C'était un amant très enthousiaste.

Sa seule pilosité se nichait sous ses bras. Même son aine était parfaitement épilée. Ses cheveux avaient la douceur de la soie et ne sentaient pas du tout la cannelle. Plutôt les fraises. Sur sa nuque, en plein centre, se trouvait une petite tache de naissance un peu plus sombre que le reste de sa peau. Elle était triangulaire et me faisait penser à un papillon. Elle attirait mes lèvres, inlassablement.

Après, il ne resta pas dans mes bras ni tout contre moi. Il s'écarta de l'autre côté du lit et s'étira avec langueur sans me toucher.

— Tu ne vas pas me forcer à rentrer jusque chez moi en plein milieu de la nuit, n'est-ce pas, mon chou ?

— Non. Tu peux rester.

— Je savais que tu me plaisais.

S'il ajouta autre chose, je ne l'entendis pas. J'étais déjà profondément endormi.

QUAND JE partis courir le lendemain comme tous les matins, il dormait encore. Toutefois, à mon retour, je le retrouvai dans la cuisine en train de préparer du bacon et des œufs. Il était déjà tout habillé, mais encore pieds nus.

Il indiqua la vaisselle sale dans l'évier et déclara sans me regarder :

— Je ne nettoie pas, chéri, mais je peux envoyer quelqu'un s'en occuper, si tu ne veux pas le faire.

— Tu es sérieux ?

— Bien sûr. Je double le salaire de Rosa quand il s'agit de la maison des autres.

— Ça arrive souvent ?

Il sourit sans me regarder. Il ne quittait pas des yeux le bacon et les œufs qui grillaient.

— Pas aussi souvent que tu l'imagines.

— Ai-je le temps de me doucher avant le petit-déjeuner ?

— Si tu fais vite.

Une fois que je fus prêt à aller travailler, tout était sur la table.

— Tu prépares toujours le petit-déjeuner, le lendemain matin ? demandai-je.

— Parfois.

— Tu cuisinais pour Jared ?

Bien sûr, je n'étais pas certain que Jared et lui avaient été amants, mais j'étais curieux.

Il sourit.

— S'il y avait eu quoi que ce soit dans ses placards, je l'aurais fait. Je suis persuadé qu'il ne vit que de toasts et de bière.

Quand j'eus terminé, je levai les yeux vers lui. Il me regardait.

— Je suis désolé d'être impoli, lui dis-je d'un ton d'excuse, mais il faut que j'aille travailler. Je dois filer.

— Je sais bien que tu n'as pas mis ce costume en mon honneur, chéri. Je peux m'en aller et te laisser la vaisselle, ou attendre Rosa et fermer derrière elle. C'est toi qui vois.

— Je ne voulais pas te chasser. Juste que tu ne m'en veuilles pas de partir vite.

— Je comprends.

— Tu pars pour Paris aujourd'hui ?

— Mon vol est à quatorze heures.

— Combien de temps y restes-tu ?

Il haussa les épaules.

— Je ne sais pas encore, chéri. Jusqu'à ce que j'aie envie de revenir, j'imagine.

— Tu y vas souvent ?

— Plusieurs fois par an.

— En vacances ?

— J'y possède un appartement.

— Vraiment ?

J'étais incapable de cacher mon admiration et ma jalousie. Amusé, il pencha la tête.

— Oui. Et un autre à Vail, ainsi qu'une maison dans les Hamptons. Enfin, un petit cottage, du point de vue des Hamptons. J'en ai une aussi à Kapoho.

— Eh bah.

Il sourit.

— Eh oui. Alors, chéri, est-ce que j'appelle Rosa ?

— Je me sens ridicule, à l'idée que tu paies quelqu'un pour faire le ménage chez moi.

— Et pourquoi cela ?

— Ça ressemble à un caprice.

Il haussa les épaules.

— À ta guise.

Il regarda son assiette une minute. Lorsqu'il releva les yeux, il avait l'air impassible.

— Dis-moi : veux-tu que tout s'arrête là ? Ou aimerais-tu discuter d'autres possibilités ?

— Lesquelles ?

— La vie que je mène ne permet pas à une relation sérieuse de s'épanouir. D'un autre côté, je n'ai jamais été attiré par l'idée de coucher avec des inconnus. Je préfère quelque chose entre les deux.

— C'est la relation que tu avais avec Jared ?

La question l'amusa clairement, mais il répondit tout de même :

— Exactement. Nous passions un bon moment, sans engagement ni de complications.

— Et c'est ce que tu me proposes ?

— Si cela t'intéresse, oui, me dit-il en me décochant un sourire charmeur.

Qu'il soit mon genre ou pas, il était en tout cas incroyablement mignon. Nos ébats avaient été très agréables. Non pas que le sexe soit jamais autre chose qu'agréable, mais entre nous, tout s'était passé de façon naturelle. Pourquoi donc refuserais-je sa proposition ?

— Ça me paraît parfait, dis-je.

— Bien. Alors je te rappelle quand je reviens à Phoenix.

Date : 3 mai
De : Cole
À : Jared

MON DOUX, sais-tu que les poules sont en réalité carnivores ? C'est la seule explication que j'ai quant à leurs dents. Et laisse-moi te dire Dieu merci ! La récolte est meilleure, et il était temps. Je suis à Paris pour l'instant, mais au moins, quelque chose m'attend à mon retour. C'est grâce à toi, mon chou. Je t'embrasserais bien, si ton grand méchant petit ami me laissait faire.

L'ARRIVÉE DE Julia cet après-midi-là ne m'étonna pas.

— Alors, dit-elle d'un ton taquin lorsque je lui ouvris, comment s'est passé ton dîner ?

— Très bien. C'est un excellent cuisinier. Tu aurais dû rester.

— Mais oui, lança-t-elle en s'asseyant sur le canapé.

— Comment se porte Tony ? demandai-je.

En réalité, je me fichais de le savoir, et Julia en était consciente. Ce n'était qu'une tentative bien faible pour changer de sujet. Elle ne mordit pas à l'hameçon.

— Cole m'a tout l'air d'un homme à garder !

— Julia, ce n'est rien de tel. Dîner, sexe oui, cependant ce n'est pas comme si nous sortions ensemble.

— Voyons voir, continua-t-elle sans réagir. Il cuisine. Il est prévenant.

Elle parlait en faisant la liste sur ses doigts.

— Il est super mignon.

— Il n'est pas vraiment mon genre.

— Et il est riche.

— Comment tu le sais ?

— Une supposition.

Je levai les yeux au ciel.

— C'est le triplé gagnant ! Avec un bonus !

— Et alors ?

— *Alors*, tu serais bien bête de le laisser t'échapper.

L'ABSENCE DE Cole ne fut pas un problème, car je fus tellement occupé durant les semaines qui suivirent que je n'aurais pas eu le temps de le voir de toute façon. Je ne réussis qu'à passer quelques nuits dans mon propre lit. Le reste du temps, j'étais à Las Vegas, en train de transférer le système d'un casino important sur notre programme. J'avais un appartement, ce qui était moins impersonnel qu'une chambre de motel. Mais ce n'était pas vraiment chez moi.

Il s'écoula près d'un mois avant qu'il me donne de ses nouvelles. Il était sept heures du matin et je sortais de mon appartement, prêt pour une autre longue journée de travail, lorsqu'il appela.

— Bonjour, mon muffin. Comment vas-tu ?

Je ne pus retenir un sourire.

— *Muffin* ?

Il ne releva pas.

— J'aimerais te voir. Es-tu libre dans la semaine ?

Je soupirai.

— Non. Je suis coincé à Las Vegas.

— Tu travailles ? Mais c'est le week-end, non ?

— L'industrie hôtelière ne sait pas ce que ça veut dire.

— Quel rabat-joie ! Combien de temps y restes-tu ?

— Au moins plusieurs jours. Es-tu de retour à Phoenix ?

— Eh bien oui. Mais cela va être terriblement ennuyeux, sans toi.

— C'est très ennuyeux ici aussi.

Il garda un instant le silence, puis dit :

— Je pourrais changer cela, tu sais.

— Tu pourrais rendre la transition de données de comptabilité plus intéressante ?

— Mon Dieu, non. Je suis persuadé que c'est même impossible. Mais je pourrais au moins animer tes soirées.

— Tu es bien en train de dire ce que je comprends ?

— Je ne saurais dire, mon muffin. Je suis bien incapable de lire dans tes pensées lorsque nous sommes dans la même pièce, alors à des centaines de kilomètres…

— Tu proposes de venir à Las Vegas ?

— Oui, si cela ne risque pas de te déranger.

— Je travaillerai dans la journée.

— Oui, cela a déjà été établi. Je te le promets, je suis tout à fait capable de trouver de quoi m'amuser jusqu'à ce que tu sois libre.

Je souris à nouveau. L'idée de quelques jours de plus à Las Vegas semblait soudain bien moins pénible.

— Je serais ravi d'avoir de la compagnie.

— Parfait, dit-il.

J'entendais le sourire dans sa voix.

— Je serai là pour le dîner

Il m'appela quelques heures plus tard, à son atterrissage. Je lui donnai l'adresse de mon appartement et le code de l'entrée. Je ne réussis pas à me libérer avant dix-huit heures. À mon retour, il m'attendait. Il était pieds nus, dans un pantalon moulant noir et une sorte de tunique blanche et lâche qui soulignait la subtilité de la couleur de sa peau. Il posait des assiettes pleines sur la table.

— Je n'ai pas eu le temps de cuisiner, alors j'ai commandé des sushis.

C'était un soulagement immense de ne pas avoir à affronter la foule du restaurant.

— Je crois que je t'aime, dis-je d'un ton badin.

Il me fit un clin d'œil.

— Je ne savais même pas qu'on pouvait se faire livrer des sushis.

— Nous sommes à Las Vegas, chéri. De toute façon, quand tu as ma fortune, tu peux tout te faire apporter.

Il termina de mettre la table et leva les yeux vers moi. Puis il se figea. Son regard me parcourut lentement et son sourire passa de poli à gourmand.

— Quoi ? demandai-je.

Sans perdre son sourire, il secoua la tête.

— Un homme en costume, c'est toujours quelque chose, n'est-ce pas ?

— Ne t'y attache pas trop. La première chose que je vais faire, c'est le retirer.

Il plissa les paupières, puis me fit un clin d'œil de derrière sa frange.

— C'est exactement ce que je pensais.

Il était plus de vingt heures lorsque nous mangeâmes. Au lit, nous formions un parfait duo, mais dès que nous en sortions, il gardait ses distances. Il flirtait sans cesse, mais il n'y avait ni caresse inattendue ni baiser spontané. Nous nous tenions compagnie de façon amicale, parfois maladroite, mais jamais intime.

Après le dîner, nous nous installâmes sur le canapé. Je m'assis à une extrémité avec mon ordinateur, travaillant en regardant les informations. Il s'enroula dans une couverture à l'autre bout avec un livre. Je n'en voyais pas le titre, mais j'avais la forte impression qu'il était en français. Lorsque j'éteignis la télévision, il dormait profondément. Je le réveillai doucement et il me suivit dans la chambre. Comme la dernière fois, il ne se colla pas à moi comme un amant. Il s'étira de son côté du lit et se rendormit sans un mot.

À mon réveil, il dormait encore. Quand j'étais à Phoenix, je courais presque tous les matins, mais à Las Vegas, j'avais horreur de ça. Il y avait quelque chose d'absurde à faire de l'exercice au milieu de toute cette décadence. Je me contentais du tapis de la salle de sport de mon immeuble. Je retournai me doucher à l'appartement, et lorsque je sortis de la salle de bain, encore trempé, une serviette autour de la taille, il était encore au lit, mais réveillé.

— Combien de temps as-tu ? demanda-t-il en s'asseyant sur le rebord du matelas.

— Je dois partir dans quarante minutes.

34

Il saisit ma serviette et me tira vers lui. Il l'ouvrit et la laissa tomber par terre, ce qui suffit largement à éveiller toute mon attention. Il frôla mon ventre de ses lèvres.

— Le temps d'une fellation ou d'un petit-déjeuner, mais pas les deux, je le crains.

Il remonta lentement le bout de sa langue sur ma verge, ce qui me fit frissonner.

— Qui a besoin de prendre un petit-déjeuner ? réussis-je à dire, quoique dans un souffle rauque.

Il me sourit.

— Tu as fait le bon choix, mon chou.

Date : 8 juin
De : Cole
À : Jared

Tu ne devineras jamais où je suis, mon doux. Je suis à Las Vegas avec Jonathan. Étrange providence, n'est-ce pas ? Je te donnerais les détails croustillants avec plaisir, mais voilà ton retour de karma. Il faudra que tu te serves de ton imagination.

Je ne fus pas surpris de le retrouver dans la cuisine à mon retour ce soir-là. La table était déjà mise.

— J'espère que tu ne te sens pas obligé de cuisiner, lui dis-je lorsqu'il déposa un grand plat d'étouffée de crevettes sur la table.

— Mon cœur, je ne me sens *jamais* obligé de faire quoi que ce soit. Tu devrais essayer, un jour.

Je n'imaginais pas ce qu'on devait ressentir avec une telle liberté.

— Qu'as-tu fait aujourd'hui ?

— J'ai lu. J'ai dormi. Je me suis promené.

— Tu es allé au casino ?

— Uniquement pour faire du shopping. J'ai le jeu en horreur.

— Alors, pourquoi venir à Las Vegas ?

— Je ne sais pas, mon cœur, répondit-il avec un sourire en coin. Probablement le buffet de bacon à volonté.

Je ris.

— Viens-tu beaucoup ? me demanda-t-il.

— Suffisamment pour y acheter un pied-à-terre.

Il avait laissé retomber ses cheveux cannelle en avant, alors je ne voyais pas son regard.

— Et que fais-tu en temps normal, lorsque tu cherches de la compagnie ?

— Je trouve quelqu'un en boîte de nuit ou aux bains.

Il frissonna violemment, ce qui me fit rire à nouveau.

— Ça te dérange à ce point ?

— Je reconnais que je n'ai tenté les bains que quelques fois, mais la sélection ne m'a jamais beaucoup alléché.

— Alors tu fais quoi, toi, durant tes voyages ?

Il se dégagea le visage et dit avec un sourire :

— J'ai des amis.

— Des amis comme moi, tu veux dire ?

— Bien sûr.

— Une femme dans chaque port ? demandai-je en souriant.

— Il n'y a pas une seule femme dans tout le lot, mon cœur, je te le promets.

— Qui as-tu à Paris ?

— Arman et Jori. Arman est incroyablement plus amusant, mais il passe son temps à se retrouver en couple.

— Et dans ces cas-là, il est intouchable ?

— Absolument, mon cœur. Cela ne dure jamais, mais ce n'est pas moi qui y mettrais fin.

— Et Jori.

— Jori est le plus bel homme que je connaisse.

Il marqua une pause et me fit un clin d'œil complice.

— À l'exception des personnes ici présentes, bien entendu.

— Bien entendu, dis-je en riant.

Je savais que je n'avais rien de spécial. Je ne me mépris pas sur lequel de nous deux était le plus beau.

— Mais il se cache beaucoup, continua-t-il. Il n'a divorcé de son épouse qu'il y a deux ans et nous ne pouvons jamais sortir en public. Il est d'un ennui !

— Hawaii ?

— Il y a une boîte de nuit à Hilo, mais je n'ai pas l'énergie pour ce genre de choses. Je trouve cela terriblement ennuyeux. De toute façon, on y trouve surtout des étudiants et, disons, mon cœur, qu'ils rajeunissent un peu plus chaque année.

— C'est l'impression que ça fait, oui.

— Mais il s'y trouve un barman du nom de Rudy. Ce n'est pas vraiment un Apollon, mais il est drôle et bon au lit.

— Vail ?

Il leva les yeux au ciel.

— Vail n'est plus si intéressant depuis que Jared fréquente ce grand méchant policier.

— Les Hamptons ?

— J'y ai quelques possibilités, mais je choisis surtout de passer du temps avec Raul, mon jardinier.

— Ton *jardinier* ?

— Enfin, pas seulement le mien, il travaille pour plusieurs familles dans le voisinage.

— C'est terriblement cliché, non ?

Il me sourit.

— C'est bien possible, mais chéri, si tu voyais Raul, tu comprendrais.

Je me mis à rire.

— D'accord. Et Phoenix ?

— Je vois quelques hommes, parfois. Mais pour dire vrai, Phoenix était *horriblement* ennuyeux depuis un ou deux ans. Tu es arrivé juste à temps.

— Ravi de rendre service.

— Et moi donc mon cœur, dit-il d'un air parfaitement sérieux. Dès que nous aurons fini de dîner, je vais voir ce que je peux faire pour te montrer combien j'apprécie.

LES DEUX soirées suivantes se déroulèrent de la même façon. Il nous prépara le dîner chaque fois et ce fut toujours délicieux. Je pris le pli de faire la vaisselle ensuite. C'était la moindre des choses. Mais le quatrième soir, il n'y avait pas de nourriture sur la table ni de délicieux arômes qui flottaient dans l'appartement. Il sortit de la chambre en ne portant rien d'autre qu'un pantalon moulant noir.

— Je suis désolé. Je n'ai pas cuisiné ce soir, mon chou. J'ai perdu la notion du temps.

— Pas besoin de t'excuser, dis-je en essayant de cacher ma déception. Je proposerais bien de m'en occuper, mais mon répertoire est limité.

Il sourit.

— Limité à quel point ? demanda-t-il.

Je savais que c'était pour se moquer de moi.

— Tacos, steak haché, pizza surgelée et spaghetti. Si j'ai de la sauce en boîte quelque part.

Je lui fis un grand sourire.

— Quelque chose te tente ?

Il rit. Comme sa voix, son rire était légèrement féminin, mais doux.

— Absolument pas.

Il me rejoignit et son regard passa lentement de la moquerie à autre chose, quelque chose que j'avais appris à reconnaître très vite.

— Tu veux qu'on sorte ? demandai-je, encore que la passion dans son regard me donnait d'autres idées.

Mon pouls s'accéléra et ma voix s'était faite rauque.

— Oui, pour tout dire.

Il était juste devant moi, mais il baissait la tête, alors je ne voyais que ses cheveux. Ils étaient un peu humides et je perçus l'odeur de son shampoing.

— Il y a un restaurant au Wynn [1] qui est censé être merveilleux. Je nous ai réservé une table.

— Excellente idée.

— Mais d'abord…

Il repoussa ma veste qui tomba derrière moi.

— Laisse-moi t'aider à sortir de ce costume.

NOUS NOUS rhabillâmes enfin et nous dirigeâmes vers le Wynn. Ce n'était pas loin de mon appartement, alors nous décidâmes de marcher. Sans compter notre premier rendez-vous désastreux, nous avions passé tout notre temps en privé, soit dans ma maison, soit dans mon appartement. Durant ce temps, j'avais complètement oublié ma première impression de lui. Mais je me la rappelai, maintenant.

Il était maniéré. Il n'y avait pas d'autre mot. C'était dans sa façon de marcher : trop légère, avec un déhanchement trop prononcé. C'était dans sa

1 L'un des hôtels-casino les plus luxueux de Las Vegas (ndlt)

38

façon de se tenir, la taille marquée. C'était dans le rythme de son discours et sa gestuelle, la façon dont il redressait la tête pour me regarder entre ses mèches. Bizarrement, lorsque nous n'étions que tous les deux, cela se voyait moins. C'était moins ostentatoire. Moins irritant. Oui, il flirtait sans cesse avec moi. Il battait des cils, mais seulement de façon moqueuse, et il m'appelait 'mon chou' ou 'chéri'. Mais la puissance de sa préciosité était moindre. Maintenant que nous étions à nouveau en public, elle me frappait de plein fouet. Elle semblait démesurée, exagérée. J'avais l'impression que l'homme avec lequel je passais mon temps et partageais mon lit avait soudain disparu et qu'il avait été remplacé par un inconnu. Même à Las Vegas, les gens se retournaient sur son passage avec un sourire amusé. Je découvris que cela m'embarrassait un peu d'être à ses côtés, et je me détestai de réagir ainsi. Je me sentais déséquilibré et un peu mal à l'aise.

— Est-ce que tout va bien, mon cœur ? me demanda-t-il pendant que nous attendions notre table.

— Bien sûr, dis-je en me forçant à sourire.

— Mmm-hmm, fit-il en me regardant.

Je m'empourprai.

— Tout va bien.

— Tu n'as pas à me mentir, dit-il avec un sourire triste. Je sais que je t'embarrasse.

— Non ! Absolument pas ! protestai-je, me demandant tout de suite si j'avais été un peu trop véhément.

Il ne perdit pas son sourire.

— Ce n'est rien de nouveau, mon cœur. Certains sont mal à l'aise, d'autres s'énervent. Certains trouvent ça amusant.

Il haussa les épaules.

— Tu peux le reconnaître.

— Ce n'est pas ça, affirmai-je, navré de ne pas être sincère. Je te promets que…

— Ne t'inquiète pas, dit-il en se détournant. Soit tu t'y habitueras, soit tu décideras que je ne suis pas un aussi bon coup que ça.

Je ne savais pas s'il fallait que je nie encore plus, que je lui demande pardon ou que je n'insiste pas. Je restai là à me maudire, d'abord d'être aussi con, puis de ne pas savoir le cacher. Avant, cela ne m'avait jamais dérangé que les gens sachent que j'étais avec un autre homme. Pourquoi cela changerait-il ?

Lorsque nous fûmes assis, je retrouvai ma contenance. Oui, nous étions en public. Mais à cette table, j'avais à nouveau l'impression que nous étions en tête-à-tête. Il n'avait pas perdu son regard aguicheur, sa voix chantante, ni sa tonalité moqueuse. Tout ça, j'y étais habitué. Mais tout le reste sembla disparaître. Je me sentis à nouveau détendu.

— Je suis vraiment désolé, lui dis-je, sans pouvoir autant croiser son regard.

— Ne t'excuse pas, mon cœur. Mais ne t'attends pas à ce que je le fasse non plus.

S'il se sentit mal à l'aise à la suite de cela, ou si cela ne venait que de moi, je n'en savais rien. Bien sûr, nous dûmes commander à dîner avant le vin. Ma proposition de demander simplement une bouteille de Chianti ne rencontra que son dédain moqueur, surtout lorsque j'eus commandé le saumon.

— Qu'en penses-tu ? me demanda-t-il à la moitié du dîner.

— C'est délicieux, répondis-je avec un clin d'œil, mais je préfère ta cuisine.

Il baissa rapidement la tête vers son assiette. Je soupçonnai que c'était pour cacher qu'il rougissait.

— Tu es adorable.

Il me dissimulait ses yeux, mais je voyais qu'il souriait.

— Quelqu'un t'a bien éduqué.

Je ris, un tout petit peu.

— Oui, effectivement, reconnus-je en pensant à Zach. Et puis il m'a laissé partir.

Le serveur finit par apporter l'addition. Il y eut ce moment ridicule que je croyais n'arriver que dans les films, où nous voulûmes tous les deux la prendre. Nous avions chacun la main sur le faux cuir de la pochette, mais ni lui ni moi ne la saisîmes.

— Tu sais que je vais payer, dit-il.

— Je sais, mais je ne veux pas.

— Vraiment ? demanda-t-il, l'air amusé. J'ai choisi le restaurant, ça me semble logique que je paie.

— Tu l'as déjà fait la dernière fois.

Et il avait laissé bien trop, mais je ne le précisai pas.

— Je veux m'en occuper cette fois.

— Mon lapin, je ne veux pas me vanter, mais nous savons tous les deux que je suis ridiculement riche…

— Ce n'est pas un argument, répondis-je en me sentant rougir à nouveau.

— *Vraiment* ? répéta-t-il.

Cette fois-ci, il avait l'air sincèrement surpris plutôt qu'amusé.

Bien sûr qu'il était plus riche que moi. Tellement plus, et c'était un euphémisme. Mais je n'étais pas non plus pauvre. Je gagnais bien ma vie et je dépensais peu. Je m'étais toujours considéré comme l'extrémité chanceuse de la classe moyenne. D'un autre côté, lui possédait des millions. Même si c'était un restaurant cher, je savais que pour lui, le prix de notre dîner n'était qu'une goutte d'eau dans l'océan. Pourtant, l'idée qu'il paie à chaque fois me gênait quand même. Ma fierté ne le permettait pas.

— Je sais que ça te paraît idiot, mais tu as acheté le billet d'avion pour venir me tenir compagnie. Et tu as cuisiné tous les soirs. Je te dois bien ça.

Il avait toujours l'air amusé et un peu stupéfait.

— C'est important pour toi, dit-il.

Ce n'était pas une question, pourtant je voyais bien qu'il ne comprenait pas non plus. Il essayait.

— Oui, répondis-je.

Il resta là à me regarder, à attendre quelque chose, que ce soit que je change d'avis ou que je lui donne une explication, je ne savais pas. Puis lentement, il retira sa main de l'addition.

Nous quittâmes le restaurant tard. Il garda le silence pendant la majorité du trajet de retour. Nous fîmes notre toilette en silence et montâmes chacun d'un côté du lit. Il n'avait pas l'air de vouloir commencer quoi que ce soit et je ne voulais pas insister. Il se recroquevilla de son côté du lit et je m'étirai du mien. J'étais presque endormi lorsque je sentis son poids sur moi. Lorsque j'ouvris les yeux, il me regardait. L'absence de lumière m'empêchait de lire son expression.

— J'y ai réfléchi, dit-il, et je ne me souviens pas de la dernière fois que quelqu'un a payé quelque chose pour moi.

J'étais surpris.

— Rien du tout ?

Il secoua la tête.

— Même pas le dîner.

Mon insistance n'était née que de ma fierté. Je ne m'étais pas attendu à ce que cela signifie quelque chose pour lui. Mais en l'entendant parler, je réalisai que si.

— À Noël ?

Il secoua la tête.

— Non.

Pour la première fois, je compris alors combien il devait se sentir seul. Son père était mort, sa mère lointaine. Il n'avait ni frère ni sœur. Il n'avait rien d'autre qu'une poignée d'amants de passage, éparpillés entre Paris et Hawaii.

Mon premier élan fut de le serrer dans mes bras, de lui dire pardon et de le réconforter. Mais je me doutais qu'il ne le permettrait pas. Je glissai les doigts dans ses cheveux soyeux et lui dit simplement :

— De rien.

Date : 28 juin
De : Cole
À : Jared

COUCOU, MON doux. Je savais que ce dernier e-mail éveillerait ta curiosité. C'en était bien l'intérêt, n'est-ce pas ? Mais franchement, ce n'était que pour te titiller. Il ne s'est rien passé de particulier. Jonathan avait du travail à Las Vegas, alors je l'y ai rejoint et crois-moi, le déplacement en valait la peine. Oui, c'était un sous-entendu.

IL PASSA deux nuits de plus avec moi avant de rentrer chez lui. Je le rappelai à mon retour en ville plusieurs jours plus tard.

— Allô ? répondit-il.

J'avais l'impression de l'avoir réveillé.

— C'est Jonathan. Je voulais te dire que je suis de retour à Phoenix.

— C'est fascinant, chéri, mais, moi non.

— Tu es où ?

— À Tokyo.

— *Tokyo* ? répétai-je, stupéfait. Mais qu'est-ce que tu fais là-bas ?

— Je dors.

Il me raccrocha au nez.

Je craignais un peu de l'avoir sincèrement énervé, mais deux semaines plus tard, je le retrouvai préparant le dîner dans ma cuisine.

Durant les quelques mois qui suivirent, notre relation se développa tranquillement, quoique complètement irrégulière. Nous étions tous les deux si souvent ailleurs qu'il était difficile de trouver du temps pour nous. Et il avait l'air de ne rien planifier. J'appris aussi que cela ne servait à rien de l'appeler si ce n'était pas pour simplement l'informer que j'étais de retour en ville. Demander à le voir n'était qu'une source de frustration. Il me donnait une excuse ridicule. Il disait non, mais débarquait chez moi quand même. Mais quoi qu'il en soit, il ne faisait rien qui ne soit pas sa propre idée. Alors je l'attendais. Et il finissait toujours par appeler.

Les moments que nous passions hors du lit devinrent plus naturels. Je lui avais donné une clé de chez moi : non pas parce que les choses étaient sérieuses entre nous, mais parce que c'était logique. Il détestait attendre que je rentre pour commencer à cuisiner et c'était ridicule qu'il compte sur Julia pour lui ouvrir. Souvent, lorsque nous étions tous les deux à Phoenix, il m'appelait pour me dire qu'il était occupé. Mais alors je le retrouvais pieds nus dans ma cuisine d'où s'échappait une odeur délicieuse. J'avais cessé de prédire ses actes, mais j'étais toujours heureux de le voir.

Je m'habituais encore à notre relation. Je savais que ce n'était pas nouveau pour lui, mais pour moi oui. J'avais déjà eu des relations durables et bien sûr, des coups d'un soir. Mais cet entre-deux étrange m'était complètement inconnu. De ce que je savais, voir quelqu'un un certain temps, c'était dans l'idée d'aller vers quelque chose de sérieux. J'avais toujours cru que les relations devaient avancer ou mourir. Mais Cole avait été clair sur le fait que plus d'intimité ne l'intéressait pas. Nous couchions ensemble, oui. Souvent. Mais une fois que nous étions sortis du lit, toute tentative pour le toucher ou l'embrasser était contrée. Il me repoussait, joueur, mais ferme. C'était une relation étrange. Nous n'étions pas en couple, même pas tout à fait des amis, et je ne savais pas toujours comment le gérer.

Nous étions le quinze septembre et je venais de passer quatre jours à Los Angeles. J'atterris à Phoenix à vingt-deux heures. Une fois à la maison, j'appelai Cole.

— J'espère que c'est une urgence, dit-il d'une voix endormie, sans même un bonjour.

— C'est moi.

— Je sais, mon cœur. Ton nom s'affiche. Tu es chez toi, j'imagine ?

— Oui. Pourquoi ? Je t'ai manqué ?

— Pas du tout.

— Parfait. Moi non plus.

— Je suis ravi que tu m'aies réveillé pour me dire ça.

Puis il raccrocha. Je ne pus retenir un rire. Je m'habituais à son tempérament. Je savais désormais qu'il ne servait à rien de s'offenser.

Je ne fus pas surpris lorsque mon téléphone sonna le lendemain matin pendant que je me rendais au bureau. Je souris en voyant le nom de Cole s'afficher.

— Allô ?

— Bonjour, mon chou. J'ai décidé de te pardonner de m'avoir réveillé hier soir.

— Je n'en doutais pas.

— Comment s'annonce ton week-end ?

Je savais ce qu'il demandait : serais-je libre ou bien mes clients m'appelleraient-ils sans cesse ?

— Tout est réglé pour le moment, lui dis-je. Je suis tout à toi si tu veux de moi.

Il garda un instant le silence, mais lorsqu'il parla à nouveau, j'entendis un sourire dans sa voix.

— Peut-être bien, oui. Pourquoi ne passerais-tu pas le week-end avec moi ?

— Où ça ?

— Dans ma maison.

Il ne m'avait encore jamais invité. J'étais curieux de savoir comment il vivait.

— Tu habites où ?

— Paradise Valley.

Bien entendu. J'aurais dû le savoir. C'était le quartier le plus riche de Phoenix.

— Je sais que ce n'est pas pratique pour toi en semaine, dit-il, mais c'est tellement plus facile de cuisiner chez moi.

— C'est une très bonne idée, lui dis-je. Tu as une piscine ?

— Bien sûr que oui. Et un jacuzzi. Mais quoi qu'il arrive, mon chou, ajouta-t-il d'un ton soudain charmeur, n'emporte surtout pas de maillot de bain !

Le temps que je quitte le travail, que je rentre chez moi me préparer un sac pour le week-end et que j'arrive chez lui, il était près de dix-neuf heures. Il vivait dans une résidence fermée et sa maison était l'une des plus petites du quartier. C'était une maison à l'espagnole : blanche avec un toit rouge, de plain-pied.

— Bonjour, mon chou, dit-il en ouvrant la porte. Enlève tes chaussures.

44

Il ne m'attendit pas, mais tourna les talons et disparut dans les profondeurs de sa maison.

Je savais qu'il allait cuisiner, alors je pris le temps de poser mon sac dans sa chambre et de faire le tour. Les pièces étaient grandes, ouvertes, hautes de plafond. Le décor était un dégradé de blanc et crème. Il y avait quelques peintures au mur, la maison semblait sinon à moitié vide. Il n'y avait que trois chambres : une qui ne pouvait être que la sienne, une autre meublée de bibliothèques et d'un bureau, et une troisième prête à accueillir un invité, mais qui faisait l'effet d'une tombe. Le séjour était plus vivant : un grand canapé rembourré et plusieurs plaids. Je me souvins comme il s'était enroulé dans une couverture pour lire lorsque nous étions à Las Vegas. J'imaginais que c'était ainsi qu'il passait ses soirées chez lui.

Je ne fus pas surpris de découvrir que la cuisine était la pièce la plus confortable de la maison. Elle était immense, et même si je n'avais rien d'un expert, je soupçonnais qu'il y avait mis beaucoup d'argent. Les comptoirs étaient de marbre sombre. Il y avait deux éviers, un réfrigérateur et une cuisinière qui aurait fait envie à certains restaurants.

Il était devant, bien sûr, à mélanger quelque chose. Il était pieds nus. Il avait les cheveux plus longs que d'ordinaire, ce qui couvrait la moitié du papillon sur sa nuque. J'avais plus que jamais envie de le toucher, de presser les lèvres contre cette petite tache, mais je savais que ce serait une violation du contrat.

— Belle maison, dis-je.

— Merci, répondit-il sans me regarder. De toutes mes propriétés, c'est la seule que j'ai achetée moi-même.

— C'est ton père qui a acheté les autres ?

— Ou sa mère. Ou la mienne. Ou l'une des épouses qui l'ont précédée.

— Pourquoi as-tu choisi Phoenix ?

— La chaleur me plaît.

— Tu es fou ? demandai-je avec surprise.

Il haussa les épaules.

— Quelque chose dans le fait de cuire dans le désert me donne la sensation d'être à la fois rebelle et ordinaire.

Je ne voyais pas le rapport avec se vider de sa sueur par quarante degrés, mais en tant que fils matériellement gâté, mais émotionnellement négligé d'un millionnaire, je voyais en quoi se sentir à la fois rebelle et ordinaire pouvait l'attirer.

— Veux-tu boire quelque chose ? demanda-t-il en se retournant vers son four. Sers-toi.

J'ouvris le réfrigérateur, qui était immense et plein.

— Je vais prendre un verre de vin.

— Mon chou, nous buvons du rouge, ce soir. Il ne sera pas dans le frigo.

Mais j'avais déjà repéré ce que je croyais être le vin, sauf qu'à y regarder de plus près, je vis que le bouchon se dévissait au lieu de se tirer.

— Qu'est-ce que c'est ? demandai-je.

Je le retournai et j'éclatai de rire en voyant l'étiquette.

— Du Pinot Grigio aux fruits exotiques de la marque Arbor Mist ?

Il me regarda d'un air horrifié, les joues écarlates.

— J'avais oublié qu'il était là.

— Tu bois ça, toi ? demandai-je, surpris.

— Non.

— Alors qu'est-ce que ça fait dans ton frigo ?

— Ça doit être à Rosa.

— Ta femme de ménage ? Pourquoi ? Elle a moins de vingt-et-un ans ?

— Non. Pourquoi ?

— Parce qu'il n'y a que les ados, pour boire ça.

— Pas seulement, répondit-il, sur la défensive.

— Alors c'est bien toi qui le bois ?

Je ne pus retenir un rire devant son embarras.

Il rougit encore plus, ce que je n'aurais jamais cru possible si je ne l'avais pas vu de mes propres yeux.

— Eh bien, je…

— Oui ? demandai-je.

Je n'arrivais vraiment pas à effacer mon sourire.

— Je…

— J'attends, insistai-je avec sarcasme.

— Ça va !

Il attrapa une manique sur le comptoir et me la jeta.

— Oui, j'en bois. Content ?

Il retourna à son four, mais, malgré son dos tourné, je vis qu'il souriait.

— Maintenant, tu connais mon secret honteux. J'ai un penchant pour les vins aromatisés bon marché.

— Tu me reproches de boire du Chianti avec du poisson…

— Bien sûr que oui, chéri. C'est une décision épouvantable.

—... mais toi, tu as une réserve secrète d'Arbor Mist. Dis-moi, Cole, qu'est-ce qui va bien avec le Pinot Grigio aux fruits rouges ?

Il garda un instant le silence, mais finit par ajouter avec un amusement évident :

— Je l'avoue, pas grand-chose. Mais mon chou, le Merlot aux mûres est délicieux. Je suis certain qu'il s'accorde à tout.

Je ris et je cessai de garder mes distances. Je le rejoignis, l'enlaçai par-derrière et déposai un baiser à l'arrière de sa tête. Il se raidit de façon notable, mais ne s'écarta pas.

— J'adore que tu boives du vin à cinq dollars, dis-je.

— Oui, mais pour l'amour du ciel, ne le dis à personne. J'ai une réputation à tenir, tu sais.

— Ah oui, vraiment ? demandai-je en riant.

— Non, pas vraiment.

Il me repoussa d'un geste taquin.

— Cependant, accorde-moi le luxe de rêver, veux-tu ?

— Je ferai de mon mieux.

J'ouvris la bouteille et en sentis le contenu. Ça avait une odeur chimique.

— C'est ce que nous buvons ce soir ?

— Certainement pas. En fait, je t'ai acheté un excellent Chianti.

Il me montra de sa spatule.

— Et ne me parle pas de fèves au beurre [2], sinon tu dors sur le porche.

— Ça ne me dérange pas, lui dis-je, tant que tu y dors avec moi.

Il me tourna le dos, mais je vis tout de même qu'il avait l'air heureux.

Date : 16 septembre
De : Cole
À : Jared

JE DOIS avouer, mon doux, que tu me fatigues terriblement, avec tes demandes d'information. Je ne t'ai rien dit, car il n'y a rien à en dire. Oui, tu as raison de dire que nous passons beaucoup de temps ensemble. Mais tu es très loin de la vérité en croyant que notre relation se fait plus sérieuse. C'est un arrangement entre nous, rien de plus que le nôtre toutes

2 Référence au film *Le Silence des Agneaux (ndlt)*

ces années. Je m'habitue au fait que Jonathan soit si coincé et je crois bien que lui s'habitue à... ce que je suis. Dans un mois ou deux, je retourne à Paris pour les fêtes. À mon retour, il sera probablement en ménage avec un grand méchant policier. Cette histoire semble bien familière, ne crois-tu pas ?

Prends soin de toi, mon doux, et dis bonjour à ton grand méchant policier pour moi. Dis-moi s'il en a littéralement les oreilles qui fument.

IL PASSA les nuits de dimanche et de lundi chez moi. Le mardi matin, il resta au lit à parler sans cesse en me regardant m'habiller. Il dit qu'il avait besoin d'une coupe de cheveux, de ce que nous devrions manger ce soir-là et lâcha un commentaire que je crus désinvolte sur le fait qu'il n'était pas allé à Mazatlán depuis l'université. Lorsque je revins du travail cet après-midi-là, il était déjà au Mexique, sur une plage. Il m'appela pour dire qu'il serait absent pendant au moins une semaine. Sa façon de se laisser porter par le courant me stupéfiait. Il ne me donna aucune nouvelle le temps de son absence, mais deux vendredis plus tard, je le retrouvai pieds nus dans ma cuisine.

Le lendemain matin, j'allai courir comme à mon habitude, puis me douchai. Il dormait toujours lorsque je sortis de la salle de bain. Les draps le couvraient jusqu'à la taille. Il me tournait le dos. Je ne voyais que ses cheveux couleur cannelle, son dos nu et ses épaules étroites. Sa peau caramel semblait encore plus sombre sur les draps blancs.

J'étais surpris que mon désir pour lui ne fasse que grandir. Avec d'autres partenaires, l'excitation disparaissait souvent. Mais pas avec lui. Pas encore, en tout cas. Je lâchai ma serviette et remontai sur le lit derrière lui. Je me pressai contre lui. Comme toujours, ses cheveux sentaient la fraise. Je déposai un baiser sur sa nuque et passai la main sur la peau douce de son ventre.

— Mmh, marmonna-t-il d'une voix endormie. S'il est moins de six heures, je ne te le pardonnerai pas.

— Il est presque sept.

Il s'étira, appuyé contre moi.

— Mmmh... répéta-t-il.

Cette fois, c'était plus du désir que de la fatigue.

— Dans ce cas...

Je repoussai le drap de façon à presser mon érection contre lui. Il gémit, me laissa le pousser sur le ventre et écarter ses jambes afin que je me place entre elles. J'adorais le sentir tout étendu sous moi. Il était mince et semblait délicat, pourtant je savais d'expérience qu'il n'avait rien de fragile ni de timide quand il s'agissait de sexe. Je déposai un baiser sur sa nuque, donnai un coup de langue sur la marque en forme de papillon qui semblait toujours m'appeler.

— J'adore l'odeur de tes cheveux, lui dis-je, ce qui le fit rire en haletant.

Je glissai la main sous lui, jusqu'à son érection. Il se cambra, appuya les hanches contre moi. Je n'avais voulu que l'exciter un petit peu, mais la pression dans mon aine me donnait soudain envie d'en faire plus, et vite. J'enroulai la main autour de son membre et commençai à le caresser.

— Encore, murmura-t-il.

— Dis-moi ce que tu veux, ordonnai-je, le touchant avec légèreté.

— Ce que je veux toujours.

Il ramena à nouveau les hanches contre moi, ce qui me coupa le souffle d'impatience.

— Vite !

J'étais content de ne pas être le seul à ressentir cet empressement. J'ouvris le tiroir de la table de chevet où se trouvaient les préservatifs et le lubrifiant, puis…

On sonna à la porte.

— C'est une blague, dit-il sans cacher son énervement.

Je ris.

— Qui sonnerait à ta porte à cette heure ?

— Je n'en sais rien. Probablement Julia.

— Quel dommage ! gémit-il. Et moi qui l'aimais bien.

J'envisageai de ne pas aller ouvrir, mais il me repoussa brutalement et roula sur le côté, ce qui me fit tomber par terre. J'atterris brutalement. Il ne me jeta même pas un regard.

— Tu te feras pardonner après le petit-déjeuner, dit-il en se dirigeant vers la salle de bain.

Au temps pour l'idée de ne pas ouvrir.

Je m'habillai rapidement et rejoignis la porte, espérant que Julia ne remarquerait pas l'érection révélatrice que mon tee-shirt ne couvrait pas tout à fait. Mais ce n'était pas Julia. C'était mon père.

D'un autre côté, mon érection disparut rapidement.

— Papa ! m'exclamai-je, alarmé. Que fais-tu ici ?

Il me montra un sac qui venait de la boutique de donuts locale.

— J'étais dans le quartier et je me suis dit que je passerais pour le petit-déjeuner.

— Oh, fis-je bêtement, parce que je ne savais que dire d'autre.

Je me demandai si je pourrais me débarrasser de lui avant que Cole sorte de la chambre, ou si j'arriverais à convaincre Cole de rester dans la salle de bain jusqu'au départ de mon père. Ce n'était pas comme si ce dernier ignorait que j'étais gay, mais il y était rarement confronté et cela le rendait toujours mal à l'aise.

— Je ne t'ai pas réveillé, n'est-ce pas ? demanda-t-il. D'habitude, tu te lèves tôt.

— Non, non, je ne dormais pas.

— Bien.

Nous restâmes ainsi à nous regarder d'un air embarrassé, puis il dit enfin :

— Jon, tu vas me laisser entrer ou pas ?

Merde ! Pourquoi mon cerveau court-circuitait-il, soudain ?

— Bien sûr que oui, dis-je.

Je m'écartai afin de le laisser passer.

Il regarda autour de lui d'un air soupçonneux et se dirigea vers la table de la salle à manger.

— As-tu du café ? demanda-t-il.

— J'étais sur le point d'en faire.

— Quelque chose ne va pas, Jon ? J'ai interrompu quelque chose ?

J'envisageais de lui avouer qu'il y avait un homme nu dans mon lit lorsque Cole arracha le sparadrap en choisissant ce moment exact pour sortir de ma chambre. Il avait enfilé son pantalon, encore qu'il n'était pas boutonné, et il passait un tee-shirt. La mâchoire de mon père se décrocha et je rougis comme une tomate.

— Oh, merde, dis-je.

— Oh mon Dieu, ajouta mon père.

— Oh, bonjour ! s'exclama Cole.

Il s'avança vers mon père avec un sourire tout à fait chaleureux.

— Je m'appelle Cole.

Il s'arrêta devant mon père, la main tendue. Mon père resta là à le dévisager, la bouche ouverte.

— Cole, voici mon père, George.

— Bonjour, George. Ravi de vous rencontrer.

Il tendait toujours la main et mon père continuait à la regarder comme s'il ne savait pas quoi en faire. Je vis l'expression de Cole passer lentement de sa moquerie habituelle à quelque chose de plus réservé. Il reprit sa main, la posa sur sa hanche qu'il fit ressortir. Il dégagea les cheveux devant ses yeux. Il mit en place chacune de ses manières comme on enfilerait un costume.

— Eh bien, chouchou, me dit-il sans pour autant détacher les yeux de mon père. Tu aurais pu me dire que tu étais toujours dans le placard.

— Ce n'est pas le cas.

J'attrapai l'objet le plus proche, qui se trouva être le journal plié du matin, et le jetai sur mon père.

— Papa !

Il prit le journal en pleine tête et sauta d'au moins trente centimètres. Mais ce fut efficace.

— Je suis désolé, lâcha-t-il soudain. Je suis George Kechter.

Il tendit la main, un peu tard. Cole le regarda un instant d'un air méfiant, mais la serra.

— Ravi de vous rencontrer, George, répéta-t-il.

Il contempla le sac de donuts avec un dégoût non dissimulé avant de se tourner vers moi.

— J'allais préparer le petit-déjeuner, mais je crois qu'il vaudrait mieux que j'y aille.

— Cole, je suis déso…

Il me sourit.

— Ne t'inquiète pas, chouchou. Donne-moi un instant.

Mon père et moi nous assîmes chacun à un bout de la table sans nous regarder. Il avait les yeux résolument baissés. Cole entra dans la chambre, ressortit, récupéra ses chaussures et ses clés. Tout ce que je me disais, c'était combien, je regrettais que mon père n'ait pas attendu dix ou quinze minutes avant de sonner. J'étais certain que, étant donné notre impatience à Cole et moi, cela aurait suffi.

Il s'arrêta à la porte et écarta le pouce et l'auriculaire près de son oreille, le geste universel pour 'appelle-moi'. Ou, le connaissant : 'Je t'appelle'. Je hochai la tête, puis il s'en alla.

Une fois la porte fermée, mon père leva enfin la tête, les joues rouges d'embarras.

— Que faisait-il ici ?

51

Je ne pus m'empêcher de lui décocher un grand sourire.

— Veux-tu vraiment les détails, papa ?

Il s'empourpra encore plus et détourna les yeux.

— Non !

— Je suis désolé si nous t'avons mis mal à l'aise.

— Je ne m'attendais pas à ce que tu aies de la compagnie.

— Je ne m'attendais pas à ce que tu débarques sans prévenir à sept heures du matin un samedi.

Il garda un instant le silence, jouant avec le sac de donuts. Je savais qu'il avait quelque chose à me dire, alors j'attendis. Enfin, il soupira :

— Ce n'est pas vraiment ton genre d'homme, hein, Jon ?

— Que veux-tu dire ? rétorquai-je.

Je savais parfaitement ce qu'il voulait dire, mais je n'avais pas l'intention de lui faciliter les choses.

— Eh bien, dit-il sur la défensive, il est un peu…

Il ne termina pas sa phrase.

— *Oui* ? insistai-je. Un peu quoi ?

— Un peu… maniéré.

Je me sentis me hérisser, mais ne répondis pas.

— C'est ton petit ami ?

Je me demandai comment répondre.

— Pas tout à fait.

— Alors c'était juste pour la nuit ?

Il y avait du dégoût dans sa voix.

— Qu'est-ce que tu prendrais le mieux, papa ? demandai-je en contrôlant mon irritation avec difficulté. Savoir que ce n'était qu'un coup d'un soir, ou savoir que nous sommes ensemble ?

Il baissa les yeux vers la table. Je voyais de la honte sur son visage. Il n'avait pas honte de moi, mais de lui. Il essayait vraiment de comprendre mon homosexualité. Parfois, il y arrivait.

— Je n'en suis pas certain, reconnut-il. Pourquoi tu ne me dis pas clairement ce qu'il en est réellement ?

— La réalité, déclarai-je, est entre les deux.

Il soupira.

— C'est souvent ainsi, c'est vrai.

Il semblait n'avoir plus rien à ajouter, alors j'allai préparer le café dans la cuisine. Je revins avec des serviettes. Il prit un donut et me tendit le sac.

— Est-ce que tu fréquentes quelqu'un d'autre ? demanda-t-il.

Il ne regardait à nouveau que la table.

— Non. Pour le moment, il n'y a que lui.

— Jon, je sais que tu es un adulte…

— Ravi que tu aies remarqué.

— … et que ce ne sont pas mes affaires…

— Tu as bien raison.

—… mais j'espère que tu fais attention.

Ce n'était pas ce à quoi je m'attendais. Cela apaisa tout de suite ma colère. Je mis du temps à répondre.

— Ne t'inquiète pas, papa, dis-je enfin.

Il sourit.

— Très bien, continua-t-il avec soulagement. Alors, ce café ?

Le vendredi suivant, je travaillais au bureau lorsque Marcus demanda à me parler. Je le découvris dans le bureau, en train de finir un hamburger gras et des frites.

— Marcus ? Vous vouliez me voir ?

— Effectivement ! Entrez, Jon. Fermez la porte.

Je m'assis en face de lui et attendis qu'il jette le reste de son déjeuner. L'odeur de fast-food resta.

— Jon, dit-il enfin, je voulais vous parler de restructuration.

— Restructuration ? demandai-je bêtement.

Bien sûr, il m'avait expliqué en mai que notre PDG envisageait quelque chose dans le genre, mais au bout de cinq mois sans autre nouvelle, j'avais cru que cela n'arriverait pas. Maintenant que cela revenait sur le tapis, l'idée m'inquiétait.

— Monty veut que nous nous y mettions. Ce ne sera pas effectif avant quelques mois. Il y a d'autres choses à mettre en place d'abord. Mais je voulais que vous sachiez que c'était d'actualité.

— Je vais donc devoir déménager ?

— Probablement. Je ne sais pas encore comment nous déciderons qui s'occupera de quelle région, mais je voulais tous vous rencontrer afin de connaître vos préférences.

— Quel était le découpage, déjà ?

— L'Arizona. San Diego, Los Angeles, San Francisco. Las Vegas, le Colorado et l'Utah.

53

— Bien entendu, mon premier choix est l'Arizona.

Mais c'était forcément celui de tout le monde.

— Et les autres ?

Les autres ? Toute la Californie me convenait. Je connaissais bien Las Vegas, mais je n'étais pas sûr de vouloir y vivre. L'Utah me faisait peur. Quant au Colorado ? C'était un tout autre problème.

C'était là que j'étais allé à l'université. Que j'avais rencontré Zach, passé trois ans à l'aimer. Que je l'avais quitté et que j'avais attendu un an qu'il me revienne. C'était aussi là qu'il vivait toujours, avec son nouveau partenaire, qu'il aimait plus qu'il ne m'avait jamais aimé.

C'était ridicule, je le savais, mais l'idée d'y retourner m'était insupportable. Oui, c'était un grand état. Si j'y déménageais, je vivrais à Denver. Zach et Angelo étaient désormais dans les montagnes. Il n'y avait aucune chance que je les voie. D'un autre côté, il avait été tout aussi improbable que je les croise à Las Vegas, et pourtant.

Il restait que, à tort ou à raison, logique ou non, retourner dans le Colorado me donnerait l'impression d'aller dans la mauvaise direction. Dans ma tête, cet état était connecté de toutes les façons possibles à ma vie avec Zach, une vie que je ne retrouverais jamais. Bizarrement, étant ailleurs, je pouvais accepter qu'il ait tourné la page. Mais si je savais qu'il n'était qu'à une heure de là, je ne pourrais peut-être pas m'empêcher de penser à lui. D'aller le voir. Ce serait égoïste et aveugle de ma part. Zach avait clairement dit qu'il ne voulait plus rien avoir à faire avec moi. Et Angelo me casserait la figure dès qu'il me verrait, soutenu par Matt de surcroît. Et Jared sourirait et me demanderait des nouvelles de Cole. Quant à Cole…

Oui, il y avait lui aussi. Mais pour lui, je n'étais qu'un compagnon de lit bien pratique, alors je ne pouvais le prendre en compte dans ma décision. Et bien sûr, il y avait aussi mon père.

— Jon ? me demanda Marcus, me tirant soudain de mes pensées. Qu'en pensez-vous ?

— Pas le Colorado, lui dis-je. Tout, sauf le Colorado.

Il hocha la tête.

— Comme je l'ai dit, je ne sais pas encore comment nous déciderons, mais je garderai votre décision en tête.

— Merci.

— Je vous dirai dès que j'en saurai plus. Mais rien ici ne se fait vite, Jon. Pour le moment, du moins, c'est la routine habituelle.

Date : 10 octobre
De : Cole
À : Jared

Ce soir, je fais du cioppino, qui devrait aller avec un Tempranillo. Bien sûr, il faudra que j'achète plutôt du Barbera car chaque fois que j'apporte un rouge espagnol, Jonathan boude. Ce n'est pas que j'en veux à Zach d'être l'ex de Jonathan. J'aimerais seulement que son souvenir nous rejoigne moins souvent à table. J'ai horreur de rivaliser avec la nostalgie.

CET APRÈS-MIDI-LÀ, je rentrai dans une maison sentant les fruits de mer et découvris Cole pieds nus dans la cuisine.

— Tu es libre, demain soir ? lui demandai-je.

Il me jeta un regard en coin.

— Je ne sais pas, mon cœur. Que proposes-tu ?

— J'ai des billets pour *Wicked*.

Ce serait la première fois depuis des mois que j'arriverais à utiliser mon abonnement au théâtre et j'en étais ravi.

— Deux hommes gays allant voir une comédie musicale ? me taquina-t-il. Quel stéréotype !

— Tu sais, c'est quelque chose que je n'ai jamais compris, lui répondis-je en ouvrant le vin qui se trouvait sur le comptoir. Je vais au théâtre dès que je peux et crois-moi, la grande majorité des hommes qui s'y trouvent sont hétéros. Et j'ai cherché ! ajoutai-je en lui souriant.

— Je n'en doute pas, dit-il en riant. C'est sans importance. Je serais ravi de t'accompagner.

— Parfait. Quand le dîner sera-t-il prêt ?

— Tu as le temps de prendre une douche, si c'est ta question.

Je sortis de la salle de bain dix minutes plus tard et le découvris assis sur le lit avec un grand sourire. Il me jeta ce regard entre ses cheveux qui signifiait qu'il se moquait de moi.

— Dis-moi, chaton, n'aurais-tu pas oublié quelque chose ?

— Je ne crois pas. Pourquoi ?

— Ton téléphone a sonné pendant que tu étais sous la douche.

Je voulus vérifier l'écran de mon portable sur la commode, mais il ajouta :

— Pas celui-là. Ton fixe. J'espère que ce n'était pas terriblement impoli d'avoir répondu pour toi.

— Non. Qui était-ce ?

— Ton père.

— Mon père ?

Je compris alors pourquoi il se moquait de moi. Je devais dîner avec mon père ce soir-là.

— Merde ! C'est son anniversaire !

Je consultai ma montre. J'avais déjà dix minutes de retard. Si je me dépêchais, j'arriverais au restaurant dans vingt autres minutes, mais Cole avait déjà à moitié préparé le dîner.

— Cole, je…

— Du calme, dit-il de son ton moqueur. Nous avons compris que tu as dû t'embrouiller sur les jours, alors…

— M'en voulait-il ?

— Je ne crois pas, mais je n'oserais dire que je connais ton père…

— Je devrais le rappeler.

— Mon chéri, attends de lui en parler en personne. Il sera là dans cinq minutes.

— *Quoi* ?

Il avait l'air encore plus amusé. Je ne l'aurais pas cru si je ne l'avais pas vu moi-même.

— J'ai essayé de te le dire, lapin, mais tu ne te tais pas assez longtemps pour m'écouter. Il était déjà dans le quartier et il avait clairement envie de te voir. Il y a une grande quantité de cioppino…

— Tu l'as invité ?

— N'est-ce pas ce que je viens de dire ?

J'essayai d'imaginer la conversation entre eux deux : Cole parlant sans s'arrêter, appelant mon père 'chéri' et mon père essayant de suivre.

— Et il a accepté ?

— Bien sûr.

J'avais dans l'idée qu'il n'avait pas trouvé d'excuse assez rapidement.

— Ce n'est pas un problème, n'est-ce pas ?

— Je ne suis pas certain que ce soit une très bonne idée. Mon père n'est pas très à l'aise avec ma sexualité et…

À cet instant, on sonna à la porte. J'aurais préféré aller répondre moi-même, mais je n'étais couvert que d'une serviette. Cole me sourit à nouveau.

— Ne t'inquiète pas, lapin. J'y vais.

Je m'habillai rapidement en me répétant que tout irait bien. Il n'y avait pas de raison de croire que le dîner serait un désastre.

Lorsque je sortis de la chambre, Cole avait réussi à entraîner mon père dans la salle à manger où il avait déjà mis la table. Il parlait à toute vitesse. Quant à mon père ? Il affichait un mélange de choc et d'horreur. Cela aurait été comique si cela ne confirmait pas ce que je soupçonnais déjà. Ce ne serait pas une partie de plaisir.

— George, je suis vraiment désolé d'avoir volé votre fils le jour de votre anniversaire, disait Cole. Je ne l'aurais jamais monopolisé ainsi si j'avais su. Mais c'est plus agréable, tout de même. Les restaurants sont tellement bruyants et impersonnels. Ici, ce sera bien plus intime, ne croyez-vous pas ? Ce sera du cioppino, ce soir, mais je crois vous l'avoir déjà dit. Toute la maison sentira le poisson pendant une semaine, mais c'est si bon que j'en cuisine quand même. J'espère vraiment que vous n'êtes pas allergique aux fruits de mer, mon lapin. Cela gâcherait la soirée, n'est-ce pas ? Je n'ai aucune idée de ce que nous ferions si vous faisiez un choc anaphylactique. Je dois avouer que le cours de premiers soins que j'ai pris au lycée ne serait *absolument* d'aucune utilité ! Même si j'avais écouté à l'époque, ce qui n'est pas le cas, j'aurais tout oublié de toute façon. Tenez, laissez-moi vous servir du vin.

Même moi j'en avais la tête qui tournait. Mon père avait l'air de ne même pas savoir en quelle langue Cole lui parlait. Ce dernier, par contre, semblait ne se rendre compte de rien. Il alla chercher trois verres et une bouteille de vin ouverte dans la cuisine, sans interrompre son monologue.

— Bien sûr, ce n'est pas comme si j'écoutais en classe de toute façon. J'ai essayé. Vraiment, George. Mais nous étions tous à genoux devant ces horribles mannequins. Et Tommy Nelson était en face de moi. Il était dans l'équipe de lutte et avait un corps à damner un saint. Et je dois dire que chaque fois qu'il se penchait pour…

— Cole ! m'exclamai-je, horrifié.

Il se tourna vers moi.

— Qu'y a-t-il, mon cœur ? Tu ne veux pas que je parle de Tommy Nelson ?

Il revint à mon père et lui adressa un clin d'œil. Mon père commençait à s'empourprer.

— Je n'imaginais pas que Jonny était du genre jaloux.

C'était étrange de l'entendre prononcer mon nom. Je croyais bien que c'était la première fois. Je n'étais pas surpris qu'il choisisse le diminutif que je détestais le plus.

— Il n'aime pas qu'on l'appelle Jonny, dit soudain mon père.

Cole lui sourit.

— Je sais, lapin. Pourquoi croyez-vous que je le fasse ?

Il glissa un verre en direction de mon père et servit le vin. C'était du rouge.

— Il n'aime pas le rouge, dis-je. Peut-être pourrions-nous ouvrir une bouteille de Riesling.

— Oh, chaton, tu sais que nous ne pouvons pas boire du Riesling avec du cioppino.

Il frissonna de façon théâtrale.

— Ce serait inacceptable. Nous aurions pu prendre un Tempranillo, mais je sais combien les rouges espagnols te dépriment.

Je me sentis me hérisser. Ce n'était pas de ma faute s'ils me rappelaient Zach.

— Alors j'ai acheté du Barbera. Il s'accordera très bien avec le…

— Mais mon père…

— Ce n'est pas grave, Jon, dit mon père.

Je voyais qu'il essayait de sourire, mais cela ressemblait plus à une grimace.

Cole entra dans la cuisine. Mon père et moi nous assîmes en silence jusqu'à ce qu'il revienne avec la nourriture. Mon père avait peut-être regardé Cole comme s'il était une bête de foire, mais une fois qu'il commença à manger, je vis qu'il était impressionné.

— C'est vous qui avez cuisiné ? demanda-t-il.

Cole battit des cils, juste un peu. Est-ce qu'il flirtait avec mon père ?

— Impressionnant, n'est-ce pas ?

— Je n'avais jamais rencontré d'homme qui cuisine comme ça, déclara mon père à ma grande horreur.

— Papa ! cinglai-je.

Il me regarda un instant sans comprendre, puis je le vis s'empourprer lentement. Il s'adressa à Cole.

— Je ne voulais pas dire que…

— Mon lapin, ne vous excusez pas. Écoutez, si vous préférez, je porterai une robe la prochaine fois. Qu'en pensez-vous ?

— Cole ! m'exclamai-je.

Il fit la sourde oreille.

— Ce n'est pas mon habitude, mais sans vouloir me vanter, George, j'ai des jambes magnifiques.

Oh, mon Dieu, c'était pire que ce que j'avais imaginé. J'avais rarement vu Cole aussi déchaîné. Je commençais à me sentir embarrassé et mal à l'aise. Je voyais bien que mon père avait envie de rire de lui et je ne voulais pas non plus que cela arrive. Je voulais qu'il prenne Cole au sérieux. Je voulais qu'ils se respectent.

— Ça suffit !

Ils se tournèrent tous les deux vers moi. Mon père avait l'air inquiet et prêt à s'excuser. Cole désarçonné et un peu agacé.

— Pouvons-nous manger, c'est tout ? demandai-je, sachant tout en prononçant ces mots que c'était immature.

— Tout ce que tu veux, mon cœur, dit Cole avec un amusement évident.

Le reste du repas se déroula dans un silence pesant. Mais je n'eus pas le temps de souffler longtemps. Nous finîmes de manger bien vite. La table sembla bien trop grande une fois que je l'eus débarrassée.

J'avais peut-être affirmé que mon père n'aimait pas le rouge, mais nous avions fini la première bouteille de vin, alors Cole alla en chercher une autre.

— C'était délicieux, dit mon père en remplissant son verre.

Cole lui décocha un sourire rayonnant.

— Qu'est-ce qu'il y a pour le dessert ?

Il plaisantait en partie, mais je me sentis agacé qu'il croie que Cole aurait aussi préparé le dessert.

— Papa !

— Pas de dessert, je le crains, dit Cole. Je cuisine, mais je ne fais pas de pâtisserie.

— Y a-t-il une différence ?

— Mon lapin, c'est comme le jour et la nuit. La cuisine est un art, on peut remplacer, improviser, expérimenter. Mais la pâtisserie, c'est une science. Tout doit être parfait, ou cela s'effondre. Tant de règles ! C'est terriblement ennuyeux.

Je songeais comme c'était parlant, étant donné son caractère, lorsqu'il se tourna vers moi.

— Tu devrais te lancer, lapin, déclara-t-il avec une pointe de venin dans la voix.

C'était assez subtil afin que mon père ne le détecte pas, mais, moi, oui.

— Moi ? demandai-je, ne comprenant pas ce que j'avais fait pour l'irriter.

— Oui. Cela me paraît la parfaite activité pour un comptable coincé tel que toi.

J'essayai de ne pas me vexer.

— Que faites-vous dans la vie ? demanda mon père.

Je réussis à ne pas gémir.

Cole prit cet air moqueur, amusé, que je trouvais parfois mignon, mais qui ce soir m'énervait.

— Vous êtes exactement comme Jonny, n'est-ce pas ? Que croyez-vous que je fasse ?

— Êtes-vous chef cuisinier ?

Cole sourit.

— Oui.

— Cole !

— Cela explique vos dons pour la cuisine, dit mon père.

Je me demandai s'il voulait dire qu'un homme ne cuisinerait pas pour d'autres raisons que l'argent.

— Papa, il ne fait qu'éluder la question. Il n'est pas chef cuisinier.

— Quoi ? demanda-t-il, perdu.

Cole leva les yeux au ciel.

— Doux Jésus, mon cœur. J'aime cuisiner. Je suis bon cuisinier. En quoi cela ne fait-il pas de moi un chef cuisinier ? Ce n'est pas comme si je mentais.

— Mais tu sous-entends…

— Je ne sous-entends rien du tout sinon que je cuisine…

— Oubliez ma question, intervint mon père, mais je n'écoutais pas.

— Pourquoi ne peux-tu pas être sincère ?

— Je le suis. Je cuisine vraiment. Tu es le seul qui considère que la question 'que faites-vous dans la vie ?' ne se réfère qu'à la carrière…

— Il n'y a pas que moi, Cole ! C'est comme ça pour tout le monde !

— C'est sans importance, répéta mon père plus fort. J'essayais simplement de…

— George, dit Cole en se tournant soudain vers lui. La vérité, c'est que je suis sans emploi.

Il y eut un instant de silence. Je regrettai de ne pas pouvoir donner un coup de pied à Cole, mais il était assis à côté de moi et cela n'aurait pas été discret.

— Oh, dit mon père avec un embarras évident. Je suis désolé de l'apprendre.

— Ne le soyez pas ! s'exclama Cole avec un sourire.

Mon père était plus perdu que jamais.

— Parlons d'autre chose, voulez-vous ?

Mais je n'étais pas prêt à lâcher le morceau. Je ne voulais pas que mon père croie que Cole était un fainéant ou qu'il vivait à mes crochets.

— Il est riche, lâchai-je.

Ils me regardèrent à nouveau. Cette fois, l'énervement de Cole était évident. Même mon père dut le voir, car il demanda soudain, comme s'il venait à ma rescousse :

— Cole, êtes-vous originaire de Phoenix ?

Cole continua à me dévisager d'un air meurtrier pendant une seconde de plus avant de se tourner vers mon père. Lorsqu'il posa le regard sur lui, il n'y avait plus de colère dans son expression. Il souriait à nouveau.

— Non, encore qu'il est difficile de vous dire d'où je viens, pour être franc. Chaque année nous passions quelques mois dans la maison de mon père dans le comté d'Orange…

— Tu as aussi une maison là-bas ? demandai-je, surpris.

Il me jeta un rapide coup d'œil.

— Plus maintenant.

Puis à mon père :

— Lorsque j'étais très jeune, ma famille passait beaucoup de temps à New York, car c'était le lieu préféré de ma mère. Quand j'avais environ huit ans, mes parents ont divorcé et mon père n'aimait pas y revenir. Alors nous allions plutôt à Paris. Nous y passions en général six mois de l'année. Mon père avait de la famille dans la région. Ils sont toujours là, j'imagine, quoique je n'aie pas eu de nouvelles depuis son décès.

— Je suis désolé… commença mon père, mais Cole lui fit un signe indifférent avant même qu'il termine.

— Ce n'est rien, mon lapin. C'était il y a vingt ans.

— C'est donc pour ça que tu aimes autant voyager, dis-je en comprenant soudain.

Il haussa les épaules.

— Ce n'est pas tant que j'aime voyager que j'en éprouve le besoin. J'ai essayé de rester sédentaire, mon cœur, mais je n'y arrive jamais. Cela me rend fébrile, irritable et excessivement désagréable.

— Vous deviez être bien jeune au décès de votre père, dit le mien.

— Papa, il n'a sûrement pas envie d'en parler.

Cole fit comme si je n'avais rien dit.

— J'avais quinze ans. Ma mère est toujours en vie, alors techniquement, elle avait ma garde jusqu'à mes dix-huit ans, même si je ne la voyais jamais. C'est aussi prévisible qu'un téléfilm, vraiment. Une gouvernante et son mari m'ont tenu en laisse jusqu'à l'université.

Il sourit dans une tentative d'alléger l'atmosphère.

— Ma mère est célibataire, mon chou, et Dieu sait ce qu'elle dépense en chirurgie esthétique. Peut-être devrais-je vous présenter, un de ces jours.

Mon père eut l'air légèrement paniqué.

— Cole, dis-je. Non.

Il leva les yeux au ciel.

— Détends-toi mon chou. Je plaisante.

Ma mère était morte et il parlait même pour rire d'organiser un rendez-vous pour mon père ?

— C'est déplacé.

— Jon, ce n'est rien.

— Tu vois ? me dit Cole.

— Ce n'est pas rien. Il n'a pas l'intention de rencontrer quelqu'un !

— Comment le sais-tu, mon cœur ? Le lui as-tu jamais demandé ? George, voyez-vous quelqu'un ?

— Cole !

— *Quoi* ? C'est une simple question, mon cœur.

— Ma mère est morte !

— Dieu du Ciel, mon chou, je sais ! Mais cela ne date pas d'hier, si ? Dois-je imaginer qu'il vivra dans l'abstinence le reste de sa vie ?

— Les garçons... commença mon père, avant d'être coupé par Cole.

— George, je suis navré si je vous ai offensé. Vraiment. Ce n'était pas mon intention.

— Vous ne m'avez...

— Ce n'est pas le problème ! m'exclamai-je.

— Jon, dit mon père, pour dire vrai, je songe à essayer un de ces services de rencontre...

— Oh mon Dieu ! Pouvons-nous parler d'autre chose, s'il vous plaît ?

Cole me décocha un regard venimeux. Mon père soupira profondément avant de venir à nouveau à ma rescousse.

— Alors, comment vous êtes-vous rencontrés ?

Cole et moi nous observâmes un instant. Il y avait du défi dans ses yeux noisette. Il était vraiment furieux contre moi. Je me tournai vers mon père.

— Un ami commun nous a présentés.

— Oui, dit Cole d'un ton sarcastique. Dieu sait à quoi pensait Jared.

— Personne ne te force à rester, cinglai-je, irrité.

Il me sourit.

— Bien vu, chouchou.

Il s'adressa à mon père.

— J'étais ravi de vous revoir, George. Je vous souhaite un merveilleux anniversaire. Je sais qu'il est terriblement malséant de filer ainsi, mais je suis certain que Jonny et vous aimeriez un peu de temps à vous.

Il se leva de table sans m'adresser un sourire.

— Tu t'en vas ? demandai-je, surpris.

Je n'avais pas été sérieux.

— Effectivement.

Mon père avait à nouveau l'air mal à l'aise, et moi j'essayais de ne pas m'énerver. Je suivis Cole dans le salon où il enfila ses chaussures et attrapa ses clés.

— Je n'arrive pas à croire que tu t'en ailles comme ça, dis-je entre mes dents, espérant que mon père ne pourrait m'entendre. Ce n'est pas poli.

— C'est toi qui n'es pas poli, répliqua-t-il en se tournant vers moi. Tu nous traites tellement comme des enfants que tu ne réalises pas que tu es de trop !

— Qu'est-ce que ça veut dire ?

— Rien du tout.

Il claqua la porte.

Je restai dans le salon à essayer de reprendre mon sang-froid avant de retrouver mon père. Je comptai jusqu'à cinq. Ou peut-être était-ce vingt-cinq. Une fois calmé, je retournai dans la salle à manger où il n'était plus. Je le découvris dans la cuisine en train de saucer le plat de cioppino avec un bout de pain.

— Ce petit gars est peut-être une grande folle, mais qu'est-ce qu'il cuisine bien !

Je n'eus pas de nouvelles de Cole le jour suivant et j'étais si énervé contre lui que j'aurais bien aimé en rester là pour quelques jours. Mais c'était le soir où nous allions au théâtre. Je craquai et l'appelai pour confirmer que c'était toujours d'accord. Normalement, nous aurions dîné d'abord, mais nous sentions tous les deux qu'il valait mieux éviter. Il accepta de me retrouver chez moi et nous partirions ensemble de là.

J'étais vraiment heureux d'y aller. Mon amour du spectacle me venait de ma mère. Elle s'y rendait aussi souvent que possible. Mon père détestait ça, alors, dès que j'avais eu dix ans, elle m'y avait emmené à sa place. J'adorais la musique, les histoires, mais plus que tout, j'aimais y aller parce que cela me rappelait ma mère. J'accordais au théâtre la vénération que d'autres réservaient à l'église. Malgré mon agacement contre Cole, j'étais heureux de me servir de mes places, pour une fois. Cela faisait bien trop longtemps.

Malheureusement, je sus dès qu'il entra chez moi que Cole et moi serions en conflit ce soir-là. Il était habillé comme il l'était toujours : un pantalon moulant noir, un pull léger et une écharpe. Il portait une veste, mais ce n'était pas une veste de costume. Elle était blanche et plus à la mode que tout ce que je n'avais jamais possédé. J'aurais parié un mois de salaire qu'il l'avait achetée à Paris. Je ne savais rien de la mode, mais ça ressemblait vraiment à quelque chose sorti tout droit d'un défilé. Elle était longue d'une façon presque militaire et pourtant étrangement ostentatoire.

— C'est ce que tu vas mettre ? demandai-je avant de pouvoir m'en empêcher.

— Non, mon cœur, dit-il. J'ai un costume Armani caché dessous. Je comptais me changer comme Superman dans ta voiture.

Je l'avais peut-être mérité, mais je refusai de m'excuser.

— Je pensais que tu serais en costume, justement.

— Pas même à mon propre enterrement.

— Très bien.

Dans la voiture, nous parlâmes à peine. Dès que nous entrâmes dans le théâtre, il se dirigea vers le bar avec moi sur ses talons. Cela me rappela immédiatement notre soirée à Vegas, quand nous étions allés au restaurant. À la maison, lorsque nous étions tous les deux, son extravagance semblait s'atténuer. En public, elle revenait au grand galop. Je croyais que je m'y étais habitué, ces derniers temps, mais ce soir-là, c'était pire que tout.

Sa démarche était trop chaloupée, sa gestuelle trop emphatique, sa voix trop chantante. Je n'éprouvais pas le besoin de cacher ma sexualité, mais je n'avais pas non plus envie de l'afficher. Être avec Cole, c'était comme porter un panneau lumineux où était écrit : 'Je suis gay !'

Il me rendait conscient de mon comportement. Je me retrouvais à faire un effort pour paraître aussi 'hétéro' que possible, ce qui ne m'était pas arrivé depuis des années.

Nous fîmes la queue au bar. Pour une fois, il ne bavardait pas. Au début, je fus simplement heureux de ne pas avoir à l'écouter. Je me rappelai que j'étais censé passer un bon moment. Puis je regardai le bar et ma colère remonta, plus forte que jamais. Le barman était jeune, mignon et sa sexualité était aussi effrontée que celle de Cole. Il s'occupait de ses clients, mais son regard ne cessait de revenir à Cole. Ils se souriaient de temps en temps.

— Tu as choisi cette file exprès ? cinglai-je.

— Et si c'était le cas ? rétorqua-t-il.

Il me regarda de bas en haut avant de me tourner le dos.

— Ta condescendance commence à me fatiguer, chéri.

Je ravalai ma réplique, et ce fut à nous. Le barman – Trey, d'après son badge – se pencha pour se rapprocher de Cole.

— Que puis-je vous servir, monsieur ? demanda-t-il d'un ton plein de sous-entendus.

Cole lui sourit d'un air malicieux.

— Depuis combien de temps le Pinot Noir est-il ouvert, mon chou ?

— Celui-ci ? Depuis hier soir. Mais je peux vous en ouvrir un neuf, si vous voulez.

Cole lui décocha un regard tellement aguicheur que je me demandai comment les gens à côté de nous n'en sentaient pas les ondes.

— Ce serait très apprécié. J'en prendrai un verre, ainsi qu'un verre de Chianti.

— Désirez-vous que je vous en ouvre une autre bouteille aussi ?

— Non, mon chou, déclara Cole en me jetant un regard en coin. Ne vous embêtez pas.

— Voudriez-vous passer commande pour l'entracte ? Vous payez maintenant et les boissons vous attendront au bout du bar.

— Ce serait parfait.

Trey me servit en premier, et Cole me tendit mon verre. Trey me regarda avec curiosité et je fis de mon mieux pour l'incinérer du regard. Malheureusement, ce fut un échec. Il se détourna afin d'ouvrir le vin de

Cole et le servir. Je ne voyais pas tout à fait ce qu'il faisait, mais lorsqu'il revint vers nous, il déposa le verre en face de Cole avec une serviette en papier. J'eus une seconde à peine pour voir qu'il y avait un numéro de téléphone dessus avant que Cole le ramasse et le mette dans sa poche.

— Merci, mon chou, dit-il avec un clin d'œil.

Il lui tendit deux billets de vingt dollars.

— Gardez la monnaie.

— Tu es incroyable ! sifflai-je tandis que nous nous éloignions.

— Juste ciel, mon cœur. Mais qu'est-ce que tu as ? M'as-tu vu demander son numéro de téléphone ? Non. Et même si je l'avais fait, ce n'est pas ton affaire, n'est-ce pas ?

— Ce n'est pas le numéro ! C'est…

Je m'interrompis parce que, pour dire vrai, je ne savais pas trop quoi dire. Oui, le numéro de téléphone m'avait dérangé, tout comme le pourboire démesuré qu'il avait laissé. Mais c'était la façon dont il m'avait ignoré qui m'énervait le plus. D'un autre côté, j'étais assez sincère avec moi-même pour savoir que presque tout ce qu'il faisait ce soir me hérissait le poil. C'était injuste de m'en prendre à lui. Je me forçai à marquer une pause et à compter jusqu'à cinq. Je bus mon vin et nous fîmes comme si l'autre n'existait pas jusqu'au moment de retrouver nos sièges.

L'entracte se déroula de la même façon. Même si Trey était occupé à servir les boissons, je vis les regards qu'ils s'échangèrent lorsque nous prîmes les verres que Cole avait commandés en avance.

— Alors, dit Cole dans un effort évident pour vaincre la tension, avais-tu déjà vu ce spectacle ?

— Non. Mais il est très populaire.

— Les costumes sont fantastiques, n'est-ce pas ?

— J'imagine.

Je ne les avais pas vraiment remarqués et le fait que lui oui m'agaça sans aucune raison. C'était comme s'il soulignait ma conviction que nous n'avions rien en commun.

— Comment tu trouves ça, jusqu'ici ? demandai-je.

Je n'arrivais pas à rendre ma voix amicale.

Il me regarda avec méfiance avant de dire d'un ton ironique :

— Elphaba et toi avez beaucoup de choses en commun.

— Je ne suis pas vert.

— Bien sûr que non, mon cœur. C'est plus dans l'attitude. Coincée et sans aucun sens de l'humour.

— J'imagine que nous devrions tous être plus frivoles, comme Galinda ?

Je vis à ses yeux plissés qu'il avait bien compris mon sous-entendu. Il se détourna, vida son verre d'un trait et retourna dans la salle sans moi.

Peu importait qu'il soit fâché. Peu importait que je l'aie blessé. Je restai là à me maudire de tout, d'avoir accepté sa première invitation à dîner plusieurs mois auparavant, jusqu'à lui avoir proposé de venir ce soir-là. Je terminai mon vin et retournai m'asseoir à côté de lui sans un mot.

Après le spectacle, je n'avais qu'une envie, c'était de partir de là le plus vite possible. Ce qui était d'habitude une bonne expérience avait été gâché et je voulais que nous nous séparions au plus vite. Le hall était bondé de gens qui achetaient des produits dérivés et des boissons, et d'autres qui, comme nous, tentaient de sortir.

Nous y étions presque lorsqu'une voix familière s'exclama :

— Jonathan !

Je me retournai dans la foule pour découvrir Marcus à mes côtés.

— C'est bon de voir que vous ne travaillez pas tout le temps ! me dit-il d'une voix joyeuse. Laissez-moi vous offrir un verre.

Merde. Je n'avais aucune envie de refuser. D'un autre côté…

— Allez, dit-il en sentant mon hésitation. Mon épouse est par là…

Il fit un signe vague en direction des toilettes.

—… en train de parler à sa sœur. Je suis coincé pour encore au moins une heure.

— Eh bien…

— Nous serions ravis de nous joindre à vous, dit soudain Cole à ma droite.

Marcus le regarda avec surprise. Je sentis l'angoisse monter dans mon ventre. Cole tendit la main à Marcus.

— Je m'appelle Cole. Vous êtes ?

— Marcus Barry, dit-il d'un ton mal à l'aise en lui serrant la main.

— C'est mon chef, précisai-je dans l'espoir que Cole comprenne que je le suppliais de ne pas m'embarrasser.

— Marcus ! Bien sûr. Je suis ravi de vous rencontrer enfin. J'ai beaucoup entendu parler de vous.

S'empourprant lentement, Marcus nous regardait tour à tour.

— Je suis désolé, dit-il, clairement dérouté. Vous êtes un ami de Jonathan ?

Oh non. J'aurais voulu me cacher dans un trou. Ce n'était pas que je dissimulais mon homosexualité au travail. Juste que le sujet n'avait jamais été abordé. Je n'allais pas aux soirées de Noël de la compagnie et je ne sortais pas boire avec mes collègues. Je travaillais sans me mêler aux autres. C'était une discrétion que je m'imposais. Et même si certains de mes collègues avaient leurs soupçons, personne n'avait eu le courage de m'en parler.

Cole me demandait de l'aide du regard et moi je restais là comme un idiot sans savoir quoi répondre. Dire qu'il n'était qu'un ami semblait insultant. Dire qu'il était mon partenaire était complètement faux. Dire qu'il était mon amant troublerait Marcus.

Cole renonça à mon aide et se tourna vers Marcus.

— Ce que Jonny semble incapable de dire, c'est que nous sommes ici ensemble.

— Oh, bredouilla Marcus.

Il devint encore plus rouge.

— Alors vous êtes, euuuh… en couple ?

Cole lui sourit, battit même un peu des cils, et je craignis que la crise cardiaque imminente de Marcus arrive encore plus vite que prévu.

— Nous pourrions dire que nous sommes des amis et plus, dit Cole.

— Oh, répéta Marcus.

De la sueur commençait à perler sur son visage et il fouillait la foule du regard avec panique. Il devait espérer que son épouse viendrait le sauver.

— Cole ! m'exclamai-je, alarmé.

— Cette définition ne te convient-elle pas, mon cœur ? Laquelle donnerais-tu à notre relation ?

— Marcus, merci pour l'invitation, mais nous devons vraiment y aller.

— Bien sûr, dit-il avec un soulagement évident.

J'attrapai le bras de Cole et le tirai vers la porte. Une fois dehors, il s'écarta de moi avec colère.

— Lâche-moi ! Je ne suis pas un enfant !

— Mais pourquoi lui tu as dit ça ? demandai-je d'un ton cinglant.

— J'attendais que tu lui répondes et tu restais là bouche bée ! Il méritait au moins que nous lui disions quelque chose.

— Tu n'aurais pas pu être plus discret ?

— Aurais-je dû lui mentir ? C'est toi qui m'as invité ! C'est toi à qui cela pose un problème ! Peut-être devrais-tu faire la liste de tout ce que j'ai le droit de dire lorsque nous tombons sur des gens que tu connais ? Peut-être voudrais-tu me dire comment définir notre relation au cas où quelqu'un nous poserait à nouveau la question ? Dieu sait que je ne voudrais pas te faire *honte*.

Il tourna les talons et se dirigea vers la voiture. Je le suivis en fulminant. Nous retournâmes chez moi dans un silence pesant. J'étais stupéfait par la violence de ma colère. Je luttai contre l'envie de lui crier dessus. Je savais que cela ne ferait qu'empirer les choses. Le mieux serait qu'il reparte de chez moi, où sa voiture était garée, et que nous allions chacun de notre côté, du moins pour quelques jours. Du moins jusqu'à ce que je puisse le regarder sans que la rage me prenne à la gorge.

Nous arrivâmes chez moi. Je m'attendais à ce qu'il rejoigne directement sa voiture. Au lieu de quoi, il me suivit jusqu'à la porte. Il devait avoir laissé ses clés à l'intérieur, sur la table dans l'entrée. J'ouvris. Il ne prit pas ses clés tout de suite, mais je savais qu'il n'avait pas l'intention de rester, car il ne retira pas ses chaussures.

— Très bien, dit-il en traversant la pièce avant de se tourner vers moi d'un air de défi, une main sur la hanche. Dis-moi tout.

— Dire quoi ? demandai-je, les dents serrées.

— Ce qui te met dans un état pareil. Tu es clairement furieux contre moi. Tu as été insupportable toute la soirée, et là tu es tellement en rage que tu en as la bave aux lèvres. Alors arrête de bouillir en silence, et finissons-en, veux-tu ? Quel est ton problème ?

Je voulais lui dire que ce n'était rien. De rentrer chez lui avant que je sois cruel. Mais son attitude ne fit qu'exacerber ma colère. Chaque aspect de son extravagance était encore pire, désormais. Chacune de ses manières était soulignée : son phrasé, sa façon d'appuyer sa main sur sa hanche et de repousser ses cheveux, cette manière qu'il avait de réussir à me regarder de haut alors que je faisais au moins cinq centimètres de plus que lui.

— Tu ne le sais vraiment pas ? demandai-je.

Il se détourna, rejetant ses cheveux dans un geste d'indifférence théâtrale.

— J'ai quelques soupçons, cependant autant partir de faits purs et durs, ne crois-tu pas, mon cœur ?

— Très bien !

Je luttais pour ne pas crier.

— Tu veux savoir ce qui me dérange ? C'est toi ! Je n'arrive pas à croire comment tu t'es comporté ce soir. Avec mon chef ! Et hier soir avec mon père ! C'était embarrassant…

— Hier soir, c'était de ta faute, pas la mienne…

— *Quoi ?*

—… et ce n'est pas mon problème si tu es gêné par ta sexualité.

— Ce n'est pas être gay qui me gêne ! C'est toi ! Pourquoi faut-il que tu sois toujours aussi efféminé ?

Il se figea. Un instant, il resta mortellement immobile. Puis il se retourna, très, très lentement vers moi.

Il y avait un avertissement dans son regard, mais je n'y fis pas attention.

— Que viens-tu de me dire ?

— Tu m'as entendu.

— Bien sûr que oui, dit-il d'un ton glacial. Je me disais que je t'accorderais le luxe de revenir sur tes paroles. Diplomatique de ma part, ne crois-tu pas ?

— Je n'ai pas à revenir dessus !

— En es-tu vraiment certain, chéri ?

Il me tourna le dos avec un geste de la tête parfaitement calculé.

Il me donnait la chance d'arrêter avant d'aller trop loin, mais je ne la saisirais pas. Je ne pensais qu'à la façon dont il avait agi avec mon père, à l'embarras de Marcus, et cela me rendait furieux.

— Je ne veux pas, Cole ! Ce que je veux, c'est que tu me répondes ! Pourquoi faut-il que tu agisses toujours comme une, une, une…

J'hésitai et m'interrompis net, je n'avais pas vraiment l'intention de prononcer tous les mots qui m'étaient venus en tête. Mais c'était trop tard.

Il me foudroya du regard.

— Une *quoi* ? demanda-t-il en s'avançant vers moi. Que vas-tu me balancer, lapin ? Crois-tu que je ne les aie pas tous déjà entendus ? Tapette, pédé, tantouze, tafiole…

C'était ce qui m'était venu à l'esprit, mais ces mots dits à voix haute, ces mots étaient encore plus violents que dans ma tête. J'aurais dû me sentir honteux, mais je me sentis encore plus furieux qu'il me les renvoie à la figure.

— Bon Dieu, Cole, je n'allais rien dire de tel !

— Ne te fais pas d'illusions, chéri. C'était écrit sur ton visage.

Il mit la main sur la hanche, fit ressortir l'autre et renversa la tête en arrière. Il en rajoutait, tout un spectacle rien que pour moi. Il battit des cils.

— Cela t'offense-t-il tant, chéri ? Au lit, ça n'a pas l'air de te déranger.

— Bon sang, Cole, je ne te parle pas du lit, mais de quand nous sommes en public ! Pourquoi faut-il que tu agisses comme tous les mauvais stéréotypes qu'Hollywood nous a inventés ?

70

— Pourquoi faut-il que tu agisses comme un connard coincé et arrogant ?

— Alors au lieu d'en discuter raisonnablement, nous passons aux insultes ?

— Oh, pardon. Nous discutions ? Tu excuseras mon trouble. Je croyais que tu m'attaquais parce que je ne suis pas la copie de tous les hétéros que tu as toujours rêvé de baiser !

Dans sa bouche, ce mot semblait plus obscène que d'ordinaire. Je réalisai que je ne l'avais encore jamais entendu jurer.

— Cole, arrête ! Je ne t'attaque pas.

— J'en ai pourtant bien l'impression. Mea culpa, chéri.

— Je ne m'appelle pas 'chéri'. C'est Jonathan. Et si c'est trop long pour que, tu t'en souviennes, tu peux m'appeler Jon.

— À cet instant, il y a beaucoup de noms qui me viennent en tête.

— C'était mon chef, bon sang ! Je travaille avec lui ! Il faut qu'il me respecte ! Ça te tuerait de la mettre un peu en veilleuse ?

Il y eut un éclair dans son regard et, à ma grande surprise, en un clin d'œil, il arrêta de jouer. C'était comme un rideau qui se baissait, et soudain il était là, en face de moi, sans aucune affectation. Et il était pâle de fureur.

— Crois-tu être le premier homme que j'embarrasse, Jonny-boy ? Crois-tu être le premier homme qui m'a demandé de 'la mettre en veilleuse' ? Parce que non, ce n'est pas le cas ! Des hommes bien meilleurs que toi m'ont demandé de changer, et je vais te dire ce que je leur ai dit : va te faire voir !

Il tourna les talons et se dirigea vers la porte, attrapant ses clés au passage.

— Bon sang, Cole ! Attends !

Mais il ne s'arrêta pas. Il claqua la porte si violemment que mes fenêtres en tremblèrent. Je ne lui courus pas après.

Date : 12 octobre
De : Cole
À : Jared

JUSTE CIEL, mon doux, je n'ai pas hâte que tu me présentes à nouveau quelqu'un ! Je ne comprends vraiment pas à quoi tu pensais.

71

Au début, je crus qu'il m'appellerait. Mais non. Je crus qu'à mon retour du travail le lendemain soir, il m'attendrait comme toujours. Mais non.

Je compris que c'était à moi de faire le premier pas.

J'étais partagé. J'étais encore fâché. Je ne voyais pas ce que j'avais fait de mal. Je l'avais vu régler l'intensité de ses manières comme si c'était le volume de la télévision. Je savais qu'il en était capable. Je ne comprenais pas pourquoi il refusait de le faire lorsque c'était important pour moi, c'est tout. Mais je ne voulais pas non plus que les choses se terminent. Surtout sur une telle hostilité. J'étais certain que si nous en discutions raisonnablement, sans que cela s'achève dans les cris, nous trouverions un accord.

Je finis par craquer et l'appelai trois jours plus tard. Il décrocha à la quatrième sonnerie, juste avant que le répondeur se déclenche.

— Quoi ? cingla-t-il au lieu de dire 'allô'.

Si j'avais douté qu'il m'en veuille encore, c'était terminé.

— C'est moi.

— Je sais.

Ça commençait mal. Je me forçai à compter jusqu'à cinq puis je dis :

— Je suis désolé.

— Désolé de quoi *exactement*, chéri ?

— Je suis désolé de…

Je bredouillai, cherchant ce que j'étais censé dire.

—… de t'avoir mis en colère.

Il y eut un silence de marbre, puis il demanda :

— Es-tu vraiment désolé, ou est-ce que ton lit t'a semblé terriblement vide, ces dernières nuits ?

— Bon sang, Cole, dis-je en luttant contre ma colère. Il faut vraiment que tu me compliques la vie ? J'essaie de m'excus…

— Écoute, lapin, m'interrompit-il, ce qu'il y a, c'est que je pars pour Hawaii à l'aube, alors…

— Quoi ?

—… je n'ai vraiment pas le temps d'attendre que tu te réveilles.

— Tu t'en vas ?

— N'est-ce pas ce que je viens de dire ?

— Une dispute, une seule, et tu t'envoles pour Hawaii ?

— Eh bien, effectivement. Si tu le pouvais, j'ose penser que tu partirais aussi.

72

Il y eut un 'clic' presque inaudible et il ne fut plus là.

Tout cela me rendait furieux. Je ne savais pas auquel de nous deux j'en voulais le plus : à lui, à cause de son arrogance, à moi d'avoir même essayé de m'excuser. Je passai la soirée à me saouler et toute la journée du lendemain à le regretter. À dix-sept heures, ma nausée et ma migraine étaient passées, même si j'avais l'impression de m'être fait renverser par un train de marchandises. Je réussis à quitter le bureau quelques minutes plus tôt et rentrai chez moi. Mon plan pour la soirée se résumait à une pizza surgelée arrosée d'une aspirine, puis d'une douche et direct au lit.

Ce ne fut qu'après m'être lavé que je remarquai la lumière qui clignotait sur le répondeur de mon téléphone fixe. Tous ceux que je connaissais possédaient mon numéro de portable. Je ne m'intéressais que rarement à mon fixe. Je lançai le message et la voix de Cole emplit la pièce, légère, féminine, moqueuse. Mais elle était aussi teintée d'amertume. Je ne doutais pas qu'il avait appelé là pendant que je travaillais afin de ne pas avoir à me parler.

— Voici les faits : je ne veux pas tout arrêter entre nous. Pas vraiment. Et surtout pas comme ça. Même si tu n'es qu'un sale coincé, tu restes la personne que je préfère à Phoenix. Mais il y a trois choses à savoir, et tu as intérêt à croire qu'elles ne sont absolument pas négociables : je ne changerai pas qui je suis. Je ne passerai pas tout mon temps enfermé dans ta chambre juste pour ne pas t'embarrasser. Et je n'aborderai plus *jamais* ce sujet.

Il marqua une pause. Je me demandai s'il comptait jusqu'à cinq.

— Je rentre dans deux semaines exactement, Jonny-Boy. La balle est dans ton camp.

JE PASSAI les quelques jours qui suivirent à me dire que je n'avais pas besoin de lui. Ce n'était pas comme si je l'aimais. Ni comme si nous avions une vraie relation. Nous couchions ensemble, c'était tout. Il valait mieux l'oublier et tourner la page.

Le problème, c'était que je n'arrivais pas à me convaincre. Même si je n'aurais pas parlé d'amour, je m'étais habitué à sa présence. Je ne pouvais nier que j'avais de l'affection pour lui, et plus encore, qu'il me manquait. Lorsque j'étais sincère avec moi-même, ce qui n'était que la moitié du temps, je savais que je ne voulais pas plus que lui en rester là. Malgré tout, j'avais toujours le sentiment qu'il aurait dû lui aussi prendre en compte ce que je ressentais.

La semaine suivante, je déjeunai avec mon père. J'essayai d'agir comme si de rien n'était, mais j'échouai lamentablement. Je fus grognon et irritable et je n'arrivai pas à m'en sortir. Enfin, tandis que nous finissions de déjeuner, il me demanda avec exaspération :

— Qu'est-ce qui ne va pas, Jon ?

— Rien ! cinglai-je.

— Mmh, mmh, répondit-il avec un sourire.

Cela m'agaça, car cela signifiait qu'il trouvait ma mauvaise humeur plus amusante qu'autre chose.

— C'est au sujet de ta grande folle ?

Je me hérissai, puis fus encore plus énervé que mon père ait raison. C'étaient les « petites manières » de Cole, comme disait mon père, qui avaient tout déclenché.

— Oui, reconnus-je. C'est Cole.

Il me contempla un instant avec une curiosité réservée.

— Vous êtes-vous disputés ?

— On peut dire ça.

— Avez-vous rompu ?

Je soupirai.

— Je ne sais pas, papa. Je ne suis même pas certain que nous étions ensemble.

— C'est à cause de ce qui s'est passé au dîner ?

J'hésitai, je n'avais pas envie d'en parler. Mais je connaissais mon père. Si je ne parlais pas, il le ferait pour moi. Que je coopère ou non, il émettrait des hypothèses et me donnerait son opinion.

— En partie. Mais le soir d'après, nous sommes allés au théâtre et ça ne s'est pas passé comme prévu.

— Et il t'a dit d'aller voir ailleurs si tu y trouvais son joli petit cul blanc ?

Je dus retenir un sourire. En partie parce qu'il avait raison, mais aussi parce que mon premier réflexe avait été de lui dire que les fesses de Cole n'étaient pas blanches du tout. Mais il préférerait sûrement ne pas le savoir.

— Pas en ces termes, mais oui. C'est plus ou moins ce qu'il m'a dit.

— Mmh, *mmh,* fit-il encore de ce ton amusé très agaçant.

— *Quoi* ?

Il secoua la tête.

— Rien, rien. Ça me rappelle des souvenirs, c'est tout.

Il n'ajouta rien, alors je finis par craquer et demander :

— Lesquels ?

— Tu te souviens du mariage de David ?

Je fermai les yeux. Je voyais tout à fait où il voulait en venir, mais je ne pouvais pas l'arrêter.

— Tu te souviens de ce qui est arrivé à la réception ?

Bien sûr que oui. David était mon cousin. Il s'était marié lorsque j'étais à l'université, quelques mois après mon coming out. J'y étais venu avec quelqu'un, Zach. C'était la première fois que je participais à un événement familial avec un autre homme.

— Oui, dis-je enfin. Je m'en souviens.

— Zach et toi étiez tellement nerveux, n'est-ce pas ? Enfin, je ne le savais pas, à l'époque. J'étais trop occupé à être dégoûté et à essayer de ne pas l'être. Mais maintenant, je m'en rends compte. Vous faisiez tous les deux tellement attention à ne pas vous asseoir trop près l'un de l'autre, à ne pas vous toucher. En réalité, tous ceux qui vous regardaient le voyaient. Vous souriiez comme des idiots et vous ne vous lâchiez pas du regard.

Il avait raison. Je m'en souvenais très clairement : Zach et moi essayions d'être discrets alors que nous savions que nous arracherions nos vêtements à la première occasion. Nous n'avions même pas tenu le temps de sortir du parking. Je me sentis rougir en me rappelant la merveilleuse impatience qui s'était emparée de nous après la réception.

— Vous étiez là tous les deux, continua mon père, à essayer de ne pas vous toucher. Et moi, à essayer de ne pas vous imaginer vous touchant. Au bout du compte, j'ai un peu trop bu, je vous ai pris à part…

— Oui.

—… et je vous ai dit d'être plus discrets.

— Je m'en souviens.

— Et te souviens-tu de ce que tu m'as rétorqué ?

— Que tu avais intérêt à t'habituer au fait que ton fils était un putain de pédé.

Il hocha la tête.

— Exactement. Et tu m'as dit que si je t'aimais vraiment, je ne te demanderais pas de changer. J'apprendrais à t'accepter tel que tu es.

— Où veux-tu en venir, papa ? demandai-je, même si je m'en doutais.

— Tu avais raison.

Il prit son menu et le leva de façon à ce que je ne voie pas son visage. Mais pour le meilleur ou pour le pire, je l'entendais encore.

— Ne nous voilons pas la face, Jon : ça n'arrive pas souvent.

75

MÊME APRÈS son retour, il me fallut trois jours et une demi-bouteille de vin pour trouver le courage de l'appeler.

— Allô ?

— C'est Jonathan.

Il y eut un silence, puis :

— Je sais.

— Je suis désolé, Cole. Vraiment.

— Désolé de quoi ?

— D'avoir eu honte. De ma colère. De tout ce que j'ai dit, et même de ce que j'ai pensé.

— Tu tiens le bon bout, chéri. Continue.

— Je suis désolé d'avoir voulu que tu changes. Et d'être un sale coincé.

— C'est tout ?

— Est-ce qu'il manque quelque chose ?

— Je crois bien que tu as fait le tour des problèmes principaux.

— Tu m'as manqué.

— Oh bravo. Tu te débrouilles vraiment bien, maintenant.

— Je ne veux pas que nous en restions là.

Je crus que sa réplique serait à nouveau sarcastique, mais il dit tout bas :

— Moi non plus, Jonny.

Je savais que ce dérivatif de mon nom, même moqueur, était une main tendue.

— Puis-je te voir ce soir ?

— Ce soir ? Je ne sais pas, chéri. Je suis terriblement occupé.

— Alors quand ?

— Je te répondrai après avoir consulté mon emploi du temps.

— Vraiment ?

— Tu ne me crois pas ?

— Peut-être que tu cherches à me punir.

— Ne sois pas idiot, mon chéri. *Bien sûr* que je cherche à te punir !

— Cole ?

Mais il avait déjà raccroché.

— *Merde* ! criai-je en balançant mon téléphone de l'autre côté de la pièce.

Il frappa le mur dans un éclat. Les piles en furent éjectées et il y eut une marque dans le plâtre. Heureusement que ces pièces détachées sur le sol étaient celles de mon fixe et non de mon portable.

Mais pourquoi avais-je décidé de l'appeler ?

Je bus encore du vin. Je zappai sur toutes les chaînes, où ils ne montraient rien de bien. Je finis par aller fouiller les placards de ma cuisine. Pendant le temps où il avait cuisiné chez moi, Cole les avait bien remplis, mais ce n'était rien dont je pouvais me servir. Je finis par trouver un plat surgelé au fond du congélateur. Je le mis au micro-ondes, mais avant que je lance la minuterie, on sonna à la porte.

J'allais ouvrir, donnant un coup de pied à ce qui restait de mon téléphone fixe au passage. La main sur la poignée, je pris le temps de reprendre mon sang-froid. Je comptai jusqu'à cinq une première fois. Puis une seconde. Enfin, j'ouvris.

C'était Cole. Je ne l'avais jamais vu aussi peu sûr de lui. Il avait les joues rouges d'embarras et il me regardait à travers ses mèches.

— Je crois que j'ai fini de te punir, dit-il.

Avant que je comprenne, il se jeta sur moi.

Le souffle court, il tira sur mes vêtements. Il me laissa même l'embrasser, ce qui n'arrivait pas souvent. Sa bouche avait un goût fruité. Ses lèvres étaient douces et chaudes, l'odeur de ses cheveux m'était si familière que peu importait ce qui était arrivé, tout fut oublié. Je n'avais qu'une envie, c'était de le déshabiller.

Je l'entraînai vers le canapé et il me poussa afin que je m'y assoie. Il se mit à genoux devant moi et commença à défaire mon pantalon. C'était bien son genre d'aller droit au but, mais pour la première fois avec lui, j'avais envie de ralentir. Je voulais le prendre sur mes genoux et l'embrasser plus longtemps. Sentir son shampoing ridicule. Mais aussi vite qu'il le put, il se débarrassa de mon pantalon et avant que je puisse protester, il avait la bouche sur moi.

Ce n'était peut-être pas la meilleure fellation qu'il m'ait faite, mais certainement la plus enthousiaste. Il empoignait ma verge à sa base et de l'autre main enfonçait les doigts dans ma cuisse de façon douloureuse, mais indéniablement érotique. Ses cheveux étaient doux comme la soie, sa bouche d'une chaleur incroyable et les bruits qu'il faisait suffisaient à me rendre fou. Il allait vite, gémissant, presque des sanglots. Il était si excité que je n'aurais peut-être pas à le toucher du tout.

Cela faisait presque trois semaines que je n'avais pas été touché par une autre main que la mienne et sa bouche était infiniment préférable. Cela ne prit pas longtemps du tout, et mes gémissements semblaient attiser son impatience. Dès que j'eus terminé, il se leva, se débattant avec son propre pantalon. Si j'avais tenu un peu plus longtemps, lui n'aurait probablement pas réussi à le faire. Je repoussai ses mains, défis brutalement son bouton et libérai son érection. Je n'en avais mis que le bout entre mes lèvres, dans l'idée de le titiller un instant, mais il m'agrippa la tête et s'enfonça dans ma bouche. Un coup de reins, et il cria sous la force de son orgasme.

D'habitude, il s'écartait rapidement, avec un commentaire dégagé. Il allait dans la salle de bain, et à son retour, nous étions toujours des compagnons, mais plus des amants. Cette fois, ce fut différent. Il avait à peine terminé qu'il me poussa sur le canapé. Avant que je comprenne ce qui se passait, il était sur mes genoux, les bras autour de mon cou.

Je n'avais pas réalisé avant que l'intimité des câlins qui suivaient le sexe m'avait manquée, mais à cet instant, je me rendais compte que c'était vraiment agréable. Je l'enlaçai et le serrai contre moi. Je tournai la tête vers lui afin de sentir le parfum de ses cheveux et murmurai :

— Qu'y a-t-il ?

— Trois jours, dit-il à mon oreille, dans un souffle tremblant. Tu m'as fait attendre trois jours. Pourquoi ?

— Je ne sais pas, lui répondis-je avec franchise. Je crois que j'avais peur.

— Je craignais tellement que tu n'appelles jamais.

Je l'étreignis plus fort, le sentis trembler dans mes bras. Je déposai un baiser sur le côté de sa tête.

— Moi aussi.

— Je ne peux pas me changer.

— Je sais, lui dis-je. Je ne sais pas pourquoi je m'y attendais.

LE LENDEMAIN, j'avais rendez-vous avec mon père pour déjeuner. J'invitai Cole à nous rejoindre par politesse, mais je fus quelque peu soulagé qu'il refuse. Je ne me sentais pas prêt à tester à nouveau notre relation.

Lorsque je m'assis à la table de notre restaurant habituel, mon père me dit avec un sourire en coin :

— Alors, j'imagine que vous vous êtes réconciliés.

— Comment le sais-tu ? demandai-je.

— Parce que tu souris.

— Oh.

Je me sentais ridicule, d'être aussi facile à lire. Je me cachai derrière mon menu.

— On dirait que ta relation avec lui se fait plus sérieuse, en fin de compte ?

Je risquai un œil vers lui. Il ne me regardait pas. Il jouait avec sa fourchette à salade. Je baissai à nouveau mon menu.

— Je crois, oui.

Il soupira, et ce fut à son tour de se cacher derrière son menu.

— Est-ce que ça te pose un problème ? lui demandai-je.

— Bien sûr que non, répondit-il alors que j'entendais le mensonge dans sa voix. Ça ne me regarde pas.

— Tu as raison, dis-je d'une voix égale. Ça ne te regarde pas du tout.

Nous fîmes encore tous les deux semblant de lire le menu. Il posa enfin le sien.

— Je suis perdu, Jon. Tu sais que je n'ai jamais compris que tu aimes les hommes. Et voilà que tu en trouves un qui…

— Je t'interdis de le dire !

Il s'interrompit, sembla réfléchir à ses paroles et déclara :

— Il n'est pas très viril.

— Et s'il ne correspond pas à ton idée de la virilité, alors autant que je sois avec une femme. C'est ça ?

Je fis de mon mieux pour ne pas hausser le ton dans le restaurant, alors que je l'aurais frappé tellement j'étais furieux.

Heureusement pour lui, ou peut-être pour nous deux, le serveur arriva alors pour prendre notre commande. Lorsque nous fûmes à nouveau seuls, mon père leva les mains en signe de reddition.

— Oublie ce que j'ai dit, Jon. Changeons de sujet.

— Très bien.

— Parle-moi de ton travail ?

— Que veux-tu savoir ? demandai-je, sachant que je faisais des difficultés parce que je lui en voulais encore.

— En sais-tu plus sur cette restructuration ? Où iras-tu, et quand ?

— Non.

Pour dire vrai, j'avais fait de mon mieux pour ne pas y penser du tout.

— Je ne sais toujours rien.

— À la vitesse à laquelle ils avancent, tu vas pouvoir prendre ta retraite avant qu'ils te délocalisent.

— Si seulement !

Date : 8 novembre
De : Cole
À : Jared

D'ACCORD ! JE l'avoue : nous nous sommes réconciliés ! Content ? Jonathan s'est rendu compte de son erreur et m'a supplié de lui pardonner. Et si ça n'est pas arrivé tout à fait de cette façon, de toute manière, ce ne sont pas tes affaires, n'est-ce pas ? Maintenant, pour l'amour du ciel, cache ta satisfaction. J'ai toujours trouvé que l'humilité était l'une de tes plus belles qualités. N'allons pas tout gâcher.

Bien sûr, maintenant je songe à tes autres qualités. Je ne vais pas développer, au cas où ton grand méchant petit ami lirait par-dessus ton épaule. Je ne voudrais pas lui déclencher une crise cardiaque.

NOUS PASSÂMES les quelques jours suivants dans un état de lune de miel qui était un peu ridicule, mais aussi très amusant. Toutefois, je m'inquiétais. Le douze novembre était mon anniversaire. J'avais prévu de dîner avec mon père. Je craignais de blesser Cole en l'excluant, et je craignais tout autant de lui demander de se joindre à nous. Je ne lui en parlai pas avant le dix au soir.

— Tu pourrais nous accompagner, lui dis-je avec un sentiment de culpabilité.

Il sourit.

— Je ne veux pas que tu passes ton anniversaire à stresser, répondit-il.

À tort ou à raison, j'étais soulagé. Je ne pensais pas que cela se serait terminé aussi mal que la fois précédente, mais j'étais heureux que cela ne pose pas de problème. Il passa la nuit du onze avec moi et me fit le petit-déjeuner. Malheureusement, j'étais en retard et j'aurais à manger vite.

— Qu'est-ce qui t'a pris si longtemps ? me demanda-t-il lorsque je sortis enfin habillé de la salle de bain.

— Je n'ai plus de chemise, lui répondis-je en m'asseyant à table. J'ai horreur d'acheter des vêtements.

80

À tel point que lorsque je trouvais quelque chose qui me plaisait, je l'achetais en dix exemplaires pour retarder le plus possible le moment de refaire du shopping. Le problème, c'était qu'en achetant tout en même temps, tout me lâchait aussi en même temps.

— Tu es sûr que ça ne te dérange pas, que je dîne avec mon père ? lui demandai-je pour la quatrième fois en deux jours.

— Certain.

— D'accord, ajoutai-je en souriant.

Je savais qu'il serait là à mon retour.

Ma journée au travail fut longue et pénible. Je n'eus pas le temps de passer chez moi avant de retrouver mon père. La tradition était qu'il m'offrait le dîner à la place d'un cadeau, alors je fus surprise de le voir arriver avec une boîte. Elle n'était pas emballée. Elle était en métal, verte avec des fleurs, pas tout à fait mon style, et me semblait familière.

Il la déposa devant moi sans fioriture.

— C'est pour moi ? demandai-je.

— C'est pour ton ami.

— Mon ami ? répétai-je, surpris.

— C'était à ta mère. Il traînait dans le placard de la cuisine depuis tout ce temps.

Il haussa les épaules.

— Je n'ai jamais su quoi en faire. La jeter était impensable, mais je ne cuisine pas, toi non plus.

Voilà pourquoi elle me paraissait si familière. Elle était restée sur le comptoir de la cuisine pendant toute mon enfance. C'était la boîte à recettes de ma mère.

— Je me suis dit que ça plairait à ta grande folle.

— Il s'appelle *Cole*, dis-je d'un ton sévère.

Il haussa à nouveau les épaules, comme si son nom était sans importance. Et pourtant il me donnait quelque chose qui avait appartenu à ma mère, ce qui signifiait qu'il respectait ma décision, du moins jusqu'à un certain point.

— Tu veux que je le lui donne ?

— N'est-ce pas ce que je viens de dire ?

Je faillis rire, tellement on aurait dit Cole.

— Je ne sais pas si le gratin de pommes de terre de Maman est son genre.

Je regrettai immédiatement mes paroles. Ses fantômes l'avaient tout de suite envahi. Il baissa les yeux vers la table.

— Jon, dit-il doucement, je ne peux pas m'accrocher pour toujours à ces objets. Je ne connais personne d'autre que lui qui pourrait en vouloir.

Cole rirait probablement, mais mon père n'avait pas à le savoir.

— Très bien, papa. Je la lui donnerai.

Nous passâmes un bon moment. Il voulait m'emmener voir un match et me força à choisir entre les Suns et les Cardinals. Lorsque je finis par sélectionner ces derniers, il me demanda s'il devait acheter trois billets. Je n'imaginais pas Cole à un match de football américain et le lui fis savoir.

Je revins vers vingt heures et découvris Cole allongé sur mon canapé en train de lire, exactement comme je m'y étais attendu.

— Comment s'est passé ton dîner ? me demanda-t-il en reposant son livre.

— Bien.

— Que t'a offert ton père ?

Il tendit les mains vers la boîte que je tenais.

— Ce n'est pas pour moi. C'est pour toi. Il m'a demandé de te la donner.

— Pour *moi* ? répéta-t-il, les yeux écarquillés.

— C'est ridicule, je sais, dis-je tandis qu'il l'ouvrait. Mais il voulait que tu l'aies.

Il sortit la première fiche et la contempla. Puis il se figea.

— D'où cela vient-il ?

— C'était à ma mère.

— C'est vrai ?

Il se tourna vers moi, une lumière dans les yeux à la fois belle et douloureuse à voir. Il y avait quelque chose comme de l'espoir, peut-être même était-il au bord des larmes. Cela me surprit. Non seulement ne trouvait-il pas ça ridicule, mais il semblait vraiment touché. Comment cette petite boîte pouvait-elle le troubler à ce point ?

— Je doute que tu y trouves quelque chose qui t'intéresse, lui dis-je, incrédule.

Il posa la boîte sur la table et me rejoignit. Il posa les mains autour de mon visage et se mit sur la pointe des pieds pour me regarder dans les yeux.

— Parfois, tu peux être tellement bête, déclara-t-il.

Mais c'était d'un ton léger. Il m'embrassa sur la joue.

— Merci.

— C'est de la part de mon père, répondis-je, ne comprenant toujours pas pourquoi c'était important.

— Je m'assurerai de le remercier aussi, me dit-il en me lâchant.

Il me suivit dans ma chambre. Je n'avais qu'une envie, c'était de retirer mon costume. Je fus surpris de découvrir deux grands sacs de courses sur mon lit.

— Qu'est-ce que c'est ? demandai-je en pendant ma veste.

— Tu as dit que tu avais besoin de chemises.

— Oui, d'accord. Cependant, ce n'était pas pour suggérer que tu me les achètes !

— Tu as horreur de faire du shopping. Moi, non. J'ai du temps. Toi, non. La solution me semblait évidente. Ce n'est pas grand-chose, mon cœur.

Je fouillai dans les sacs. Il y avait au moins une douzaine de chemises. Seules trois d'entre elles étaient blanches, ce que je portais d'habitude. Et il y avait cinq cravates colorées, plus voyantes que je me le permettais.

— Je ne sais pas si je vais pouvoir les porter.

— Oh, mon lapin, ne peux-tu pas te détendre une fois de temps en temps ? Essayer quelque chose de neuf ? Vivre un peu ?

Une douzaine de chemises, cinq cravates, qui venaient toutes d'une boutique que je savais assez chère.

— C'est trop, pour un cadeau d'anniversaire.

— Ce n'est pas pour ton anniversaire.

Il sortit un reçu de sa poche et me le tendit.

— Je savais que tu en ferais toute une affaire, alors je te laisse me rembourser.

Le total était élevé, mais rien d'extraordinaire pour ce qu'il avait acheté. Et cela me soulageait d'un poids.

— Merci, dis-je, pour les vêtements et aussi de ne pas protester pour l'argent.

— Je t'en prie, mon cœur.

Il prit une enveloppe sur la commode et me la tendit.

— Voilà ton cadeau. Et je t'interdis de me rembourser.

— C'est promis.

J'espérais qu'il n'en avait pas trop fait. J'ouvris l'enveloppe et en sortis une carte. Et un bon cadeau.

— Du parachutisme ? demandai-je, décontenancé.

— Oui, me dit-il avec un sourire. Je me suis dit que ça pourrait te plaire.

La seule idée me retournait l'estomac d'horreur.

— Tu plaisantes ?

— Pas du tout, répondit-il avec un amusement évident.

— Tu m'accompagnes ?

Il frissonna de façon théâtrale.

— Chéri, enfin ! Est-ce que tu m'imagines sauter d'un avion en parfait état de marche ?

Il secoua la tête et se mit à déboutonner ma chemise.

— Parfois, j'ai l'impression que tu ne me connais pas du tout, me taquina-t-il.

C'était l'hôpital qui se moquait de la charité.

— Qu'est-ce qui te fait croire que moi, j'ai envie de sauter d'un avion en parfait état de marche ?

Il s'arrêta et sembla y réfléchir un instant. Lorsqu'il leva les yeux vers moi, son regard n'avait rien de rieur.

— Tu es toujours si sérieux, mon cœur. Tu es la personne la plus terre-à-terre que je connaisse.

Il haussa les épaules.

— Je me suis dit que tu aimerais voler.

Date : 4 décembre
De : Cole
À : Jared

JE SUIS à Paris pour les fêtes. Ne sois pas si surpris. Je sais que tu crois qu'il n'y a que Jonathan dans ma vie, ces temps-ci, mais je t'assure que non. Tu es bien romantique, maintenant que tu as ton grand méchant policier. C'est adorable, vraiment.

Je suis allé à Paris comme je le fais toujours à Noël. J'avoue que je m'ennuie de façon terrible. Je ne trouve rien d'excitant à la compagnie de mes amis habituels et je n'ai aucune envie de chercher quelqu'un d'autre. J'imagine que je suis un peu désenchanté, car ma chère mère devait me retrouver ici et elle a, bien entendu, trouvé une excuse de dernière minute comme à son habitude. Je m'y attendais, quoique cela m'agace encore plus que cela ne devrait. Au moins, je n'ai plus à me sentir coupable de ne pas avoir tant réfléchi à son cadeau.

Parlant de cadeau, je ne sais pas du tout quoi offrir à Jonathan. Et Dieu sait que je ne peux pas dépenser trop d'argent. Avec cet homme, tout est compliqué.

LORSQUE COLE annonça peu de temps avant Thanksgiving qu'il quittait le pays pour les fêtes, je fus pris complètement par surprise. Au début de notre relation, il était autant ailleurs que chez lui. Combiné à mes fréquents voyages d'affaires, nous ne nous voyions alors que de façon sporadique. Je me rendais désormais compte que ces derniers mois, il avait été très souvent présent. Et nous passions presque toutes les nuits où j'étais à Phoenix ensemble. Je fus surpris de combien il me manqua.

Heureusement ou malheureusement, je fus moi-même en voyage pendant la plus grande partie des trois premières semaines de décembre. La moitié du temps à Las Vegas, l'autre à Los Angeles. Je revins à Phoenix le vingt-deux décembre. La bonne nouvelle, c'était qu'il n'était pas prévu que je reparte avant au moins un mois. J'en avais soupiré de soulagement.

Je passai le Réveillon de Noël avec mon père, comme toujours. Nous échangeâmes nos cadeaux et nous allâmes dîner, puis à la messe de minuit. J'étais de ces gens qui ne mettaient jamais les pieds dans une église à part ce soir-là, et seulement parce que je n'imaginais pas un instant laisser mon père seul en ce jour. À Noël, les fantômes de ma mère et ma sœur le hantaient plus que jamais. Cette année, cela me sembla pire encore. Je savais qu'il se sentait seul, mais je ne savais comment l'aider. Il me dit au revoir d'une voix rauque de larmes. Je rentrai chez moi et me couchai seul et déprimé.

Mon téléphone sonna à six heures le matin de Noël. Je me tirai du lit en maudissant celui qui m'appelait jusqu'à voir le nom de Cole sur l'écran. Je souris alors.

— Allô ?

— Je sais qu'il est horriblement tôt pour toi, mon doux, mais il est seize heures ici et je n'en pouvais plus d'attendre.

Je fus surpris du bonheur que je ressentis à entendre sa voix.

— Je te pardonne.

— Tu ne me manques pas du tout.

— Tu ne me manques pas non plus. Dis-moi que tu rentres.

— Encore dix jours. As-tu passé un bon Réveillon ?

— Oui, mentis-je.

Je ne voulais pas lui dire combien cela avait été déprimant.

85

— Et toi ?

— Je suis allé au marché de Noël de l'avenue des Champs-Élysées. J'ai passé mon temps à te chercher un cadeau et j'ai échoué lamentablement.

— Ne m'achète rien, le suppliai-je. Rentre et prépare-moi à dîner, c'est tout.

— Alors c'est ça ? demanda-t-il en plaisantant. Moi je ne te manque pas, par contre ma cuisine, si ?

— Je mange de la pizza surgelée presque tous les soirs.

— Mon cœur, je ne sais pas comment tu as survécu sans moi.

Je ris.

— Moi non plus.

Nous parlâmes pendant plus d'une heure et à la fin, ma difficulté à raccrocher me prit de court. Je me dis que c'était parce que c'était Noël et que je me sentais seul. J'y crus même un peu.

JE N'EUS pas d'autres nouvelles de lui avant le premier jeudi de janvier. Il était vingt-deux heures passées. Je me préparais à me coucher.

— Allô, mon chaton. Je viens d'arriver.

— Il était temps, lui dis-je en souriant.

— Je t'ai manqué ?

— Pas du tout. Pas même un peu. Certainement pas chaque jour passant.

— Puisque nous ne nous sommes pas du tout manqués ces dernières semaines, j'imagine que ce n'est pas la peine de t'inviter à passer le week-end avec moi ?

— Je serai là pour dîner.

— C'est le mieux que tu peux faire ?

Savoir qu'il voulait autant me voir que le contraire me fit sourire.

— Peut-être que j'arriverai à m'éclipser un peu plus tôt.

— Seulement si tu en as envie, dit-il.

Mais j'entendais à sa voix que je lui avais fait plaisir.

Je ne pus partir aussi tôt que je l'avais espéré, mais j'arrivai quand même chez lui avant dix-sept heures. Je frappai à sa porte, mais n'attendis pas sa réponse. Je lâchai mon sac de l'autre côté du seuil en gardant son cadeau avec moi. Je ne l'avais pas vu depuis six semaines. Ma nervosité me surprenait. J'avais cru qu'il serait aux fourneaux, mais la cuisine était vide.

De plus, il n'y avait rien dans le four ou sur le feu. Pas d'odeur délicieuse embaumant la pièce.

Je le découvris profondément endormi dans le salon. Il était enroulé dans une couverture à un coin du canapé. Il s'était coupé les cheveux depuis la dernière fois que je l'avais vu. Je songeai au papillon sur sa nuque qui devait être accessible. Je mourais d'envie d'y poser les lèvres. Je le rejoignis sur la pointe des pieds. Il ne m'autorisait jamais de geste affectueux en dehors du sexe, mais j'espérais qu'il serait cette fois trop fatigué pour me repousser.

Je me penchai, le nez pratiquement dans ses cheveux, et inspirai son odeur sucrée. Je dégageai sa nuque cachée sous la couverture et, très légèrement, pressai les lèvres contre sa peau…

Et je pris sa tête en plein dans le nez lorsqu'il se réveilla en sursaut et me repoussa de surprise.

— Aïe ! m'exclamai-je, les mains sur le nez.

— Dieu du Ciel, Jonny ! Tu as failli me donner une crise cardiaque !

J'avais les larmes aux yeux, mais j'étais quand même ravi de l'avoir suffisamment choqué pour qu'il prononce une version de mon prénom.

— Je ne voulais pas te faire peur, dis-je sous ma main, mais tu ne sais pas à quel point je suis heureux que tu sois rentré.

— Même si je ne t'ai pas du tout manqué ? me taquina-t-il.

— Tout à fait.

Il y avait des mouchoirs sur la table près de lui. Il m'en tendit un.

— Je t'ai fait mal ?

— Un tout petit peu, dis-je en me séchant les yeux. Cela m'apprendra à vouloir te surprendre.

— Tu l'as vraiment mérité.

Je cherchai son cadeau derrière moi et le lui montrai. C'était une bouteille de vin enveloppée dans du papier aluminium.

— Joyeux Noël.

— Je ne t'ai rien offert, dit-il en commençant à le déballer.

— Ce n'est pas grave.

Ses joues devinrent toutes rouges lorsqu'il vit l'étiquette, mais il sourit. C'était une bouteille de Merlot à la mûre.

— Tu ne me le laisseras pas oublier, n'est-ce pas ?

— Certainement pas, le taquinai-je. J'espère que cela ira avec le dîner.

Il perdit soudain son sourire.

— Le dîner ! Quelle heure est-il ?

— Environ dix-sept heures, lui dis-je en le tirant vers moi pour l'embrasser dans le cou.

— Il faut que je prépare le dîner !

Il essaya de me repousser, mais j'avais réussi à coincer ses bras entre nous, alors il n'avait pas beaucoup d'appui.

— Mais non.

— Je n'aurais pas dû m'endormir.

Il tentait toujours de se dégager, mais sans trop de force. Je dus me battre un peu, mais je l'embrassai dans le cou.

— J'étais si fatigué ! D'habitude, je passe une journée ou deux pour m'habituer au décalage horaire, mais j'avais tellement envie de te voir...

Cet aveu soudain était complètement inhabituel de sa part. Je fus assez surpris pour cesser de le retenir.

— Vraiment ?

Mais il ne répondit pas. Il s'écarta et se leva à mon grand chagrin.

— Où vas-tu ?

— Mon chou, est-ce que tu m'as écouté ? Je dois commencer à cuisiner et...

— Non, lui dis-je.

Je me levai et lui pris la main.

— Assieds-toi une minute à côté de moi.

— Je n'ai pas le temps de...

Je le tirai vers moi, mais il résista.

— Quelques minutes de plus ne seront pas mortelles.

Il avait l'air sceptique. Je levai les yeux au ciel.

— Viens là, dis-je, à moitié plaisantant, à moitié agacé, en l'entraînant encore vers moi.

— Si je ne lance pas le dîner maintenant, nous mangerons à une heure horriblement tardive.

— Je m'en fiche.

Il arrêta de résister et me regarda avec surprise.

— Tu ne veux pas que je cuisine ? demanda-t-il d'un ton blessé.

— Ce n'est pas ça, lui promis-je. Mais il y a quelque chose que je veux encore plus.

Son air blessé se changea en sourire coquin.

— Et tu ne peux pas attendre ?

Je savais qu'il cédait.

— Non. Et après tout, tu me dois un cadeau de Noël.

— Mmmh, dit-il en se rapprochant de moi. J'adore ton impatience, mon chou.

Il rapprocha les mains du bouton de mon jean, mais ne le défit pas.

— De quoi as-tu envie ? demanda-t-il en me lançant ce regard aguicheur entre ses mèches.

Je repoussai ses mains de mon aine.

— J'ai juste envie de t'embrasser.

Sa réaction ne fut pas du tout celle que j'espérais. Il prit l'air consterné et fit mine de s'écarter, mais je l'enlaçai.

— Laisse-moi t'embrasser une fois, puis tu pourras cuisiner.

Ce fut visiblement à contrecœur, mais il se détendit.

— Tout ce que tu veux, mon chou.

Je pris son visage entre mes mains, mes paumes étaient sur ses pommettes, mes doigts dans ses cheveux soyeux. Je renversai sa tête en arrière et trouvai sa bouche de la mienne. Je maintins une pression légère, les lèvres presque fermées. J'avais appris très tôt qu'il n'aimait pas que je lui fourre ma langue dans la bouche. Il ne résistait pas, mais il n'était pas non plus enthousiaste. Il entrouvrait à peine les lèvres.

Ce n'était pas grave. Je pouvais être patient.

Je l'avais déjà embrassé, mais surtout pendant nos ébats, et même alors, je sentais qu'il n'aimait pas vraiment ça. Il ne m'avait jamais autorisé à l'embrasser ainsi, dans un acte de sensualité isolé. Cela attisa ma passion comme jamais encore. Je n'avais qu'une envie, c'était de continuer à l'embrasser et à le toucher, rien de plus. Certes, le désir sexuel était clairement présent. J'en vibrais, chaque parcelle de mon corps le voulait. Et pourtant, malgré nos six semaines de séparation, le sexe restait bizarrement secondaire. Ce dont j'avais vraiment envie, c'était de le toucher, et plus encore, de lui donner du plaisir. Je l'avais déjà ressenti avec d'autres amants, mais peu souvent et jamais très longtemps.

Je le sentis se détendre un peu. J'allai doucement, par caresses légères. J'entrouvris les lèvres et frôlai les siennes de ma langue. Il retint son souffle. Il se raidit, mais à peine une seconde. Puis il s'appuya contre moi et je sentis ses bras autour de ma taille. Il ouvrit un peu plus la bouche, alors je m'autorisai à passer la langue sur sa lèvre supérieure. La sensation le fit gémir un peu. Je m'entendis lui répondre. Je dus me retenir d'aller plus loin.

Je m'arrêtai assez longtemps pour retirer sa chemise, puis la mienne. Je voulais sentir sa peau nue contre la mienne, mais il prit cette pause comme le signe que j'étais prêt à passer à autre chose et fit mine de déboutonner mon pantalon. Il n'était pas du genre à perdre du temps en préliminaires. Il savait ce qu'il voulait et le prenait sans hésitation. Mais moi, je n'allais pas laisser cet instant m'échapper.

Je saisis ses poignets minces. Il me regarda avec surprise.

— Pas encore, murmurai-je.

Je l'embrassai à nouveau, avec légèreté. Je passai le bout de la langue sur sa lèvre supérieure et le sentis trembler. Je tenais encore ses poignets. Il tendit les mains vers mon aine. Son impatience m'agaçait. Je voulais qu'il ralentisse. Je voulais savourer ce qu'il m'offrait. Cela m'énervait qu'il me refuse la seule chose que je lui demandais. Ses doigts s'attaquèrent à nouveau à mon bouton et, un court instant, je laissai la colère l'emporter. Je repoussai ses mains de force, les tirai brutalement dans son dos et refermai solidement les doigts autour de ses poignets. Je fus plus brusque que je le voulais, mais sa réaction fut instantanée et parfaitement reconnaissable. Il ferma les yeux, lâcha un petit gémissement et s'affaissa un peu dans mes bras, comme si ses genoux ne pouvaient plus le soutenir. Surpris, je m'écartai de façon à mieux voir son visage. Je serrai ses poignets plus fort et le tirai d'un coup sec vers moi pour l'emprisonner dans mes bras. Il se liquéfia presque avec un petit bruit qui me foudroya l'aine.

Je n'avais jamais eu l'idée de l'attacher, mais soudain, cette voie s'ouvrait à moi : le meilleur moyen de l'embrasser et de le toucher aussi longtemps que je le voulais tout en lui apportant du plaisir. C'était si simple et si érotique que j'en eus le souffle coupé.

Je l'incitai à s'allonger par terre et il se laissa faire volontiers. Je lâchai ses poignets et l'étendis sur le dos. Je déboutonnai son pantalon. Je n'avais toujours pas l'intention de passer au sexe, mais je voulais sentir cette partie de son corps contre moi aussi. Il me regarda faire en silence. Je voyais du désir dans ses yeux, mais pas seulement. Quelque chose qui ressemblait à de la peur, mêlée à une grande impatience. Je retirai son pantalon, mais gardai le mien.

Je pris le temps de le détailler. J'avais toujours été attiré par des hommes plus costauds, plus masculins. Pourtant, à cet instant, je ne savais vraiment pas pourquoi. Son corps semblait parfait. Il était si mince. Dix ans avant notre rencontre, j'aurais pu compter ses côtes. Nous n'avions plus cet âge, mais là où la trentaine avait offert à tant d'hommes de l'embonpoint, lui n'avait reçu que de la douceur. Son ventre était toujours plat, sa taille menue, ses jambes minces. Son aine était parfaitement épilée, sa peau douce. Je me surpris à penser que même sa verge était belle : fine, dessinant un arc net lorsqu'elle était dure, comme à cet instant.

Je passai les mains sur ses cuisses, ses hanches, au-delà de son érection. Sa respiration s'accéléra. Je remontai lentement sur lui afin de voir son visage. Son regard était plein d'appréhension, mais brûlant de passion, de désir évident. Et ses lèvres… Que j'aimais ses lèvres ! Elles étaient d'une forme parfaite, pleines et douces. Je n'avais jamais réalisé combien une bouche pouvait être attirante. Je l'embrassai à nouveau. Je voulais goûter chaque partie de ses lèvres. Je commençai au coin de sa bouche, l'effleurant du bout de ma langue. Je suçai doucement sa lèvre en retournant vers le centre. Il gémit à nouveau et tendit les mains vers mon aine.

— Non.

Je lui saisis à nouveau les poignets et les poussai au-dessus de sa tête, le maintenant en place. Sa réaction fut encore plus violente. Il gémit, se cambra, pressa son érection contre moi. Il n'essayait pas de se libérer, mais d'être le plus possible en contact avec moi. Il couina encore ; je le gardai là, mon poids sur ses poignets, jusqu'à ce qu'il arrête de s'étirer et se rallonge, essoufflé. Je retournai à ses lèvres sans lâcher ses poignets. Je terminai de tracer celle du haut, puis taquinai celle du bas. Elle était pulpeuse, naturellement boudeuse. Je la suçai, la mordillai. Il gémit encore, et cette fois-ci lutta contre ma prise. Il n'était pas très fort. Ce ne fut pas difficile de le garder plaqué au sol.

Je passai ses deux poignets dans une seule main, de façon à pouvoir caresser ses bras, une épaule. J'excitai un de ses tétons du pouce. Il gémit, mais ne chercha pas à s'écarter. Je passai le long de sa taille, sur sa hanche puis dessous. J'empoignai une fesse et le pressai plus fort contre moi. Je m'écartai alors de ses lèvres. Elles étaient rouges et un peu gonflées. Le simple fait de les regarder enflamma encore plus mon désir.

J'embrassai ses yeux, ses pommettes, puis passai la langue sur le doux écrin de son oreille. Encore, il gémit et chercha à libérer ses poignets, mais si peu. Je n'avais pas l'impression qu'il en avait vraiment envie. Il voulait seulement se rassurer, vérifier que je le gardai encore prisonnier. C'était juste assez pour renouveler cette sensation d'être prisonnier, après quoi il se détendit à nouveau, le souffle court. Je suçotai son lobe, puis embrassai sa mâchoire.

J'avançai ma main libre au-dessus de sa hanche. J'avais beau le plaquer à terre de mon corps, je le sentais pousser vers ma main, désireux d'un véritable contact. Je revins vers sa bouche, suçotant ses lèvres tandis que je rapprochai les doigts de son érection, caressai la peau douce où auraient dû se trouver ses poils. Il gémissait, haletait, couinait. Je frôlai la garde de son membre du bout des doigts, puis les remontait tout le long. Sa réaction manqua me faire jouir. Il se cambra contre moi, les poignets tendus sous ma paume. Son souffle vibrait entre ses dents. Je retirai les doigts et il se détendit à nouveau, haletant.

— Oh, Seigneur, si tu recommences, je ne vais pas tenir.

— Oh ? demandai-je doucement. Alors je recommence ou j'attends ?

Il émit un petit bruit, presque un rire.

— Oui ! lâcha-t-il.

Je souris.

Je retournai à ces lèvres parfaites, suçai celle du bas puis l'embrassai vraiment. Cette fois, lorsque nos bouches se touchèrent, il s'ouvrit à moi. Il écarta les lèvres et un gémissement monta du fond de sa gorge quand nos langues entrèrent en contact. Je n'allai pas trop loin. Pas assez pour qu'il regrette de m'avoir cédé. Je m'écartai et l'embrassai seulement de mes lèvres jusqu'à sentir le bout de sa langue presser avec hésitation contre ma bouche. Lorsque je la laissai toucher la mienne à nouveau, il gémit et tenta de libérer ses mains. Il fit un plus gros effort cette fois, alors je dus pour le coup le retenir des deux mains. Il lâcha un cri étouffé et se cambra.

— S'il te plaît, supplia-t-il.

Je ne répondis pas. J'avais déjà beaucoup de mal à retenir mon désir. J'attendis qu'il se détende à nouveau, qu'il arrête de lutter contre moi pour le maintenir à nouveau d'une seule main. Je libérai alors mon érection. Je me pressai contre lui, mon membre se frottant au sien. Il gémit encore, poussa contre ma main, sans trop de force.

Je l'embrassai, savourant le goût de sa bouche alors que sa langue chassait la mienne, frôlait mes lèvres comme je le lui avais fait. J'enroulai la main autour de nos deux verges. Il gémit. Je nous caressai, lentement, mais sans douceur. J'avais la poigne ferme, mais mon baiser restait aussi doux que possible.

— Oh mon Dieu !

Au ton de sa voix, je savais qu'il était au bord de l'orgasme. Lorsque j'atteignis nos glands de mon poing, les frottant l'un contre l'autre, il lâcha un cri de soulagement déchirant. Il arqua le dos. Je le sentis pulser dans ma main lorsqu'il jouit d'une voix rauque et forte. C'était trop : les bruits qu'il émettait, le contact de son corps mince tendu contre le mien, la sensation de mon poing glissant de sperme sur mon érection... Je me relâchai enfin. J'enfouis le visage dans ses cheveux à l'odeur de fraise et laissai mon orgasme me balayer alors qu'il tremblait sous moi. Je dus lâcher ses poignets, car j'eus la vague impression qu'il passa un bras autour de mon cou et l'autre main entre nous, sur la mienne, pendant que je terminais de me caresser. À la fin, je l'étreignis, et pendant un temps indéfini, peut-être une seconde ou une année, nous restâmes tremblants sur le sol.

Je gardai le visage dans ses cheveux de soie et déposai un baiser sur sa tête.

— Tu vois ? murmurai-je. Ce n'était pas si dur.

Il éclata de rire. C'était le plus beau des sons.

— Dire que j'ai passé tout ce temps à fouiller le marché à Paris !

— Tu le sauras pour la prochaine fois.

Lorsque nous eûmes repris notre souffle, je m'assis. Je trouvai ma chemise par terre et je m'en servis pour m'essuyer, puis lui. Il me regarda faire en silence. Je me levai et lui tendis la main pour l'aider à se relever. Il renfila ses vêtements sans me regarder. Il gardait un tel silence que je m'inquiétai de l'avoir offensé, sans savoir comment, mais une fois habillé, il se rapprocha de moi et me regarda dans les yeux. Il avait toujours les lèvres rouges et gonflées. Je n'arrivais pas à m'en détourner.

— Je n'avais jamais aimé qu'on m'embrasse, dit-il doucement. Mais personne ne l'avait jamais fait comme toi.

— Je suis ravi que tu changes d'avis, lui dis-je en passant le pouce sur ses lèvres. Parce que je n'ai jamais vu d'aussi belle bouche que la tienne. Je crois que j'en tombe amoureux.

Il ferma les yeux et sourit. Il rougissait, mais pour une fois, il ne cherchait pas à me le cacher.

— Veux-tu que je t'emmène dîner ? demandai-je.

Il rouvrit les yeux et acquiesça.

— Je cuisinerai demain.

— D'accord.

— Mais d'abord…

Il se mit sur la pointe des pieds et passa les bras autour de mon cou.

— Embrasse-moi encore une fois.

J'obéis avec grand plaisir.

Nous DÎNÂMES dans un restaurant italien non loin de chez lui. C'était bon, mais sa cuisine était meilleure. Je le lui disais chaque fois, et chaque fois il riait. Mais je ne mentais pas. Nous ne nous disputions plus jamais au sujet de l'addition. Il me laissait toujours payer. Je savais qu'il ne comprenait pas et trouvait vaguement amusant que cela soit important pour moi. Mais lorsqu'il cuisinait, il apportait toujours la nourriture, alors régler nos repas les quelques fois où nous mangions dehors, c'était la moindre des choses.

Ce soir-là, nous nous couchâmes comme toujours avec lui d'un côté et moi, de l'autre. La chambre était plongée dans le noir. Il n'était rien d'autre qu'une ombre de l'autre côté d'un lit qui semblait immense. Je résistai à l'envie de le toucher, mais j'écoutai sa respiration. Je savais qu'il ne dormait pas. J'étais en train de m'assoupir lorsqu'il dit soudain :

— Je n'arrête pas de penser à l'université.

C'était étrange, comme déclaration. Je regrettai de ne pas pouvoir voir son visage. J'attendis qu'il poursuive, mais il garda le silence jusqu'à ce que je demande :

— C'est-à-dire ?

— Tu te rends compte que nous étions là au même moment, à une rue les uns des autres ? Zach et toi, à Colorado University. Jared et moi, à Colorado State.

Il s'interrompit un instant. Je ne savais que dire. Je n'y avais jamais réfléchi.

— Parle-moi de lui. Comment était-il ?

— Drôle, sans le vouloir. Facile à vivre. Il ne prenait rien au sérieux. Il aimait cuisiner comme toi. Il n'était pas aussi doué.

Ce n'était pas pour le flatter. C'était vrai.

— Que s'est-il passé ?

Je dus y réfléchir un instant, réfléchir à la manière d'expliquer ce qui avait mal tourné. Des années après notre rupture, j'avais gardé un souvenir idéal de notre relation. Je m'étais laissé croire que nous allions parfaitement ensemble et que notre rupture était les conséquences d'un malentendu tragique. Toutefois, depuis que je l'avais croisé à Las Vegas, j'avais commencé à ne plus me mentir à ce sujet.

— J'avais toujours l'impression que Zach avait besoin d'être un peu poussé, tu vois ? Comme s'il flottait les yeux fermés, et que si je pouvais le remettre sur les rails, il serait parfait.

Bien sûr, je comprenais maintenant à quel point j'avais tort, de l'aimer et pourtant d'attendre de lui qu'il soit quelqu'un d'autre.

— J'ai insisté encore et encore pour qu'il prenne sa vie en main. Je croyais que je l'aidais. Je ne faisais que l'éloigner de moi.

Seul le silence me répondit, alors je demandai :

— Et toi ?

— Moi ?

— Tu m'as dit que ta vie ne laissait pas de place à une relation sérieuse.

— Je suis ravi que tu m'aies si bien écouté.

— As-tu déjà essayé ?

— Pour quoi faire ? Ma vie est parfaite telle qu'elle est.

Il essayait de m'écarter du sujet, mais je ne le laissai pas faire.

— Et avec Jared ?

— Non. Il n'y a jamais rien eu de tel entre nous. Nous étions amis, c'est tout. Si ni lui ni moi ne voyions quelqu'un à ce moment-là, nous couchions ensemble. Mais nous savions tous les deux que cela n'irait jamais plus loin.

Sans en identifier la raison, je me sentis très triste à cette idée.

— Je suis désolé, dis-je.

— Mais pourquoi, mon cœur ? Mon amitié avec Jared est certainement la relation la plus parfaite que j'aie jamais eue. Sans aucune complication. Ni malentendus. Ni déceptions. Je ne la changerais pour rien au monde, et je suis certain qu'il te dirait la même chose.

— Alors il n'y a jamais eu personne ?

Il ne répondit pas. Je regrettais plus que jamais l'absence de lumière qui m'empêchait de voir son expression. Bien sûr, s'il n'avait pas fait si noir, jamais il n'aurait laissé la conversation aller aussi loin. L'obscurité le cachait. Je tendis la main et touchai son bras, espérant qu'il m'accorde cette toute petite intimité. J'aurais dû me douter que non. Il roula sur le côté afin que je perde tout contact avec lui. Je luttai contre ma déception.

— Bonne nuit, mon cœur, dit-il.

Point final.

JE ME réveillai tôt le lendemain matin et allai courir. À mon retour, il sortait tout juste de la douche, une serviette autour de la taille, les cheveux humides.

— Je vais bientôt préparer le petit-déjeuner, dit-il.

— Seulement si tu en as envie.

J'éprouvais toujours le besoin de le lui dire, même en sachant qu'il ne faisait jamais rien qui ne vienne de lui. S'il croyait que je m'attendais à ce qu'il cuisine, il refuserait de le faire par pur entêtement.

95

— Sinon, nous pouvons manger dehors ou je peux aller nous chercher des donuts.

Cette dernière proposition était plus une plaisanterie qu'autre chose. Il était la seule personne de ma connaissance qui n'aimait pas ce qui était frit et sucré. Effectivement, il leva les yeux au ciel.

— Certainement pas.

Je retirai mon jogging dans l'idée de prendre une douche, mais avant que j'atteigne la salle de bain, il s'exclama :

— Attends !

— Quoi ?

Je me retournai et le trouvai assis sur le lit, portant toujours sa serviette. Et la bosse qui se formait dessous m'expliquait pourquoi il m'avait interpellé, tout comme son sourire gourmand.

— Ne te douche pas tout de suite, mon cœur. Et si tu venais ici ?

— J'ai couru plus de six kilomètres, lui dis-je en le rejoignant tout de même. Es-tu sûr de ne pas vouloir que je me douche d'abord ?

Il déposa un baiser sur mon ventre et referma ses doigts doux autour de ma verge qui se raidissait.

— Certain, répondit-il avec une chaleur dans le regard qui rendit mes jambes faibles.

Je le repoussai sur le lit. J'ouvris sa serviette afin de caresser son érection pendant qu'il faisait de même avec la mienne. Je l'embrassai dans le cou. Il avait les cheveux encore humides.

— Mais tu es si propre, dis-je en me frottant contre lui. Tu n'as pas peur que je te salisse ?

Il rit et referma les jambes autour de ma taille.

— Je l'espère, en fait.

Il repoussa mes mains de son érection et je sentis son membre contre le mien. Il enroula sa main fine autour de nos deux verges et se mit à pomper. Il passa le bras autour de mon cou.

— Embrasse-moi encore, dit-il tout bas.

Je n'avais pas besoin qu'il me le dise deux fois. Je mordillai sa lèvre inférieure et il gémit en réponse. J'adorais les bruits qu'il émettait... d'abord doux, puis de plus en plus forts et impatients sur la fin. Ils attisaient toujours mon désir. Entendre ses cris haletants était l'un de mes moments préférés lors de nos ébats. Il ne cessait de nous caresser tous les deux de sa main douce. Je me demandai si je préférais l'arrêter afin de récupérer un préservatif et du lubrifiant ou si je le laissais terminer de cette façon lorsque mon téléphone sonna.

— Merde ! m'exclamai-je.

Il arrêta de bouger la main.

— Tu ne vas pas répondre, n'est-ce pas ?

— Je suis obligé, le lui dis-je en essayant de me dégager de lui.

Ça ne marcha pas, car il ne coopéra pas. Il avait toujours les jambes autour de ma taille et ne semblait pas vouloir me lâcher.

— C'est soit un client, soit mon chef.

— D'accord, répondit-il avec un sourire malicieux.

Mais il ne me lâcha pas. J'essayai de me lever et réussis à le traîner sur quelques centimètres. Il attrapa la tête de lit sans perdre son sourire, ce qui nous arrêta tous les deux. Je cessai de tirer.

Mon téléphone sonna à nouveau.

— Il va falloir que tu me lâches, dis-je, encore que je ne pus m'empêcher de répondre à son sourire moqueur.

— Chéri, il faut que tu apprennes à te détendre ! Qu'y a-t-il de mal à laisser le répondeur prendre ? Tu peux rappeler dans quelques minutes...

— Ce sera plus long que ça, et tu le sais, le taquinai-je.

Il rit, mais relâcha ma taille et je pus me lever. J'emportai le téléphone dans le salon avant de répondre, car le voir allongé là à m'attendre était trop distrayant.

— Jonathan à l'appareil.

— Jonathan, c'est Marcus.

Mon réflexe fut de l'appréhension. Marcus ne m'appelait jamais avec de bonnes nouvelles. Mais j'essayai de garder un ton léger.

— La belle-mère de Nguyen est morte la nuit dernière.

— Je suis navré de l'apprendre, dis-je alors que je le connaissais à peine.

C'était égoïste, mais je ne voyais pas en quoi cela me concernait.

— Il devait partir pour San Diego lundi, mais du coup il va à Miami avec son épouse. Il va falloir que vous le remplaciez.

Merde. Je fermai les yeux. Comptai jusqu'à cinq. Puis encore une fois.

— Jon ? m'interrompit-il. Vous êtes là ?

— Oui, Marcus. Ce qu'il y a, c'est que je suis censé être en repos. Vous m'avez promis avant Noël que je n'aurais pas à voyager avant la fin du mois et je comptais vraiment sur ce temps pour...

— Jonathan, je suis désolé si cela pose problème, mais il faut vraiment que vous vous en occupiez. Je vous enverrai les informations sur le compte par e-mail. Il faut que vous partiez lundi.

— Personne d'autre ne peut le faire ?

— Je veux que ce soit vous.

Je soupirai en me fichant même qu'il m'entende.

— Combien de temps ? demandai-je.

— Deux semaines maximum, peut-être moins.

Deux semaines. Cole était parti avant Thanksgiving. Six semaines de séparation, et voilà qu'il ne nous restait plus qu'une nuit avant que je m'en aille à nouveau. Mais que pouvais-je y faire ?

— Très bien. Je m'en occupe.

— Merci, Jonathan. Passez un bon week-end.

Je raccrochai le cœur lourd. Je ne voulais pas y aller. Plus que jamais, je voulais rester ici. Avec Cole. Sachant que je partais le lendemain, la suite de mon week-end s'annonçait plus sombre.

— Alors ? demanda-t-il d'une voix moqueuse lorsque je revins dans la chambre dix minutes plus tard. J'espère que cela en valait la peine.

— Vraiment pas. Il y a un deuil dans la famille d'un autre comptable, lui dis-je en me rallongeant à ses côtés. Il faut que je le remplace la semaine prochaine.

— Qu'est-ce que cela signifie exactement, mon cœur ?

— Que je pars à San Diego lundi.

— Mon chou, je viens de rentrer !

— Je sais. Je suis désolé.

Il entendait forcément à quel point, je le pensais.

Il garda un instant le silence puis se redressa. Il s'assit à califourchon sur mes hanches, la tête penchée vers moi.

— Pourquoi toi, mon cœur ? Est-ce que l'on demande à tous les 'principaux chargés des comptes externes'…

Il parlait toujours de mon travail d'un ton moqueur.

—… de partir du jour au lendemain ?

— Oui et non. Cela arrive à beaucoup d'entre nous, mais probablement plus à moi.

— Et pourquoi cela ?

— Parce que la plupart des autres sont mariés avec des enfants.

— Alors ton temps libre a moins d'importance que le leur, simplement pour ça ?

— Eh bien, je…

Je ne savais trop que dire. Je n'avais jamais vu les choses comme ça avant.

— Et ce voyage, ce n'est même pas ton client, n'est-ce pas, mon cœur ?

— Non.

— Et que se passerait-il si tu disais non ?

— Tu sous-entends que j'aurais dû ?

— Bien sûr que non. C'est de la curiosité. Serais-tu licencié ?

— Non.

— Y gagnes-tu quelque chose ? Es-tu mieux payé ?

— J'ai un salaire fixe. Cela pourrait être pris en compte au moment des primes, mais à part ça, non.

Il secoua la tête.

— Je ne te comprendrai jamais.

Il passa ses doigts fins dans les poils de mon torse. Ils disparaissaient près de mon nombril, puis traçaient un chemin vers le bas, qu'il suivit.

— Je ne devrais pas avoir à te partager avec tes clients, déclara-t-il.

Je le renversai sur le dos et atterris sur lui afin de le regarder dans ses yeux rieurs.

— Moi non plus, je ne devrais pas avoir à te partager.

Sauf que ce n'était pas avec son travail que je devais le partager. C'était avec ses autres amants.

Il me sourit.

— Seulement quand je quitte la ville, mon cœur. À Phoenix, je suis tout à toi.

— Vraiment ? demandai-je, surpris.

— Vraiment. Maintenant…

Il enroula les jambes autour de mes hanches et se pressa contre moi d'un geste suggestif.

— Où en étions-nous ?

Date : 18 janvier
De : Cole
À : Jared

MON CHOU, tu n'as pas à me dire que la saison du ski est à moitié terminée, je le sais ! Et je sais que je ne suis pas allé une seule fois dans le Colorado.

99

J'aimerais te promettre que je finirai par venir, mais je ne sais pas si cela arrivera cette année. Après tout, quel intérêt maintenant que le célibataire le plus sexy n'est plus éligible ? Cela t'apprendra à te lancer dans des relations monogames avec des policiers colériques ! Bref, j'ai à peine vu Jonathan ces dernières semaines. Il ne devrait plus tarder à rentrer. Je suis ravi de savoir que tu y verras bien plus que ce qu'il y a. Mais crois-moi, mon chou. Ce n'est pas ce que tu crois.

Je FUS coincé à San Diego pendant presque deux semaines et je ne cessai de penser à Cole. J'avais été surpris d'apprendre qu'il ne voyait plus personne à Phoenix. J'avais cru dès le premier jour que je n'étais pas le seul homme qu'il fréquentait. Bien sûr, je n'avais jamais su combien il y en avait, ni s'il les voyait souvent, et je n'avais jamais voulu demander. Au début parce que ce n'étaient pas mes affaires et que cela ne m'intéressait pas, ensuite parce que je craignais la réponse. Je n'avais pas réalisé à quel point cela me dérangeait jusqu'au moment où j'ai découvert la réalité.

Je n'arrêtais pas également de penser à combien j'avais aimé le retenir pendant que je l'embrassais. Cela m'excitait chaque fois que j'y pensais, ce qui n'était pas forcément une bonne chose puisque j'étais en voyage d'affaires. J'envisageai de l'appeler et de lui demander de venir me tenir compagnie, mais je n'en eus pas le courage. Cela ne venait pas de lui, alors j'étais certain qu'il dirait non.

Je repris l'avion pour Phoenix le vendredi en début d'après-midi. Dès que je descendis de l'avion, j'appelai Cole.

— Bonjour, mon chou, dit-il en décrochant. Es-tu enfin rentré ?

— Oui. Pourquoi ? Je t'ai manqué ?

— Pas même un petit peu.

— Alors ça ne te gênera pas que je passe au bureau avant de rentrer.

— Lapin, tu es parti douze jours ! Cela ne peut vraiment pas attendre demain ?

— Non. Mais ça devrait être rapide. Je serai rentré à 17 heures.

— Bon. De toute façon, je suis terriblement occupé ce soir, mon sucre. Peut-être t'appellerai-je demain.

— D'accord, dis-je en souriant.

Je ne m'y trompais pas.

J'avais toujours un sourire d'imbécile lorsque j'arrivai dans le bureau de Marcus. Je dus faire un effort pour ne plus penser à Cole.

— Entrez, Jon, dit Marcus. Fermez la porte.

— Très bien, Marcus.

— Jon, nous en finissons avec cette connerie de 'restructuration', déclara-t-il lorsque je fus assis. Nous laissons les principaux chargés des comptes externes choisir leur destination en fonction de leur ancienneté. Jensen, Macdonald, Nguyen et Simmons passaient avant vous, maintenant c'est votre tour.

Je n'avais plus pensé à la restructuration depuis notre dernière entrevue. Mes réserves d'alors n'étaient qu'amplifiées. L'idée de déménager ne m'attirait pas du tout. Je fus assez sincère avec moi-même à cet instant pour reconnaître que c'était surtout à cause de Cole.

— Quels choix me reste-t-il ? demandai-je.

— L'Utah, Las Vegas ou le Colorado.

— Merde ! m'exclamai-je sans pouvoir me retenir.

Heureusement, Marcus n'était pas du genre à s'offenser. Je mis la tête entre mes mains, fermai les yeux et comptai jusqu'à cinq. Puis à nouveau. Enfin, je réfléchis à mes possibilités.

Bien sûr que l'Arizona et les trois sites californiens étaient partis en premier. Des trois lieux toujours disponibles, le Colorado était le meilleur choix, d'après moi. Si seulement j'arrivais à me convaincre que ce n'était pas un retour en arrière. L'Utah était magnifique, mais peu recommandé pour quelqu'un qui refusait de cacher son homosexualité. Peut-être était-ce un préjugé de ma part. Peut-être y trouverais-je plus de tolérance que je ne le croyais. Mais je n'étais pas certain de vouloir prendre le risque.

Restait Sin City.

— Vous n'avez pas à vous décider tout de suite, Jon. Prenez le week-end pour y réfléchir. Il me faudra votre décision lundi.

C'était un soulagement, bien qu'avoir deux jours de plus ne me rendrait pas la décision moins douloureuse.

Je rentrai chez moi comme dans un rêve. J'essayais de me convaincre que le nœud au creux de mon ventre n'avait pas de raison d'être. Peut-être que Las Vegas ne serait pas si mal. J'y avais passé beaucoup de temps ces dernières années. Au moins, je connaissais un peu le coin. Je savais où manger, mais les restaurants étaient tous hors de prix et je préférais la cuisine de Cole. Je savais où faire mes courses, même si j'avais horreur de ça. Et je savais où trouver quelqu'un pour la nuit. Encore qu'à cet instant, je n'avais aucune envie de retourner un jour dans ces lieux.

Je ne savais que dire à Cole. Et plus important, je ne savais pas du tout comment il réagirait. Il serait peut-être troublé. Peut-être proposerait-il de me rendre visite, il pouvait se le permettre, et je ne deviendrais alors qu'un autre « ami » sur la route de ses voyages. D'un autre côté, il était tout aussi possible qu'il rompe tout avec moi et me remplace sans un regard en arrière. Je ne savais pas comment je le gérerais si c'était le cas.

Malgré ce qu'il avait dit au téléphone, je ne fus pas surpris de retrouver la voiture de Cole à mon arrivée. Il était bien sûr dans la cuisine, en train de couper des légumes, pieds nus comme toujours. Cela faisait des jours que je pensais à lui, pourtant, mon plaisir de le revoir fut gâché par l'angoisse de mon déménagement prochain.

— Pas si occupé que ça, je vois, lui dis-je en l'enlaçant par-derrière.

Il se raidit, mais ne s'écarta pas.

— Je me suis dit que je pouvais te caser quelque part.

Je passai les doigts sur son ventre jusqu'à son aine et je déposai un baiser sur sa nuque.

— J'espère qu'il y avait un sous-entendu dans cette phrase.

Il rit.

— Peut-être bien.

Il finit par me repousser, comme toujours.

— Après le dîner.

Je le laissai à sa cuisine et j'allai me doucher et défaire ma valise. Il y avait une bouteille de son shampoing à la fraise dans ma douche, ce qui me fit sourire. Je le débouchai même et le sentis, simplement parce que cela me rendait heureux. Puis je me rappelai ma conversation avec Marcus et mon cœur se serra.

À la sortie de la douche, je fus accueilli par le fumet de ce que, je devinais être une étouffée. C'était l'un des plats préférés de Cole, et cela voulait dire du Rioja Crianza en vin. Je suivis l'odeur jusqu'à la cuisine où je découvris que j'avais raison. Le vin était déjà ouvert. Je résistai à l'envie de l'embrasser à nouveau au passage. Je me versai un verre et retournai dans la chambre pour finir de défaire ma valise.

J'étais à la moitié de mon verre quand je me suis rappelé qu'il s'agissait d'un rouge espagnol. J'attendis que viennent la douleur et le regret. Je me préparai à la mélancolie qui suivait toujours. Mais cette fois…

Rien.

Je fus surpris de découvrir que le petit sentiment de perte que me donnait, depuis dix ans, la pensée de Zach avait enfin disparu. Il ne restait qu'un souvenir plaisant. J'avais passé tant d'années à contempler ce qui aurait pu être, et désormais je ne m'en faisais plus. C'était comme une révélation. Un sentiment de libération irrésistible qui me tournait presque la tête.

Je me sentais vraiment chez moi. Et c'était si bon, que Cole soit là avec moi. Je me sentais bien.

Puis, tel un coup de poing dans le ventre, je me rappelai que cela ne pouvait durer. Que bientôt, dans un futur proche, je déménagerais. Qu'arriverait-il alors ?

— Seigneur ! lança Cole depuis l'autre pièce. Tu viens ou vais-je manger seul ?

Il était incapable de me dire que c'était prêt. Il fallait toujours qu'il fasse comme si j'aurais dû le savoir. Je ne pus m'empêcher de sourire.

— Je suis occupé, le taquinai-je.

— Ce n'est pas grave, mon cœur, cela en fera plus pour moi.

Bien sûr, rien ne me retenait, alors j'allai le rejoindre dans la salle à manger. C'était délicieux, comme toujours. Je repensai à la première fois où il avait fait de l'étouffée, à l'appartement de Las Vegas. C'était un bon souvenir. Mais sur ses talons arrivait le fait que je devrais bientôt y déménager pour de bon, très bientôt.

Et il ne serait pas là.

— Vas-tu me dire ce qui ne va pas, demanda-t-il en me tirant soudain de mes pensées, ou vas-tu fulminer en silence toute la soirée ?

Alors même qu'il me sermonnait comme un enfant capricieux, je souris.

— Mon humeur est-elle aussi claire ?

— Comme de l'eau de roche.

Je réfléchis à comment le lui annoncer, mais au bout du compte, il n'y avait pas beaucoup de choix. Je ne pouvais que le dire.

— Ma compagnie est en restructuration. Ils veulent me relocaliser.

Il ne dit rien. Il réagit à peine, sinon qu'il se figea.

— Depuis combien de temps le sais-tu ? demanda-t-il enfin.

— Je savais que c'était une possibilité depuis des mois. Mais je n'en ai eu la confirmation qu'aujourd'hui.

Il sembla y réfléchir un instant, puis son étrange immobilisme cessa et il redevint lui-même.

— Où iras-tu ?

— J'ai le choix entre le Colorado, l'Utah ou Las Vegas.

— J'imagine que tu choisiras le Colorado, alors.

— Non.

— Pourquoi ? demanda-t-il, surpris. Tu y as déjà vécu. C'est un choix évident.

— Certes, mais…

Je ne savais trop que lui dire. Je ne voulais pas parler de Zach.

— C'est dans mon passé. Je ne veux pas y retourner.

Je vis dans son regard qu'il comprenait. Plus encore que cela lui faisait plaisir. Il essaya de le cacher. Il baissa vite le regard. Mais il le ressentait tout de même.

— Las Vegas ou l'Utah, alors. Qu'est-ce que ce sera : Sin City ou la Terre Promise ?

— Il faudra que ce soit Las Vegas.

— Bon choix, mon cœur.

Il gardait la tête baissée afin que ses cheveux me cachent son expression. Je me rendis compte qu'il l'avait souvent fait, au début de notre relation. Et que cela lui arrivait moins souvent avec moi, maintenant.

— Un buffet de chair est préférable au salut éternel, n'est-ce pas ?

Nous n'en parlâmes plus pendant le reste de la soirée. Il entretint une conversation superficielle. J'avais l'impression que c'était pour m'empêcher de remettre le sujet sur la table. Il s'endormit sur le canapé à mes côtés, comme souvent. Je le réveillai et il me suivit dans la chambre. Il s'installa de son côté du lit, ce qui aurait été normal si nous avions déjà fait l'amour ; c'était inhabituel de sa part de ne rien vouloir faire le premier soir de mon retour. Je n'insistai pas. Je m'allongeai de mon côté et j'éteignis la lumière.

Plongés dans l'obscurité, nous gardâmes le silence quelque temps. Je savais, à sa respiration et à son immobilité, qu'il ne dormait pas.

— As-tu envie de partir ? demanda-t-il enfin.

— Non.

— Mais tu iras.

Ce n'était même pas une question.

— Qu'est-ce que je peux faire d'autre ?

Il garda un instant le silence. J'aurais voulu voir son visage, y lire ce qu'il pensait. Toutefois, je savais qu'il avait attendu d'être dans l'obscurité pour entamer cette conversation. Il voulait me cacher quelque chose.

— Je ne sais pas, mon cœur, dit-il enfin. Dis-moi : que peux-tu faire d'autre ?

— Rien.

— Si tu dis non, seras-tu licencié ?

— Non.

— Non ? Alors quel est le problème ? Pourquoi y aller si tu n'y es pas obligé ?

— Cela veut dire accepter une rétrogradation.

Il resta un instant immobile, puis s'assit. Il s'installa en travers de mes hanches pour me regarder, encore que, dans le noir, mon expression devait lui être tout aussi dissimulée.

— Perdrais-tu de l'argent ? C'est ça le problème ? Tu ne peux pas te permettre une réduction de salaire ?

— Non !

J'avais horreur qu'il parle d'argent. Il était tellement riche que son idée de la fortune des gens normaux était complètement déformée. Parfois, c'était comme s'il croyait que tous ceux qui n'étaient pas millionnaires étaient à quelques centimes de finir à la rue.

— J'ai tout ce qu'il me faut, dis-je avec irritation. Cela n'a rien à voir.

— Alors, quoi, mon cœur ? Explique-moi. Pourquoi ferais-tu quelque chose que tu ne veux pas simplement parce qu'ils te le demandent ? Pourquoi ne pas choisir ce qui te rendrait heureux ?

— Je n'ai pas travaillé pendant neuf ans comme un dingue pour perdre mon statut !

Il resta immobile, à me regarder. Puis soudain, il s'écarta. Je parvins à peine à distinguer qu'il me tourna le dos et tira les draps jusqu'à son menton.

— C'est tout ? demandai-je, agacé. Tu n'as rien d'autre à dire ?

Il soupira.

— Tu as décidé que les ombres sur le mur sont réelles, mon cœur. Je ne sais pas comment t'inciter à te retourner et voir la lumière.

— Qu'est-ce que tu racontes ?

— Rien. Bonne nuit.

Je dormis à peine. Je voulais réveiller Cole et le forcer à me parler. Je voulais lui faire l'amour. Je voulais le serrer dans mes bras. Mais comme toujours, je respectai ses barrières et le laissai dormir. Notre matinée baigna dans une formalité maladroite. Ce n'était pas agréable et je me sentais triste. C'était comme si les huit mois que nous avions passés ensemble avaient disparu et que nous n'étions plus que des inconnus.

Après le petit-déjeuner, il se doucha et je le regardai se raser et s'habiller. Il garda le silence, me surveillant d'un air réservé, mais il finit par se retourner avec un soupir dramatique.

— Seigneur, mon cœur. Cesse de bouder et dis ce que tu as à dire.

Son manque de tact me fit sourire.

— Cole, il faut que je sache...

Je me tus, ne sachant comment poser la question qui vibrait dans mon cœur. Ne sachant s'il répondrait, si je voulais de sa réponse.

— Que tu saches *quoi*, mon cœur ?

Je ne pouvais même pas le regarder de peur de ne voir que de la moquerie dans ses yeux. Je contemplai le sol entre mes pieds.

— Il faut que je sache ce que nous deviendrons si je déménage.

Il ne répondit pas tout de suite. Nous restâmes là, immobiles, pendant un temps qui me sembla douloureusement long. Je n'arrivais pas à croiser son regard. Je me concentrai sur ses pieds nus. Dans la chambre régnait un silence absolu qui sembla toute une éternité. Je songeais à lui dire d'oublier ma question. Mais enfin, il me rejoignit et je sentis ses doigts de plume s'enrouler dans mes cheveux. C'était si inhabituel de sa part de me toucher ainsi que j'en eus la gorge serrée.

— Je ne sais pas, mon cœur. Tout ce que je sais, c'est que je vis ici. Las Vegas et l'Utah ne sont pas loin. Mais à Phoenix, je suis chez moi.

Je relevai la tête, espérant trouver de l'aide dans ses yeux, mais ses barrières étaient bien en place. Je ne lisais rien au-delà.

— Tu veux que je reste ?

— Ne reporte pas le problème sur moi, s'il te plaît. Que tu partes ou que tu restes, cela doit venir de toi.

— Tu ne m'aides pas. Dis-moi ce que tu veux, toi.

— Je veux que tu te sentes bien.

Il retira la main de mes cheveux, s'éloigna de l'autre côté de la pièce, de moi, comme toujours.

— Je ne peux pas t'aider, Jonny. Il faut que tu décides tout seul.

JE DÉJEUNAI avec mon père. J'avais invité Cole, mais il avait refusé. Je retrouvai mon père au restaurant. Il parla de baseball et de m'emmener à un match dans une semaine ou deux si j'étais en ville. De devoir attendre trois semaines pour voir son médecin, que le coiffeur chez qui il allait depuis dix ans avait pris sa retraite, qu'à son travail, on voulait qu'il prenne des vacances, mais qu'il ne savait pas où aller. Et pendant tout ce temps, je pensais à Las Vegas.

Je mis du temps à trouver le courage de dire ce qui suivrait. C'étaient des mots que je croyais n'avoir jamais prononcés. Du moins, plus depuis mes seize ans.

— Papa, dis-je enfin, interrompant son monologue au sujet de son inscription éventuelle à une salle de sport, j'ai besoin de tes conseils.

Stupéfait, il me dévisagea.

— Vraiment ? dit-il enfin avec une surprise amusée. C'est l'apocalypse ?

Je fus forcé de sourire.

— Pas que je sache.

— Dieu merci. J'espère avoir au moins une dernière expérience sexuelle avant.

Quoi ? Mon père ne m'avait jamais, jamais parlé de sa vie sexuelle. Je me sentis rougir. Je me dépêchai de continuer avant lui.

— Je t'avais dit que la compagnie ferait peut-être une restructuration. Cela leur a pris des mois, mais c'est en place et il faut que je décide quoi faire.

— Quels sont tes choix ?

— Je peux déménager. C'est entre l'Utah et Las Vegas.

Je ne parlai même pas du Colorado.

— Ou je peux rester et accepter une rétrogradation.

— L'Utah ou Las Vegas. Ce n'est pas un choix.

— Je sais.

— C'est simple, Jon. Veux-tu déménager ?

— Non.

— Alors, reste.

C'était toute ma vie, et il la résumait en une question ? Ce n'était pas si facile.

— J'ai travaillé si dur, papa. Je suis dans cette compagnie depuis neuf ans. J'ai commencé au plus bas. Crois-tu vraiment que je peux les laisser me rétrograder ?

— Tu ne les 'laisses' pas, Jon. C'est ta décision.

Il garda un instant le silence, me regardant, attendant que je réponde, mais je ne savais que dire. Je me sentais épuisé, vaincu. J'avais envie de rentrer, de me cacher sous les draps et de dormir jusqu'à ce que tout soit terminé.

— Jon, dit-il enfin, j'ai l'impression que le choix se résume ainsi : ton bonheur ou ta fierté. Tu peux laisser ta fierté dominer. Abandonner ta vie ici pour courir après la prochaine promotion. Ou oublier tout ça et faire ce qui te rend heureux.

Il haussa les épaules.

— Je préfère que tu restes. Mais je ne peux pas être la réponse.

Je n'arrivais même pas à le regarder. Les yeux tournés vers la table, je dis :

— Je n'ai pas vraiment envie de quitter Phoenix.

— Qu'en pense Cole ?

Je fermai les yeux, tentai de bloquer le chaos dans ma tête et dans mon cœur.

— Il refuse de le dire.

Il y eut un instant de silence, puis il dit doucement :

— C'est bien.

— En quoi, papa ? demandai-je, agacé. Ça ne m'aide pas du tout.

— Il ne se sert pas de tes sentiments pour lui, ni des siens pour toi, pour te faire faire ce qu'il veut. Il te laisse choisir seul.

Il haussa les épaules.

— C'est admirable.

— Je ne veux pas le quitter.

Un poids dont je n'avais pas vraiment réalisé la présence s'envola. C'était un tel soulagement de le dire à voix haute, de reconnaître enfin qu'il comptait dans ma décision.

— C'est donc si sérieux ?

— Non. Pas encore. Mais j'ai l'impression d'être sur le bon chemin, papa. Et je ne l'avais pas ressenti depuis longtemps. Je veux voir où ça mène.

Il détourna le regard, se concentra sur un point au-delà de mon épaule.

— C'est si mal ?

Il soupira et croisa à nouveau mon regard.

— Non, dit-il doucement. Si tu ne restais que pour lui, je te dirais que c'est naïf. Mais tu es chez toi ici, Jon. Je…

Il dut baisser les yeux pour le dire.

— Tu es tout ce qu'il me reste. Je ne veux pas que tu t'en ailles. Mais tu ne peux pas rester pour moi. Si tu restes, ce doit être pour *toi*. Mais ce qui est important, c'est que si tu pars, tu dois aussi partir pour toi. Ne perds pas ta vie ici parce qu'ils t'ont dit de le faire.

— Je ne sais pas comment me décider.

— Arrête d'y réfléchir autant. Tu essaies d'y appliquer de la logique, mais certaines choses ne peuvent être quantifiées. Je sais que c'est contraire à ton fonctionnement, mais…

Il haussa les épaules.

— Mon avis, c'est d'arrêter d'y réfléchir. Il faut que tu te sentes bien, c'est tout.

— C'est exactement ce qu'a dit Cole.

Il sourit en secouant la tête.

— Finalement, je l'aime bien, ta grande folle.

À MA grande surprise, Cole n'était pas là à mon retour. Je m'étais attendu à ce que nous passions le reste du week-end ensemble. C'était en général le cas lorsque nous étions tous les deux en ville.

Je l'appelai sur son portable, et il me répondit d'une voix circonspecte.

— Bonjour, mon cœur.

— Est-ce que tu reviens pour le dîner ? demandai-je.

— Je ne crois pas.

— Alors demain ?

— Non.

— Cole, tu m'en veux ? Je suis désolé si…

— Mon loup, je ne suis pas fâché.

— Alors, quoi ?

— Tu dois faire part de ta décision à Marcus lundi ?

— Oui, dis-je, ne sachant pas quel était le rapport avec le dîner de ce soir.

— Si tu le souhaites, je t'attendrai à ton retour.

— Pourquoi pas ce soir ?

— Parce que je ne peux pas t'aider, mon cœur. Je sais que tu en as envie. Mais je ne peux pas. Tu dois décider de ce qui est bien pour toi.

— Mais Cole… dis-je, me sentant abandonné.

Il m'interrompit.

— Quelle que soit ta décision, déclara-t-il doucement, nous trouverons une solution.

Je soupirai. Je regrettai qu'il n'en dise pas plus, mais après ces derniers mots, je me sentais quand même mieux. Nous trouverions une solution.

— D'accord.

— Je t'attendrai avec un verre de vin, et je te ferai de la Bolognaise. Je sais combien tu aimes ça.

Cela me fit sourire. C'était un de mes plats préférés, c'était vrai.

— Cela fait horriblement longtemps que nous n'avons pas eu de dessert, mon cœur.

C'était bon d'entendre à nouveau ce ton moqueur.

— Lundi, tu n'y couperas pas.

Je ris.

— Pourquoi donc je refuserais ?

J'ERRAI DANS ma maison tout l'après-midi comme une âme en peine, ainsi qu'une bonne partie de dimanche. Vers seize heures, j'appelai enfin Julia.

— Je paie la bière et la pizza si tu me tiens compagnie, lui dis-je quand elle répondit.

— Une offre que je ne peux refuser, lança-t-elle en riant. Je suis là dans une heure.

Nous discutâmes dans mon salon, la bière et la pizza sur la table basse entre nous. Elle parla du travail de son mari et de ses enfants, l'aîné était dans le club de théâtre, le benjamin jouait au foot et le cadet ne semblait rien faire du tout. De son frère Tony, en Californie, qui semblait incapable de rester fidèle à un homme puis qui ne comprenait pas qu'on le quitte. Elle me posa des questions sur Cole, sur les spectacles que nous étions allés voir dernièrement et sur mon travail. Et enfin :

— Alors, qu'est-ce qui te tracasse ?

— Qu'est-ce qui te fait croire que quelque chose me tracasse ?

Elle ne prit même pas la peine de répondre. Elle termina sa bière et s'en ouvrit une autre. Je lui confiai alors mon dilemme.

— Et tout ce que Cole ou mon père ont à me dire, c'est que je devrais suivre ce que me dicte mon cœur, terminai-je. Et moi je n'ai aucune idée de quoi faire.

Elle me scruta pendant un long moment. Cela finit par m'embarrasser.

— Voilà ce que je sais, Jon, dit-elle enfin. Nous discutons depuis trois heures. Chaque fois que tu prononces le nom de Cole, tu souris.

Et comme pour lui donner raison, je me sentis sourire.

— Et chaque fois que tu dis Las Vegas…

Je me renfrognai.

—… tu le perds.

Elle haussa les épaules.

— C'est aussi simple que ça.

Elle posa sa bière et se leva.

— Tu t'en vas ?

— Il faut que je rentre, Jon. Mais merci pour le dîner.

— De rien.

— Tiens-moi au courant.

Elle s'en alla. Je restai là à réfléchir à ce qu'elle m'avait dit. C'était d'une simplicité ridicule, et cela semblait idiot de baser ma décision dessus, mais elle avait raison. L'idée de déménager à Las Vegas m'avait tordu le ventre tout le week-end. Chaque fois que j'y pensais, je grimaçais.

Je m'appuyai contre le dossier du canapé. Je fermai les yeux. Et pour la première fois, je réfléchis vraiment à mon alternative. J'arrêtai de m'inquiéter de l'infamie d'une rétrogradation et je pensais à mon travail en lui-même.

En tant qu'*assistant* de chargé des comptes externes, je travaillerais depuis nos bureaux de Phoenix en soutien de ceux qui se trouvaient encore en mission. Cela signifiait des coups de téléphone, mais surtout pendant les heures de bureau. Un plus petit salaire, mais pas de façon marquante. Moins de voyages.

Je marquai une pause.

Non pas seulement *moins*, mais presque plus du tout.

Ce nœud dans ma poitrine commença à se défaire.

Je serais à la maison presque tout le temps. Je pourrais me servir de mon abonnement au théâtre au lieu de donner mes places à Julia. Je pourrais profiter de mon père. Non seulement cela me rendrait heureux, mais lui également, ce qui était important pour moi. Et ne plus voyager signifiait retrouver une vie *normale*. Ne pas traîner ma vie dans ma valise. Peut-être pourrais-je même reprendre un chat.

Et Cole ?

Je me sentis sourire.

Oui. Et Cole serait là aussi, avec un peu de chance, m'attendant à mon retour du travail.

Je repensai à ce que j'avais ressenti ce vendredi-là quand je défaisais ma valise. Comme c'était bon de rentrer après si longtemps, Cole dans la cuisine en train de préparer le dîner. J'avais pensé que je me sentais si bien.

Julia, mon père, Cole... Ils me l'avaient tous dit depuis le début. C'était vraiment simple.

Le lundi matin, j'allais au travail avec le cœur léger. Je fis part de ma décision à Marcus. Il en fut surpris, mais me promit que ce ne serait pas un problème. Le changement ne se ferait pas avant plusieurs semaines. Jusque-là, je devrais continuer à voyager comme toujours. Mais désormais, je voyais la lumière au bout du tunnel. Elle ressemblait au salut.

Après le travail, je rentrai chez moi où Cole m'attendait, pieds nus dans ma cuisine. Je lui appris ma décision. Il eut beau se détourner rapidement pour cacher sa réaction, je vis le soulagement sur son visage.

Je me fichais du dîner. J'éteignis le four. Je lui pris la main et l'entraînai dans la chambre…

Je ne m'étais jamais senti aussi bien.

Date : 24 janvier
De : Cole
À : Jared

Il semble que Jonathan ne déménagera pas, finalement. Tu n'imagines pas combien j'ai été soulagé de l'apprendre. Et cela m'a fait peur.

Je fus surpris quand, une semaine plus tard, Cole m'informa qu'il partait. Je l'avais retrouvé dans ma cuisine à mon retour du travail, comme d'habitude. Nous passâmes un agréable dîner, puis je fis la vaisselle et réglai quelques dossiers pendant qu'il lisait sur mon canapé. Puis nous nous rendîmes dans la chambre et nous fîmes l'amour. Ce fut seulement après, lorsque nous fûmes allongés dans le noir chacun d'un côté du lit qu'il me dit :

— Je pars demain pour New York.

— Tu quoi ? demandai-je, stupéfait. Pourquoi ?

— Il est temps, mon cœur. C'est tout.

— Combien de temps ?

— Je ne sais pas vraiment. Une semaine, j'imagine. Peut-être deux.

Je résistai à l'envie amère de demander s'il y verrait Raul.

— Nous n'avons passé que quelques nuits ensemble depuis Thanksgiving, dis-je en essayant de ne pas avoir l'air de quémander. Faut-il vraiment que tu partes maintenant ?

— Oui, mon cœur.

Mais il y avait quelque chose d'étrange dans sa voix. Je regrettai encore une fois de ne pas voir son visage. Il attendait toujours que la lumière soit éteinte pour aborder ce type de sujets.

— Tout va bien ? demandai-je.

— Bien sûr.

Je n'étais pas sûr de le croire.

LE LENDEMAIN matin, j'allai courir. À mon retour, il n'était plus là. C'était tout. Il n'avait même pas dit au revoir. J'essayai de ne pas me sentir blessé. Fâché. Je fis de mon mieux pour ne pas l'imaginer avec Raul. Je réussis les deux premiers jours, mais échouai au troisième. Je me répétai que j'étais un idiot. Qu'il n'avait jamais été question d'exclusivité dans notre relation. Je savais depuis le premier jour qu'il avait d'autres amants. Alors pourquoi cela me gênait-il autant maintenant ?

Nous nous fréquentions depuis environ neuf mois. Durant les deux ou trois premiers mois, il m'était arrivé de retrouver d'autres hommes. Cole n'avait pas été souvent là et je ne savais jamais quand il reviendrait. Cela n'avait rien eu de grave. Mais pendant l'été, j'avais cessé de désirer qui que ce soit d'autre. Ce n'était pas par fidélité mal placée. C'était que j'aimais ce que nous partagions. C'était agréable, excitant et tellement plus satisfaisant que les coups d'un soir dont je m'étais contenté jusque-là. Je n'avais simplement pas envie d'aller voir ailleurs. Je savais qu'il reviendrait et je choisissais d'attendre. C'était aussi simple que ça.

Désormais, je me rappelais que moi non plus je n'étais pas limité. Je pourrais aller en boîte de nuit. Aux bains-douches. Je pouvais tout à fait coucher avec quelqu'un d'autre si je le désirais. Cela me ferait du bien de tomber sur un parfait inconnu et de m'envoyer en l'air avec lui. C'était exactement ce qu'il me fallait pour oublier un peu Cole. Chaque fois que je me masturbais sous la douche, je me disais que ce jour-là, je coucherais avec quelqu'un d'autre que lui.

Je ne le faisais jamais.

Je refusais de l'appeler, car je ne voulais pas avoir l'air accro. Il ne m'appela pas non plus. C'était normal de sa part. Pourtant, chaque fois que le téléphone sonnait, j'espérais que c'était lui.

Il était parti depuis une semaine lorsque Marcus m'annonça que j'allais à Las Vegas. Il estimait que j'y serais sept à dix jours. Aussi ridicule que ce soit, cela créa un dilemme. Je trouvais plus poli de dire à Cole où je me trouvais. D'un autre côté, il était évident qu'il essayait de prendre ses distances et il y avait quelque chose de pathétique à l'idée de lui faire savoir où j'étais. Je craquai lors de mon deuxième jour à Las Vegas et lui envoyai un texto. J'y écrivis seulement : 'À Vegas'. Rien de plus.

La semaine fut longue. Je me rendais compte combien je détestais cette ville. Et mes clients. Et mon travail. Je me mis à attendre avec impatience le jour de ma rétrogradation, quand je pourrai rester à Phoenix. Nous travaillâmes tard le vendredi et décidâmes de nous retrouver le lendemain matin tôt. Il était vingt heures passées lorsque je rentrai à l'appartement.

Je sus dès l'instant où j'y pénétrai que quelque chose était étrange. Je n'arrivai pas à savoir quoi, seulement que quelque chose était différent. Je me sentais… *bien*. Je m'arrêtai une fois le seuil passé et regardai autour de moi. Puis je vis chaque élément et tout prit un sens. Un verre de vin sur la table d'apéritif, un livre au titre en français sur le canapé, des chaussures près de la porte. J'essayai de me convaincre que seul le fait que mes derniers jours à Las Vegas seraient plus amusants expliquait mon bonheur. Rien d'autre.

Il retirait sa chemise lorsque j'entrai dans la chambre. Il me tournait le dos. Malgré mon envie, je ne pouvais nier que mon pouls s'était accéléré à sa vue.

— Qu'est-ce que tu fais ici ?

Il sursauta.

— Doux Jésus, mon cœur, ne sois pas si discret !

Il se détourna et je savais que c'était pour cacher son rougissement.

— Je m'apprêtais à me doucher.

— Je te croyais à New York.

— J'y étais, répondit-il sans me regarder. Je sais que j'aurais dû appeler. Arriver sans prévenir est terriblement déplacé.

Je le rejoignis et l'enlaçai par-derrière. Il se raidit, mais ne me repoussa pas. J'enfouis le visage dans ses cheveux soyeux et inspirai cette odeur que j'aimais tant.

— Tu t'en fiches que ce soit déplacé ou non, lui dis-je, et tu sais que cela m'est égal. Et même si ça me posait problème, ça ne t'arrêterait pas. Tu le ferais probablement pour m'agacer.

Il ne s'était toujours pas détendu, mais il ne me repoussait pas non plus. Je l'embrassai à l'arrière de la tête.

— Combien de temps restes-tu ?

— Je ne sais pas encore. Aussi longtemps que toi, j'imagine. Je…

L'air hésitant, il s'interrompit.

— Je voulais te voir, ajouta-t-il enfin.

On aurait presque dit que ses propres paroles le surprenaient.

— Merci, mon Dieu, soupirai-je, parce que tu ne m'as pas manqué du tout.

— Je suis arrivé il y a quelques heures. Je croyais que tu serais là. Je m'inquiétais que tu sois sorti, aux bains publics ou…

Il laissa sa phrase en suspens, comme s'il n'avait pas eu l'intention de la dire.

Je faillis lui dire que je ne voulais personne d'autre que lui, mais je craignais de passer pour un idiot.

— Nous avons dû travailler tard, expliquai-je à la place. Ça ne se passe pas bien. Je dois y être à sept heures demain matin.

Malgré ses joues encore rouges, il se retourna dans mes bras et m'adressa un regard aguicheur.

— New York était très ennuyeux.

Je l'embrassai, suçotai sa lèvre inférieure.

— Et Raul ? demandai-je en gardant de mon mieux un ton léger.

Il passa les bras autour de ma nuque.

— C'est ce que je te disais, mon cœur, murmura-t-il contre ma bouche. Très ennuyeux.

Je l'embrassai, et il me laissa faire. Il avait un goût de fruit sucré. C'était probablement son vin à cinq dollars. Cela ne me donnait que plus envie de l'embrasser.

Je sentis ses doigts sur ma ceinture et les repoussai doucement. Je pris son visage entre mes mains et l'embrassai à nouveau, sans trop insister, pour le laisser décider de la profondeur du baiser. Mais je voulais continuer à le goûter. Il répondit un instant à mon baiser, puis je sentis à nouveau ses mains sur ma ceinture. J'attrapai ses poignets et les plaquai dans son dos. Il leva vers moi des yeux immenses et inquiets.

— Tu es impatient à ce point ou tu cherches à ce que je t'empêche de bouger ? demandai-je.

Le souffle tremblant, il tira sur ses poignets.

— Oui.

Je ne pus retenir de sourire. Je resserrai ma prise et lui accordai un léger baiser.

— Oui, à quoi ? murmurai-je avant de lui mordre doucement la lèvre inférieure.

Il gémit et s'affaissa contre moi. Je saisis ses deux poignets minces d'une seule main. De l'autre, je déboutonnai son pantalon. Je la glissai à l'intérieur et frottai sa verge gonflée à travers le tissu soyeux de son slip.

— Alors ? répétai-je tout bas.

Il lâcha un son rauque qui ressemblait presque à un rire.

— Aux deux.

Je le poussai brusquement sur le matelas et d'un geste vif, je retirai ma cravate. Je passai par-dessus lui, me servis de mon poids pour le retenir et tirai ses bras vers la tête de lit.

— Une cravate ? N'est-ce pas un peu cliché, mon cœur ? demanda-t-il, quoique d'une petite voix haletante.

Je refermai le nœud autour d'un poignet, enroulai la cravate autour d'une des colonnes de la tête de lit.

— Peut-être, lui dis-je, cependant très efficace.

Je ramenai son autre main vers la tête de lit et nouai l'autre bout de la cravate à son poignet. Il y avait une trentaine de centimètres entre ses deux poignets, où le tissu s'enroulait autour de la tête de lit afin qu'il ait de quoi bouger, mais cela l'empêcherait de me presser.

Je me levai et me débarrassai de mon costume aussi vite que possible. Il me regarda faire avec de grands yeux pleins d'appréhension, mais la bosse dans son pantalon me révélait son excitation. Je le lui retirai. C'était incroyablement émoustillant de le regarder depuis cette hauteur, de savoir qu'il était attaché et que je pouvais lui faire ce que je voulais, dans la limite du raisonnable, bien sûr. Le plus fou, c'était que je ne voulais pas être brutal ou dominateur. Je ne désirais que plus de temps pour le toucher et l'embrasser. Je me demandais si j'étais le seul à devoir attacher son partenaire afin de prolonger les préliminaires.

Je m'installai sur lui pour le regarder droit dans ses grands yeux.

— Et à présent, dis-je d'une voix pleine de désir, que devrais-je faire de toi, maintenant que tu es tout attaché ?

Il enroula les jambes autour de moi et m'attira contre lui.

— Baise-moi, chuchota-t-il.

Je ris.

— Tu es trop impatient. C'est pour ça que tu te retrouves dans cette situation, tu te souviens ? le taquinai-je.

— S'il te plaît, dit-il en se frottant contre moi.

— Pas encore.

Je l'embrassai dans le cou, sur l'oreille. Je caressai sa hanche. J'adorais la façon dont il se moulait si parfaitement à ma paume. Je promenai la main sur son flanc et l'entendis retenir son souffle. Je passai la langue sur son oreille. Les doigts légers, je me rapprochai de ses tétons. Je les caressai un court instant, jusqu'à ce qu'il gémisse un peu et se frotte contre moi, puis je redescendis vers sa hanche. Je glissai la main sous lui. C'était une autre part de lui qui était parfaite entre mes mains. Je le pressai plus fort contre moi et l'entendis gémir un peu en réponse.

— Toujours pas de demande ?

Il ouvrit les yeux et je me figeai. Ce que j'y vis m'inquiétait. Il avait l'air effrayé.

— Tout va bien ? demandai-je, soudain sérieux.

— Oui, répondit-il, mais d'une voix tremblante.

— Veux-tu que je te détache ?

Il secoua la tête, à peine.

— Non.

— Si.

Je tendis les mains vers la cravate, mais il resserra les jambes autour de moi.

— Non, murmura-t-il. Je veux que tu m'embrasses.

J'hésitai. Je me demandai encore d'où venait cette angoisse dans son regard.

— S'il te plaît, dit-il. Comme la dernière fois.

À tort ou à raison, je ne trouvai pas la force de protester. J'adorais l'embrasser. Depuis ce jour par terre dans son salon, je ne m'en lassais pas. Je fis ce qu'il m'avait demandé, excitant chacune de ses lèvres, les suçotant, les embrassant doucement. Comme la fois précédente, je passai un long moment à ne faire que ça tandis que nous nous pressions l'un contre l'autre. L'effet sur lui était indéniable. Lorsque je passais autour de sa bouche, ses lèvres étaient rouges et gonflées, il se cambrait contre moi en poussant des cris qui me rendaient fou. Le seul fait de me frotter contre lui en l'embrassant, d'entendre ses gémissements étouffés me rapprochait trop tôt de l'orgasme.

Je commençai à descendre dans l'idée de le faire jouir avec une fellation, mais il resserra les jambes autour de moi.

— Non, dit-il, pas comme ça.

— D'accord.

Je l'embrassai dans le cou.

— Veux-tu que je te prenne maintenant ? murmurai-je à son oreille.

— Je m'en fiche, tant que tu restes là.

Par 'là', il voulait dire tant que je pouvais continuer à l'embrasser.

Je ne voulais pas passer au sexe anal. Ce n'était pas que je ne l'appréciais pas, oh que si. Mais avec lui, le sexe était en général seulement du sexe. Il y avait rarement un sentiment d'intimité. Je voulais que ce soit différent. Je fouillai dans le tiroir près du lit et dénichai le gel lubrifiant. Malheureusement, je me retrouvai avec un petit problème. Je ne voulais pas rompre le contact avec lui. J'avais l'impression que je perdrais quelque chose. Je voulais le garder tel qu'il était là, à me permettre de le toucher et l'explorer plutôt que de m'inciter à passer à l'acte. Je fis de mon mieux pour continuer à l'embrasser dans le cou, sur les lèvres tout en défaisant le bouchon du gel d'une main. J'étais bêtement reconnaissant de ne pas avoir besoin de le dévisser. J'arrivai enfin à en mettre sur mes doigts, bien que j'en versai sur sa hanche au passage.

— Mais qu'est-ce que tu fais ? me demanda-t-il dans un souffle exaspéré.

Je ris.

— Attends.

Je recommençai à l'embrasser, lui mordiller les lèvres. Ses gémissements étaient plus bruyants, désormais, il me serrait de ses jambes en se frottant plus fort contre moi.

— Lâche-moi, lui dis-je tout bas.

Il siffla entre ses dents.

— Non.

Je l'embrassai encore.

— Si.

Il gémit et je ne pus m'empêcher de rire au mélange d'excitation et de frustration que j'entendis dans ce petit bruit. Mais il me lâcha.

— Bien, murmurai-je.

J'étais encore entre ses jambes, mais elles étaient grandes ouvertes, il avait les genoux pliés et les pieds sur le lit. J'allongeai l'une d'elles à plat sur le lit et me déplaçai de façon à l'emprisonner entre les miennes. C'était pour mon seul bénéfice. Cela me permettait de frotter ma propre érection contre sa cuisse tout en l'embrassant. Puis je le pénétrai doucement de mes doigts glissants.

Il gémit et ferma les yeux. Je l'embrassai dans le cou tout en l'excitant, faisant tourner un doigt sur les replis de son anus. Puis lentement, très lentement, je le pénétrai. Il se cambra contre moi.

— Oh, mon Dieu, gémit-il.

J'allai un peu plus profond. Il haleta violemment, tira sur la cravate, poussa contre ma main. Il était trop parti pour que je l'embrasse, alors je recommençai à mordiller ses lèvres rouges.

— Comme ça, lui dis-je tout bas.

J'enfonçai le doigt plus loin, puis entamai un va-et-vient en massant sa verge tendue.

— Je veux te faire jouir rien que comme ça.

— Oh, mon Dieu, mon cœur, dépêche-toi ! haleta-t-il.

L'impatience dans sa voix manqua m'avoir. Je renonçai à être lent ou doux. J'enroulai fermement l'autre bras autour de lui. Je lui mordis le cou. J'enfonçai les doigts jusqu'au bout, trouvai le bon endroit en lui et pressai, me frottant contre lui. Il hurla, assez fort pour que les voisins l'entendent. Non que cela me pose problème. Son corps se resserra autour de mes doigts. Il lâcha un second cri ; je jouis violemment, l'étreignant tandis que les vagues de l'orgasme nous balayaient tous les deux.

Le souffle court, nous tremblions. Pour une fois, je pus l'enlacer. En temps ordinaire, il s'écartait si vite. J'étais si heureux de passer plus de temps à le toucher et le sentir. De l'avoir près de moi. Même encore affaibli par l'orgasme, je ne pensais qu'à ma joie qu'il soit revenu de New York. Je l'embrassai dans le cou et il dit d'une voix tremblante, presque en riant :

— Mes poignets.

Je ris aussi. J'avais complètement oublié qu'il était encore attaché. Je commençai à le libérer. Je ne pus dénouer qu'un seul nœud. Dès qu'il fut libre, il me repoussa. J'essayai de ne pas être trop déçu. C'était ainsi, il reconstruisait ses barrières dès la fin de nos ébats. Il s'assit rapidement sur le rebord du matelas, les coudes sur les genoux, la tête entre les mains, me cachant son expression. Je l'enlaçai et fus surpris qu'il me laisse faire. Il tremblait encore, haletait encore. Je déposai un baiser sur sa tempe.

— Tout va bien ?

— Oui, répondit-il d'une voix tremblante.

Il rit légèrement, mais de façon un peu nerveuse.

— Je suis dans un de ces états.

— Je vais te chercher une serviette.

119

J'allai dans la salle de bain en chercher une. Je m'essuyai rapidement puis la lui tendis.

— Merci, dit-il tout bas, la voix toujours incertaine.

Mais il ne me regarda pas.

J'avais encore une telle envie de le toucher. Je m'assis à côté de lui sur le lit et pris son autre bras, celui qui était toujours attaché. Je le dénouai. Il y avait une marque rouge dessous. Je lui massai doucement le poignet et la main.

— Était-ce trop serré ? lui demandai-je.

— Non, murmura-t-il.

Je déposai un baiser sur son poignet, comme si je pouvais éliminer la douleur. Il inspira vivement. Ça ne ressemblait pas à du désir. Je levai la tête vers lui et il se détourna vite de moi, se libérant la main pour s'en couvrir le visage.

— Qu'y a-t-il ? demandai-je, soudain alarmé.

J'avais cru que son silence, ses tremblements étaient dus à l'orgasme, mais je n'en étais plus si sûr. J'étais terrifié de l'avoir blessé ou de l'avoir emmené plus loin qu'il ne voulait aller.

— Nous ne devrions pas faire ça, dit-il, si bas que je l'entendis à peine.

Rien n'aurait pu me surprendre plus.

— Que veux-tu dire ?

Il secoua la tête, mais refusait toujours de me regarder.

— Ne vois-tu pas ? demanda-t-il d'une voix déchirée. Tu ne vois pas combien c'est dangereux ?

— Que je t'attache ? Je ne le referai plus si…

— Je ne parle pas de ça.

J'étais perdu et inquiet. Je mis la main sur son épaule, mais il s'écarta de moi.

— Alors de qu…

C'est alors que, au pire des moments, mon téléphone sonna.

— Merde !

— Ce n'est pas grave, dit-il doucement. Tu es là pour travailler.

— Est-ce que ça va ? Je t'ai fait mal ?

La sonnerie continua.

— Cole, je suis désolé. Je ne sais pas ce que j'ai fait, mais…

Et encore une sonnerie.

Il se redressa, s'essuya les yeux, mais continua à me cacher son visage.

— Tu n'as rien fait, dit-il alors que c'était clairement un mensonge. Ne t'inquiète pas, mon cœur, promis.

Dring, dring.

— Va à tes obligations. Je vais bien.

Il me pressa la main une seconde, puis se leva et alla s'enfermer dans la salle de bain.

Je répondis à mon téléphone. J'espérais que ce serait quelque chose de rapide et simple, mais non. L'appel dura plus d'une demi-heure et je restai soucieux tout ce temps-là. J'entendis la douche, entendis Cole en sortir. Même si j'étais toujours au téléphone, je rentrai dans la chambre. Je lui pris le bras et le tournai doucement vers moi. Il fallait que je continue la conversation avec mon client, mais j'avais l'impression que si je voyais les yeux de Cole, je saurais que tout allait bien entre nous. Son regard était un peu triste, toutefois, il me sourit d'un air rassurant. Je passai le bras autour de sa taille et il me permit de le serrer contre moi. J'enfouis le nez dans ses cheveux humides, inspirai cette odeur que j'aimais tant. Je regrettai de ne pouvoir rien lui dire. Mon client continuait à parler.

Il me laissa l'étreindre un instant, puis me repoussa d'un geste joueur, mais ferme. Je le relâchai à contrecœur. Il monta sur le lit et remonta les draps jusqu'à son menton. Lorsque je réussis à raccrocher, il était profondément endormi de son côté du lit.

Quand nous avions commencé à nous voir, j'avais été soulagé que le câlin d'après sexe ne soit pas compris dans notre accord. Mais de plus en plus, j'avais envie de franchir cette distance, cet espace de drap blanc entre nous. Je ne le faisais jamais. J'étais certain que, comme dans tout le reste, il me repousserait. Ce soir-là, plus que jamais, j'aurais voulu m'endormir en le serrant dans mes bras.

Il dormait encore lorsque j'allai courir dans la salle de gym. Il était dans la cuisine à mon retour. Je pris une douche rapide et m'habillai avant de le retrouver.

— Je savais que tu devais partir tôt, dit-il, alors je n'ai pas fait le petit-déjeuner.

— Ce n'est pas grave.

Je l'observais, cherchant un indice sur ce qu'il s'était passé la veille. Je fis un pas vers lui.

— Cole, au sujet d'hier…

— Tout va bien, mon doux, promis.

Il semblait parfaitement sincère. Dans son regard, je ne vis rien d'autre que sa nature moqueuse habituelle.

— Je ne recommencerai plus, lui dis-je. Je te le prom…

Mais il s'avança soudain et mit un doigt sur mes lèvres.

— Non. Ce n'est pas une promesse que je veux que tu fasses.

— Tu en es sûr ?

Il me sourit.

— J'ai passé un moment excellent, je te l'assure.

Je lâchai un soupir de soulagement.

— D'accord.

— Vas-y.

Il hésita une seconde puis se redressa sur la pointe des pieds et m'embrassa.

— À ce soir.

C'était la première fois qu'il me disait au revoir avec un baiser.

Date : 20 février
De : Cole
À : Jared

JE SAIS que tu m'en veux terriblement et je ne te le reproche pas. Je t'ai ignoré et j'ai refusé de répondre à tes questions. Pour être franc, je ne savais que te dire. Je ne voulais pas te mentir mon chou. Nous nous connaissons depuis si longtemps que tu mérites mieux. Mais je ne voulais pas non plus t'avouer la vérité, car cela voudrait dire me regarder en face. Et je n'étais pas prêt.

Le suis-je, maintenant ? Non, pas vraiment, mais il faut le faire. J'ai bu la moitié d'une bouteille de vin et, à tort ou à raison, j'avoue que cela aide. Ainsi que le fait que tu sois à des centaines de kilomètres. Si je devais te regarder dans les yeux à cet instant, je serais incapable de parler. Je sourirais et te dirais que tu te trompes. Qu'il n'y a rien de sérieux entre Jonathan et moi. Je te dirais qu'il n'est qu'un comptable coincé bon au lit, mais rien de plus. Je te dirais qu'il n'est pas plus important pour moi que les autres hommes avec qui je partage ma couche lorsque l'envie m'en prend.

Mais en réalité ? En réalité, mon chou, à un moment tout a déraillé. J'ai commencé à vouloir le voir plus souvent. À apprécier autant sa compagnie hors du lit que dedans. J'ai baissé la garde. À un moment, contre toute attente, je me suis laissé l'aimer.

Je n'aurais jamais dû laisser les choses aller si loin. J'ai appris sans douceur que ma vie ne permet pas aux relations d'être durables. Je ne peux rester en place, mon chou. Je n'y arrive pas, quelle qu'en soit mon envie. Et à l'instant où je cèderai et où je partirai à nouveau, ce sera le début de la fin. Je le sais.

Quant à Jonathan, il ne m'aime pas. Il me trouve distrayant, peut-être amusant, mais pas beaucoup plus. Pour dire vrai, j'en suis heureux. Parce que c'est une chose de me mentir à moi-même. Ce serait différent de lui mentir à lui.

Dans quelques semaines, je partirai. J'aurais déjà dû le faire. J'irai à Paris et j'y resterai jusqu'à ce que l'envie de le revoir ne me dévore plus. Il trouvera un autre amant et tout aura à nouveau un sens. Mais pour le moment, je m'autorise un peu plus de temps avec lui, car en vérité, il me rend heureux comme personne d'autre depuis très longtemps. Mais je sais que cela ne peut durer. Bientôt, je le laisserai partir. Il ne m'aime pas et j'espère qu'il ne m'aimera jamais.

APRÈS CE jour, quelque chose changea, mais je n'aurais su dire quoi. Au lit, tout semblait différent. Il y avait entre nous une confiance et un désir que je n'avais pas ressenti depuis longtemps. Pas depuis Zach, peut-être. J'essayais de ne pas penser à ce que cela voulait dire, surtout parce que j'étais presque certain d'être le seul à le ressentir. Hors du lit, il me repoussait encore plus souvent qu'à son tour lorsque je voulais le toucher ou l'embrasser. Il ne baissait pas la garde. La différence, c'était que là où il était autrefois moqueur et insouciant, désormais il avait l'air triste. Et sa façon de se cacher derrière ses barrières, où je ne pouvais l'atteindre, me faisait mal pour lui. Je désirais plus. Mais je ne savais pas du tout comment changer les choses.

Quelques semaines plus tard, la restructuration fut enfin mise en place. Je revins de mon dernier voyage d'une semaine à Los Angeles un vendredi soir dans un état de joie pure. J'avais l'impression d'être à nouveau un enfant et que je venais de passer mon dernier jour d'école avant les grandes vacances. Dès le lundi suivant, je serais un assistant de chargé de comptes externes et ce fut la voix moqueuse de Cole que j'entendis lorsque j'y pensai. Toutes mes angoisses à l'idée d'accepter une rétrogradation étaient terminées. J'étais si soulagé de ne plus avoir à voyager.

J'appelai Cole avant même de quitter l'aéroport.

— Bonjour, mon cœur. Es-tu rentré ?

— Enfin ! Je t'ai manqué ?

— Pas du tout.

— Toi non plus. Je peux venir ?

Il garda un instant le silence, puis dit :

— Ce serait un trajet inutile, mon cœur. Je suis déjà chez toi.

— Parfait, dis-je en souriant. Je serai là dans vingt minutes.

Pour une fois, je ne le retrouvai pas dans la cuisine. Il lisait sur le canapé. J'avais l'envie ridicule de m'allonger et de mettre la tête sur ses genoux, mais il se leva avant que je me décide.

— Je n'ai pas eu le temps de cuisiner, me dit-il, mais j'ai commandé. La livraison ne devrait plus tarder.

— Très bien. Comment tu savais que je rentrais ce soir ?

— J'ai essayé de t'appeler et je suis tombé sur ton répondeur, alors c'est que tu devais être dans l'avion.

— Impressionnant, dis-je.

Il me fit un clin d'œil.

— Comme il se doit, mon cœur.

Je pris sa main et tentai de le tirer vers moi, mais il résista. Je tirai plus fort, il ne coopéra toujours pas.

— Viens là, dis-je avec exaspération.

— Pourquoi ?

— Parce que je veux te montrer combien tu ne m'as pas manqué.

Il sourit à ces mots et céda. Il me laissa l'enlacer. Il était un peu raide, mais cela ne me dérangeait pas. Je mis le nez dans ses cheveux, juste pour sentir ce shampoing à la fraise ridicule. C'était une odeur qui était pour moi devenue à la fois érotique et réconfortante. Je me sentais bête, cependant, cela faisait tellement partie de lui et de ce sentiment d'être chez moi, désormais, qu'elle me manquait chaque fois que je partais.

Je relevai son menton pour admirer son visage et ses belles lèvres pleines. Il ne se détendit pas, mais il me permit de l'embrasser. Il avait les lèvres douces et sucrées, le souffle tremblant. Comme toujours, je mourais d'envie de pénétrer plus profondément. Je le serrai plus fort contre moi et, à ma grande surprise, il passa les bras autour de mon cou. Il soupira et entrouvrit les lèvres. Il répondit alors, vraiment, à mon baiser. Il ne le faisait encore que rarement. Je me perdis dans la sensation de son corps contre le mien ; sa bouche, douce et fruitée, ses bras autour de moi, ses lèvres soyeuses, mais pressantes. Toutes mes pensées s'envolèrent et je me délectai de lui.

Jusqu'à ce que l'on sonne à la porte. C'était la toute première fois que je regrettais la rapidité d'une livraison.

— Ce doit être notre dîner, dit Cole en s'écartant.

Il y avait quelque chose d'étrange dans sa voix, mais je n'eus pas le temps de déterminer ce que c'était. Il rapporta des sacs de plats chinois, puis nous nous assîmes pour manger. Il fut d'un silence inhabituel pendant tout le repas. Il gardait la tête baissée pour que je ne voie pas ses yeux. J'attendais qu'il dise quelque chose, qu'il rie, qu'il se moque de moi, mais non. Il avait l'air... triste.

— Quelque chose ne va pas ? demandai-je.

— Tout va bien.

— Tu en es sûr ? On dirait que quelque chose te dérange.

Il garda un instant le silence, puis me surprit en répondant à ma question par une autre qui semblait d'un tout autre sujet.

— Le week-end du deux avril... Pourrais-tu prendre ta journée du vendredi ?

— Je vais voir ce que je peux faire. Pourquoi ?

— J'envisageais de partir quelques jours.

— Tu me demandes de venir avec toi ?

— N'est-ce pas ce que je viens de dire ?

De façon très détournée, mais je savais qu'il était inutile de discuter.

— Je serais rav...

Il leva une main pour m'interrompre.

— Avant de répondre, mon chaton, laisse-moi te prévenir : je ne vais pas être drôle du tout. Je serai susceptible, râleur, boudeur et horriblement lunatique. Tu dois me promettre que, quel que soit mon comportement, tu ne m'en voudras pas.

— Vas-tu me dire pourquoi tu seras susceptible, râleur, boudeur et lunatique ?

Il me sourit, mais à peine.

— Plus tard. Peut-être.

— Mais tu aimerais que je vienne ?

À nouveau, il baissa la tête pour que ses mèches me cachent son expression.

— Beaucoup.

— Alors c'est d'accord. Mais je paie mon voyage.

Cela lui fit redresser la tête et il leva les yeux au ciel.

— Mon chaton, sérieusement. Ce n'est absolument pas nécessaire et cela ne fera que compliquer la réservation.

— Alors je ne viens pas.

— Ne sois pas si rabat-joie, mon cœur. Tu as dit que tu en avais envie.

— Pas si tu insistes sur le fait de payer. Tu sais combien je déteste que tu fasses ça.

Il ne comprenait toujours pas pourquoi mon orgueil m'empêchait de le laisser régler partout où nous allions, et il ne comprendrait sûrement jamais.

Il réfléchit un instant.

— Très bien, dit-il. Je m'occupe des billets d'avion, car je veux te faire la surprise. Mais tu peux payer tous nos repas si c'est si important pour toi…

— Ça l'est.

—… et nous partagerons le coût de la chambre. Cela te convient-il ?

— Tout à fait.

— Merci mon Dieu, dit-il avec un soulagement exagéré. Bonté du ciel, parfois je ne sais pas comment je te supporte.

COMME JE ne voyageais plus et que mon emploi du temps était fixe, nos journées suivaient un rythme agréable. De lundi à mardi, il m'attendait chez moi à mon retour du travail et nous passions tous les week-ends chez lui. Je me rendis compte qu'il ne voyageait plus jamais et me demandai quand il avait arrêté. Si c'était à cause de moi. Je savais qu'il était inutile de le lui demander. Que ce soit vrai ou non, il me dirait que cela n'avait rien à voir.

Le jour de notre mystérieux voyage se rapprochait. J'étais terriblement curieux, mais il refusait de me dire où nous allions. Seulement que j'aurais besoin d'un costume et que les températures seraient modérées. Le vendredi, je le récupérai sur le chemin de l'aéroport. Il m'avait prévenu qu'il serait susceptible et boudeur. Je ne l'avais pas vraiment cru, simplement parce que je ne l'avais que rarement vu, voire pas du tout être autre chose que moqueur et théâtral. Mais ces dernières semaines, il n'avait pas été tout à

126

fait lui-même. Et ce jour-là, ce fut pire que tout. Il garda le silence jusqu'à l'aéroport. Enfin, au comptoir des bagages, il me tendit mon billet.

— New York ? demandai-je, surpris. Ta maison des Hamptons ?

— Pas cette fois, mon cœur.

Il ne semblait pas désireux d'en dire plus. La dame au comptoir nous demanda nos billets et nos papiers d'identité. Elle vérifia d'abord le permis de Cole.

— Bon voyage, M. Davenport, dit-elle en le lui rendant.

Je me tournai vers lui avec surprise. Il avait la tête baissée et je savais, depuis le temps, que c'était pour m'empêcher de le voir rougir.

— Davenport ?

— Oui, et alors ?

— Pourquoi t'a-t-elle appelé comme ça ?

— Parce que c'est mon nom !

— Je croyais que…

— Seigneur ! cingla-t-il. N'en fais pas toute une affaire.

Je réalisai que la femme au comptoir nous regardait et écoutait notre conversation d'un air soupçonneux. Je décidai de ne pas insister. Du moins pour le moment. Je terminai d'enregistrer mon bagage et le suivis jusqu'à la fouille, dont la queue fut assez courte, à ma grande surprise. J'attendais qu'il me donne une explication, mais il refusait de me regarder.

Lorsque nous fûmes enfin à la porte et dans la salle d'attente, je demandai exaspéré :

— Cole, tu ne vas sérieusement pas me dire pourquoi elle t'a appelé M. Davenport ?

Il écarta les mèches devant ses yeux et me jeta ce regard qui signifiait que j'étais un idiot, et énervant de surcroît.

— Bien sûr que je te l'ai dit. Elle m'a appelé par ce nom, car c'est celui sur mon permis.

— Je croyais que ton nom de famille était Fenton.

Il se détourna à nouveau, cachant son expression sous ses cheveux.

— Oui.

— Es-tu intentionnellement mystérieux ?

— Es-tu intentionnellement bouché ?

— Très bien, déclarai-je alors que je luttais contre mon rire. Ne me dis rien.

Nous gardâmes le silence une minute. Peut-être deux. Enfin, il sourit de façon théâtrale et je me tournai vers lui. Il me regardait d'un air méfiant.

— Mon nom complet est Cole Nicholas Fenton Davenport III.

Je ne pus m'empêcher d'éclater de rire, mais m'interrompis lorsque je vis son embarras.

— Euh… Waouh.

— Terriblement ostentatoire, n'est-ce pas ?

— Effectivement.

— Tu comprendras pourquoi ce n'est pas ainsi que je me présente. Cela me donne l'impression d'être prétentieux.

— Ça t'en donne l'air, en tout cas.

Il leva les yeux au ciel.

— Tu ne m'aides pas, mon cœur.

On appela les sièges de première classe. Je n'y répondis pas par habitude, mais Cole se leva. Je levai les yeux de surprise.

— Tu viens ? demanda-t-il.

— Nous sommes en première ?

— Dieu du ciel, bien sûr.

Je me dépêchai de rassembler mes affaires et de le rattraper.

— Je n'ai jamais été en première classe, avouai-je lorsque nous trouvâmes nos sièges.

— Je n'ai jamais voyagé en économique.

Il sortit une couverture avant même de s'asseoir. Il s'enroula dedans, se recroquevilla côté hublot, la tête contre la paroi, et regarda le tarmac. Cela devait le rendre dingue de ne pas pouvoir retirer ses chaussures.

— Tout va bien ? lui demandai-je.

— Oui, répondit-il tout bas. Je t'avais prévenu que je ne serais pas de bonne humeur durant ce voyage.

— Ce n'est pas grave. Je ne sais juste pas si je dois essayer de te remonter le moral ou te laisser tranquille.

— Je ne sais pas non plus, mon cœur. Mais je suis heureux que tu sois là.

Ce simple aveu me toucha beaucoup. C'était si inhabituel de sa part de dire quelque chose de sincère. Je regrettais que nous soyons dans un avion, pendant qu'une file de gens nous passait devant. J'aurais voulu l'enlacer et le faire sourire. Je me contentai de poser la main sur sa cuisse. Il mit la sienne par-dessus et me laissa entremêler nos doigts.

— Moi aussi, dis-je.

Le vol prit presque six heures. Il parla à peine pendant la première moitié. Je lus un magazine et le laissai tranquille. Il s'était écoulé trois heures lorsqu'il demanda soudain :

— Comment s'appelait ta mère ?

Je me tournai vers lui avec surprise, mais il ne me regardait pas. Il était toujours tourné vers le hublot. Ses mèches me cachaient son expression.

— Pourquoi ?

Il garda un instant le silence et je commençai à croire qu'il ne répondrait pas. Puis enfin, il soupira et me jeta un coup d'œil plein d'appréhension.

— J'ai commencé à lire ses fiches.

Pendant une demi-seconde, j'ai cru à quelque chose d'administratif. Puis je me souvins de la boîte à recettes. Je n'y avais plus pensé depuis le jour où je la lui avais donnée.

— Oui ? insistai-je doucement.

Il avait l'air si peu sûr de lui. Ce n'était pas dans ses habitudes. Il regarda ses genoux, ses cheveux me cachant encore ses yeux.

— J'ai l'impression de la connaître, dit-il tout bas. Cela paraît ridicule, je sais, et pourtant… Je sais à quoi elle ressemblait grâce aux photos chez toi. Et j'ai appris beaucoup de choses sur elle dans les fiches.

— Comme quoi ?

— Je sais qu'elle adorait l'ail. Que son dessert préféré était les barres à la citrouille, qu'elle aimait la tarte au citron vert, mais détestait la noix de coco sous toutes ses formes. Je sais qu'elle retirait les poivrons verts de chaque recette…

— Parce que je n'aimais pas ça, dis-je, surpris.

Il continua comme si je n'avais rien dit.

—… et qu'elle mettait des chips aux oignons et à la crème fraîche sur son mijoté de thon. Je sais qu'elle intégrait du fromage de chèvre à son goulash, que dans ses boulettes de viande elle faisait moitié-viande hachée, moitié-saucisse italienne épicée et qu'elle ne préparait jamais elle-même sa pâte à tarte. Je sais qu'elle faisait plus souvent du bœuf Stroganoff que quoi que ce soit d'autre…

— Et elle le faisait bien.

— … et qu'elle était allergique aux fruits de mer. Je sais qu'elle n'aimait pas les enchiladas au poulet ni le chili vert, mais qu'elle adorait la coriandre. Et que sa soupe préférée était au jambon et aux fèves.

— Tu as appris tout ça dans une boîte de recettes ?

Il se détourna pour me cacher ses joues rouges.

— Je reconnais celles dont elle se servait à leur état. Celles qui sont impeccables, elle ne s'en servait jamais. Les autres sont presque illisibles. Et elle prenait des notes.

J'étais stupéfait d'apprendre que non seulement il avait conservé la boîte, mais qu'en plus, il l'avait consultée. Plus que ça, il l'avait étudiée. Grâce à elle, il avait tracé un portrait de ma mère que même moi je n'avais jamais vraiment vu. Sa voix, lorsqu'il continua, n'était rien de plus qu'un murmure.

— J'ai l'impression que je la connais mieux que ma mère. Tout ce qui me manque...

Il dut marquer une pause.

—... c'est son nom.

Je lui pris la main. Même s'il ne me regarda pas, il me serra fort les doigts.

— C'était Carol. Carol Elizabeth Kechter.

— Carol, répéta-t-il tout bas, presque comme une prière.

Puis il se tourna vers moi en souriant.

— Merci.

NOUS ARRIVÂMES à New York, prîmes un taxi et Cole donna l'adresse d'un hôtel.

— Nous n'allons pas au Waldorph ? demandai-je sur le ton de la plaisanterie.

Il ne me regarda même pas.

— Nous pouvons, si tu veux.

— Cole ?

J'attendis qu'il croise mon regard.

— Je n'étais pas sérieux. Tout m'ira.

— Celui que j'ai choisi est sur Broadway. Cela facilitera grandement notre trajet jusqu'au théâtre.

— Broadway ?

J'avais l'air d'un gosse surexcité, mais je ne pouvais m'en empêcher.

— Nous allons à un spectacle ?

— N'est-ce pas ce que je viens de dire, mon cœur ?

Mais il me souriait, ne serait-ce qu'un peu.

— Pour quelle autre raison t'emmènerais-je dans ce lieu de perdition ?

Je ne pus que rire de joie. Je mis la main sur sa nuque et l'attirai vers moi. Il ne me repoussa pas, mais ne coopéra pas non plus. Il regarda résolument droit devant et je finis par l'embrasser sur la tempe.

— Merci.

— Je t'en prie, répondit-il tout bas.

Je voyais que mon enthousiasme lui remontait un peu le moral.

Nous arrivâmes à l'hôtel. Au fil des ans, j'avais dormi dans des centaines de chambres, mais rien de comparable à celle-ci. Elle était immense, avec une fenêtre géante qui donnait sur les lumières de Broadway. Le lit était profond et doux, délicieusement tentant après ce long voyage.

— Je n'arrive pas à croire que tu m'as emmené jusqu'à New York rien que pour un spectacle, lui dis-je.

Il sourit.

— J'espérais que cela te plairait. J'aurais voulu t'emmener à Paris, mais ce n'est pas très pratique le temps d'un week-end. Je voulais que tu passes un bon moment malgré mon humeur épouvantable.

J'hésitai un instant, car je ne voulais pas le perturber, mais je finis par demander :

— Tu vas me dire pourquoi nous sommes ici ?

Il se détourna de moi et regarda par la fenêtre.

— Parce que, dit-il si bas que je dus tendre l'oreille, demain c'est mon anniversaire.

Et soudain, toutes ses remarques comme quoi il serait de très mauvaise compagnie, mais qu'il voulait tout de même que je sois là, prenaient un sens. Il avait tout l'argent du monde, cependant, personne avec qui passer son anniversaire. Personne d'autre que moi. Je le rejoignis. Il me tournait le dos. Je l'enlaçai par-derrière.

— Joyeux anniversaire, murmurai-je à son oreille.

Il ne me répondit pas, mais pour la toute première fois, il se détendit vraiment dans mes bras. Il parut s'affaisser sur lui-même et s'appuya contre moi avec un soupir. Ce fut si naturel, si parfait. Je me sentais bien. Je mis le visage dans ses cheveux de soie, inspirai cette odeur que j'aimais tant.

— Préfères-tu sortir pour ton anniversaire ou utiliser le service de chambre ?

— Je m'en fiche, mon cœur. D'abord, je vais me doucher.

Il tourna la tête vers moi.

— Veux-tu te joindre à moi ?

131

Nous ne nous étions jamais douchés ensemble. C'était l'une de ces familiarités qu'il semblait éviter. La tentation fut presque trop forte, mais il y avait autre chose que je voulais faire encore plus.

— Vas-y, lui dis-je.

J'appelai la concierge dès que j'entendis l'eau couler. Elle rit, mais promit de répondre à ma demande. Puis je contactai le service de chambre. Il ne me restait qu'à attendre. Je l'imaginais sous la couche, me demandant si nous aurions assez de temps. Je décidai de prendre le risque, mais dès que j'entrai dans la salle de bain, il coupa l'eau.

Sa douche avait dû être brûlante, car une épaisse vapeur avait envahi la salle de bain. Cela sentait le savon et la fraise, ce que je trouvais incroyablement excitant.

— Tu es en retard, dit-il sur le ton de la plaisanterie en sortant de la baignoire.

Sa peau était parcourue de perles d'eau. Humides et plaqués sur sa tête, ses cheveux brun clair semblaient presque noirs.

— J'ai changé d'avis.

Il tendit la main vers les serviettes, mais je me mis en travers. Je savais que c'était cruel. Il était trempé et commençait à avoir la chair de poule. Mais je ne voulais pas qu'il se sèche tout de suite.

— Y a-t-il une raison pour laquelle tu me laisses frigorifié, mon cœur ?

— Oui.

Je lui pris la main et le tirai vers moi. Il se laissa faire. Je déposai un baiser léger dans son cou, juste sous son oreille. Il frissonna. Les gouttes d'eau sur sa peau avaient un goût sucré. Je me demandai si ce n'était que mon imagination qui leur donnait celui de la fraise. Je suivis leur chemin, l'embrassant et le léchant de la gorge à la clavicule, puis le long de cette dernière jusqu'au creux de sa gorge. Je l'y caressai de ma langue. Il soupira et s'appuya contre le comptoir derrière lui.

Je descendis plus bas, chassant les gouttes d'eau sur son torse. Je me mis à genoux, les suivis de son ventre à son aine. Là, je pris le bout mince de sa verge entre mes lèvres, empoignai ses fesses des deux mains. Je fis tourner ma langue sur le gland.

— Oh, gémit-il.

Il agrippa l'arrière de ma tête. Les doigts dans mes cheveux, il s'enfonça plus loin dans ma bouche. Il resta là un instant avant de commencer à bouger. Je le laissai mener, me guider de sa main. Il gémit à nouveau, un doux soupir. J'adorais ses bruits de plaisir.

Mon érection se pressait douloureusement contre mon jean. Je voulus le déboutonner, mais d'un geste vif, il se retira de ma bouche. Il me tira les cheveux afin que je me relève et m'embrassa avec insistance. Il me lâcha et commença à défaire mon pantalon. Je passai un bras autour de sa taille, serrant son corps humide contre moi. J'enroulai l'autre main autour de son érection. Il haletait, gémissait. Il glissa ses doigts minces dans mon pantalon et...

Toc, toc, toc.

Nous nous figeâmes.

— Dieu du Ciel, quel horrible timing ! dit-il, essoufflé.

Je ris à cet incroyable euphémisme.

— Qui cela peut-il bien être ?

— C'est, dis-je en me dégageant pour reboutonner mon pantalon, probablement notre dîner.

J'allai ouvrir avec les vêtements à moitié trempés qui me collaient à la peau et une bosse embarrassante dans le jean. Soit l'homme du service de chambre ne se rendit compte de rien, soit il y était habitué. Il avait ce que j'avais demandé à la concierge, alors je lui donnai un pourboire généreux. Lorsque Cole sortit de la salle de bain avec une serviette autour de la taille, il était parti.

— Qu'as-tu commandé ? demanda-t-il.

— Des hamburgers.

Il sourit.

— Et le vin ?

Je le sortis du seau. Il s'empourpra, mais sourit. C'était une bouteille de Merlot à la mûre et, étant donné que j'avais dû payer afin que quelqu'un sorte l'acheter, il s'agissait probablement de la bouteille de cinq dollars la plus chère de l'histoire.

— C'est un rouge, dit-il d'un ton moqueur. Pourquoi donc est-il dans la glace ?

— Ils se sont probablement dit que quelqu'un qui boit ça ne s'y connaît pas assez en vin pour voir la différence.

— Probablement.

Il m'enlaça par la taille.

— Merci.

— Ne me remercie pas encore, dis-je en l'embrassant. Après le dîner, je te donnerai ton véritable cadeau.

Nous mangeâmes et bûmes son vin bon marché, puis terminâmes ce que nous avions commencé après sa douche. Et comme toujours, lorsque ce fut terminé, il s'installa de l'autre côté du lit, sans me toucher, et éteignit la lumière.

Je m'endormais lorsque je sentis ses doigts frôler mon poignet. C'était la première fois qu'il le faisait et cela me fit sourire. J'ouvris les yeux. Il faisait noir et il n'était rien d'autre qu'une ombre immobile en face de moi. Il posa très légèrement les doigts sur le revers de ma main. Je la retournai, pensant prendre la sienne, mais lorsque je bougeais, il replia vivement le bras.

Était-il possible qu'il n'eût jamais voulu que je sache ? Avait-il cru que je dormais ? Mon cœur se serra à l'idée qu'il était si déterminé à maintenir cette distance que nous ne désirions ni l'un ni l'autre. Combien de nuits avait-il franchi ce gouffre en secret pendant que je dormais ?

Je glissai lentement la main vers lui et pris ses doigts fins. J'essayai de le tirer vers moi. Il résista. Peut-être avais-je tort. Peut-être ce contact avait-il été accidentel. Ou peut-être n'était-il simplement pas prêt à aller plus loin. Je tirai à nouveau, en vain. J'essayai de ravaler ma déception. J'aurais dû m'en douter. Cela ne venait pas de lui, alors il ne se laissait pas faire. J'étais sur le point de le lâcher lorsque, à ma grande surprise, il cessa de résister. J'hésitai à retenter ma chance. Enfin, je tirai une dernière fois, à peine. Et avec un léger soupir, il traversa les draps blancs et se glissa dans mes bras.

Il avait le visage dans mon cou, un bras autour de ma taille. Nos jambes étaient entremêlées. J'essayai de ne pas écouter cette légèreté dans ma poitrine, les battements sourds et rapides de mon cœur. Je me dis que non, je n'avais pas la gorge serrée. Il garda le silence, moi aussi. Je l'enlaçai, enfouis le visage dans ses cheveux doux et le serrai fort.

À MON réveil, il s'était à nouveau écarté. Je déposai un baiser à l'arrière de sa tête avant de me lever et j'allai me doucher. Bien qu'il soit tôt en Arizona, à New York il était bien plus tard que l'heure à laquelle je me levais d'habitude. Je décidai de sécher mon jogging.

Lorsque je sortis de la salle de bain, il était réveillé. Il se tenait à la fenêtre, ne portant que son slip, et regardait la rue animée en dessous.

— Ta mère ne vit-elle pas à Manhattan ? demandai-je en enfilant mes sous-vêtements.

— Si, répondit-il doucement sans me regarder.

J'attendis qu'il développe, mais il garda le silence. Je vins à ses côtés et vis l'appréhension avec laquelle il me regardait du coin de l'œil.

— Allons-nous la voir puisque nous sommes ici ?

Il ne répondit pas ; il continua à regarder par la fenêtre d'un air déterminé. Les rideaux étaient ouverts, mais le voilage fermé. Il en trouva l'ouverture et l'enroula autour de ses doigts minces. Il appuya le front contre le verre de la fenêtre, cacha ses yeux sous ses mèches et tira le voilage autour de lui afin qu'il nous sépare.

— Vas-tu l'appeler ?

Il ne me regarda pas. Le soleil pâle allié au tissu fin dessinait des formes brillantes sur sa peau caramel.

— Cole ? insistai-je doucement.

Il soupira d'exaspération, quoique j'étais persuadé qu'elle était feinte.

— C'est déjà fait, chéri.

— Et ?

— Je crains qu'elle ne soit terriblement occupée. Elle n'a pas le temps de nous voir.

Elle était occupée ? Trop occupée pour voir son seul fils le jour de son anniversaire ?

— S'est-elle remariée ?

— Non.

— Et elle ne travaille pas ?

— Bien sûr que non.

— Alors, continuai-je, sachant que je devrais me taire, mais incapable de m'y forcer, qu'est-ce qui l'occupe à ce point ?

Il lui fallut une seconde pour me répondre, mais il dit tout bas :

— Si je le savais, chéri.

— Elle n'a même pas le temps de déjeuner ?

— Il semblerait que non.

Le calme résigné de sa voix était difficile à entendre. Je regrettai d'avoir autant insisté.

— Je suis désolé, dis-je tout bas.

Il lâcha le rideau et le laissa se replacer devant la fenêtre.

— Ne sois pas désolé pour moi, s'il te plaît.

— Pourquoi ?

Il haussa les épaules.

— C'est terriblement cliché, non ? 'Pauvre petit garçon riche'.

Il s'écarta un peu de la fenêtre, sans pour autant se tourner vers moi. Je ne le voyais que de profil. Ses cheveux me bloquaient encore son regard. Il avait la voix plus douce, différente d'une façon que je n'arrivais pas tout à fait à déterminer.

— Tout chez moi est un cliché.

Puis je compris : ses affectations avaient complètement disparu ou presque, le rythme chantant de sa voix était imperceptible.

C'était ce côté de lui que j'avais aperçu sans jamais le voir vraiment. C'était comme si le champ de force qui l'entourait d'habitude avait disparu. Au lieu de sa force et sa confiance en lui-même, je percevais qu'il était terriblement fragile. Je savais qu'il n'avait en aucun cas l'intention de me laisser le voir ainsi. S'il se rendait compte que ses barrières avaient disparu, que je pouvais le toucher véritablement, il s'écarterait, me repousserait et remettrait ses murailles en place d'un déhanché, il battrait des cils au travers de ses cheveux, me ferait un clin d'œil aguicheur et m'appellerait « chéri ».

Je voulais plus que tout l'étreindre et le rendre heureux, mais je ne savais pas comment l'atteindre sans qu'il me repousse. J'avais même peur de parler. Je tendis lentement la main. J'étais certain que dès que je le toucherais, il se changerait en poussière sous mes doigts ou disparaîtrait derrière une mèche de sa coupe parfaite.

Je posai un doigt sur son épaule nue. Rien ne sembla indiquer qu'il l'avait senti, mais lorsque je descendis lentement le long de son bras, il ferma les yeux et retint son souffle. Je me rapprochai. Lentement, en silence, anxieux de me connecter à cette part secrète de lui, de m'en emparer par tous les moyens et de la faire mienne. Je posai la main au creux de son dos. Il tourna le visage vers moi.

À cet instant, je vis tout dans son regard. Il luttait contre les larmes. Il désirait quelque chose désespérément et était pourtant incapable de le demander. Il avait honte de sa vulnérabilité, mais il était trop las de la cacher.

De crainte de l'effrayer, je parlais tout bas :

— Cole, tu n'as rien d'un cliché.

Il ferma les paupières. Son souffle était inégal. Je mis la main sur sa joue, l'étreignis de mon bras libre. Il rouvrit les yeux, ils étaient humides de larmes et pleins d'incertitude.

Il me regarda dans les yeux. Il ne dit qu'un mot, doucement, un murmure. Mais ce fut :

— Jonathan.

Rien de plus que mon nom. Et pourtant, cela valait tout. Il ne l'avait jamais dit, pas une fois. Cela éveilla en moi une tendresse indéniable. Cela me toucha comme jamais rien avant. Je réalisai soudain, avec une douloureuse certitude, que mon désir de le posséder était complètement erroné. C'était trop tard. C'était moi qui lui appartenais tout entier, et avant cet instant, je ne l'avais pas tout à fait compris. Je me demandai s'il le savait. S'il s'en souciait seulement.

Je le serrai fort et l'embrassai. Je l'avais embrassé de nombreuses fois, mais jamais ainsi. Jamais le cœur dans la gorge et les mains tremblantes. Jamais avec ce désir. Je voulais goûter chaque partie de lui. Je voulais le toucher comme il m'avait touché.

Il avait les lèvres douces, chaudes, insistantes. Il passa les bras autour de mon cou et m'embrassa avec une passion qu'il n'avait jamais encore montrée. Je le portai à moitié sur le lit et le poussai dessus. Nous avions toujours nos sous-vêtements, le lubrifiant était par terre de l'autre côté du lit et je m'en fichais. Je refusais de cesser de le toucher assez longtemps pour y changer quoi que ce soit. Je ne voulais pas risquer de perdre ce que nous ressentions tous les deux à cet instant. Je voulais continuer à sentir sa peau contre la mienne, ses joues humides sous mes lèvres, à entendre son souffle tremblant à mon oreille.

Je me pressai contre lui et il referma les jambes autour de ma taille, me serrant plus fort. Nous nous frottions l'un à l'autre, nous embrassions l'un l'autre, nous serrions l'un contre l'autre. Nous n'autorisions qu'une friction légère pour atteindre l'orgasme. Après, j'eus moi aussi les joues humides. J'enfouis le visage dans son cou et il m'enlaça en émettant de petits bruits apaisants.

Je ne savais pas quand il s'était mis à me réconforter plutôt que le contraire. Je doutais que cela ait une importance.

Bizarrement, je savais que tout avait changé. Nous avions franchi un seuil, brisé une frontière à notre insu. Je me demandais si nous pouvions faire marche arrière. S'il le voulait.

Date : 3 avril
De : Cole
À : Jared

QU'AI-JE FAIT ?

APRÈS L'INTENSITÉ de ce que nous venions de vivre, c'était comme si le monde aurait dû changer d'orbite, mais bien sûr, ce n'était pas le cas. Nous continuâmes à nous enlacer pendant plusieurs minutes, mais bientôt, nous fûmes rappelés à la réalité. Plus précisément, par nos sous-vêtements trempés qui se mirent rapidement à sécher.

— Cela aurait probablement été plus sensé de le faire avant ma douche, commentai-je.

Il se mit à rire et me repoussa. Je me nettoyai et m'habillai. Il y avait un café dans le hall de l'hôtel, alors j'allai nous chercher des bagels – 'Je t'interdis de me rapporter un donut, mon cœur ! ' – et des cafés *latte*. Cela prit plus longtemps que je ne m'y attendais. Lorsque je revins à la chambre, il s'était déjà douché et habillé. Il était assis sur le lit à écrire sur son téléphone. Il s'en servait souvent pour vérifier ses e-mails. Je me demandais souvent avec qui il discutait, mais je n'avais jamais posé la question. Je soupçonnais qu'il ne me répondrait pas.

Quelles que soient les barrières qui s'étaient effondrées entre nous plus tôt, elles étaient de retour à leur place. Il y avait de la réserve dans son regard. Je savais qu'il fonctionnait ainsi, mais je ne voulais pas qu'il s'éloigne de moi si facilement. Je voulais pouvoir le toucher à nouveau. Je mis la nourriture sur la table et le poussai sur le lit pour me mettre au-dessus de lui.

— Que veux-tu faire aujourd'hui ? lui demandai-je en l'embrassant dans le cou.

Il tourna la tête, relevant le menton pour me faciliter la tâche, mais ne réagit pas plus. Il ne m'enlaça pas.

— Tout ce que tu veux, mon cœur.

Je frôlai son oreille de mes lèvres.

— C'est ton anniversaire à toi, murmurai-je.

— C'est vrai.

Je passai alors à ses lèvres. Même moi, je ne comprenais pas tout à fait ma fascination pour elles. Oui, elles étaient belles et douces. Toutefois, je n'étais pas certain de savoir d'où venait la force de mon attirance. J'embrassai doucement sa lèvre inférieure, l'excitai de ma langue. Il ferma les yeux et je le sentis mettre une main sur ma hanche. Il se détendait enfin de nouveau.

— Tout ce que tu veux, lui dis-je.

Il esquissa un sourire et ouvrit les yeux vers moi.

— Tu vas rire.

— Mais non.

— Si.

— Je te promets que non.

— D'accord.

Il passa les bras autour de mon cou.

— Je veux aller faire du shopping.

Il avait raison. Je ne pus m'empêcher de rire.

— Sérieusement ?

— Je t'avais dit que tu rirais !

Mais il souriait et j'étais heureux de ne pas l'avoir vexé.

— Je ferai tout ce que tu demandes, lui dis-je.

J'étais sincère.

Je le suivis pendant toute la journée. J'étais déjà allé à New York une seule fois, des années plus tôt, alors je ne connaissais pas vraiment la ville, mais elle semblait lui être très familière. Il avait choisi un hôtel proche du théâtre où nous allions plus tard, mais à quelques kilomètres du quartier commerçant de la Cinquième Avenue. Nous décidâmes de prendre un taxi qui nous déposerait au plus loin et de rentrer à pied. Sa façon de faire du shopping ne fut pas aussi douloureuse que je l'aurais cru. Il fit surtout du lèche-vitrine, sauf s'il s'agissait d'une galerie d'art. Nous entrâmes dans toutes celles que nous croisâmes.

Il n'arrivait pas à s'arrêter sur une façon de se comporter avec moi. D'abord, tout était normal : il débitait un monologue presque constant pendant notre promenade, parlait des gens qu'il avait vus, de ses derniers voyages ici et des styles de veste dans les vitrines, ainsi que tout ce qui lui passait par la tête. Il pouvait être méchamment drôle quand il le voulait et il savait comment me faire rire. Puis lentement, il baissait sa garde. Il flirtait plus, me touchait plus sans s'en rendre compte. Et si nous n'avions pas été dans une rue aussi bondée, je crois qu'à ces moments-là, j'aurais presque pu l'embrasser sans qu'il me repousse. Mais il finissait par se rendre compte que ses barrières n'étaient plus là et en un clin d'œil, il était à nouveau lointain. Il continuait à parler, mais ne croisait plus mon regard et ne permettait aucun contact physique entre nous. Ce qui me perturbait le plus, c'était que cela semblait l'attrister. Je ne comprenais pas pourquoi alors il en ressentait alors le besoin.

Après le déjeuner, nous entrâmes dans une autre galerie. Elle exposait des photos, prises en majorité en extérieur, mais agrandies, certaines de la taille d'un canapé. Nous avions parcouru les autres galeries assez vite, mais dans celle-ci, Cole s'attarda.

C'était une grande salle emplie de cloisons blanches à la façon d'un open-space, ce qui semblait créer des couloirs au hasard. Cela transformait tout l'espace en labyrinthe et nous en petites souris. Il y régnait un silence de mort. J'avais envie de chuchoter. Je restai tout proche de lui afin qu'il m'entende. C'était un moment où il était détendu, alors il se pencha vers moi.

— Tu vas en acheter une ? demandai-je.

Il secoua la tête.

— Non. Mais elles sont belles, tu ne trouves pas ? J'aime celle qui est prise sous l'eau. Je la trouve très sereine. Pas toi ?

Je savais de laquelle il parlait. Elle semblait avoir été prise dans une eau peu profonde, claire comme du cristal. Du sable et des étoiles de mer ornaient le bas du premier plan et l'on voyait en haut la surface brillante.

— Ce n'est pas le mot que j'emploierais.

— Oh ?

Amusé, il leva les yeux vers moi.

— Quel mot emploierais-tu ?

— Claustrophobe. J'ai l'impression de devoir retenir ma respiration.

Il rit. Aussi doucement que ce fut, cela résonna tout de même dans le silence de la galerie, mais cela ne le gêna pas autant que moi.

— Je préfère celles dans la neige, lui dis-je. Surtout celle avec les trembles.

Il frissonna.

— Si je devais acheter quoi que ce soit, ce serait pour ma chambre des Hamptons et je refuse d'y avoir de la neige au mur. J'aurais froid.

Je ris.

— Je n'ai jamais rien d'entendu d'aussi ridicule.

Encore que pour dire vrai, je commençai à l'imaginer dans cette chambre où je ne l'avais jamais vu. Il me rendit mon sourire et j'eus l'impression qu'il savait où se perdaient mes pensées. Il se pencha encore un peu plus vers moi, si près que je sentais le parfum de ses cheveux. Je mis la main au creux de son dos et frôlai son oreille de mes lèvres.

— Serait-ce manquer d'originalité que de te proposer de te tenir chaud ?

Il rit encore, mais ne s'écarta pas.

— Oui, mais tu peux quand même. Je suis assez tenté d'accepter.

Je le serrai un peu plus contre moi.

— Le shopping est presque terminé ? chuchotai-je. Parce que j'adorerais te ramener à l'hôtel et…

— *Excusez-moi.*

Cette voix forte nous surprit tous les deux. Je m'écartai automatiquement de Cole pour voir qui nous avait dérangés. C'était un homme en costume, d'une cinquantaine d'années, qui ne cachait pas sa désapprobation.

— Puis-je vous aider en quoi que ce soit, *messieurs* ?

Je me sentis m'empourprer. Je n'étais pas du genre à m'afficher en public et j'étais embarrassé d'avoir laissé mes hormones me monter à la tête. J'étais sur le point de m'excuser. Mais Cole, lui, n'avait pas du tout l'air désolé, plutôt très énervé. Il dégagea les mèches devant ses yeux et renversa la tête de cette façon qui lui permettait de regarder n'importe qui de haut.

— Mon chou, nous n'avons certainement pas besoin de votre aide.

L'homme, 'Frank' d'après son badge, se hérissa.

— Vous êtes dans une galerie d'a…

— Je *sais*, mon chou !

J'étais certain qu'il avait répété ce petit nom pour énerver Frank encore plus.

— Je ne suis pas aveugle.

Il mit la main sur la hanche et la fit ressortir. Je soupçonnais que Frank avait beaucoup de mal à garder son calme.

— Mon partenaire et moi essayons de déterminer quelle œuvre s'accordera le mieux à notre chambre.

Il se tourna vers moi. J'essayais de contrôler ma surprise au fait d'avoir été appelé son 'partenaire'.

— N'est-ce pas, mon muffin ?

Il me fit un clin d'œil.

— Qu'en penses-tu ? La neige ou l'eau ?

— Je ne sais pas, bredouillai-je.

Je retenais mal mon rire.

— C'est à toi de décider. Mon muffin.

Il semblait ravi que je me prenne au jeu.

— Peut-être, dit Frank d'un ton sec, souhaiteriez-vous voir le *catalogue des prix* avant de vous décider.

— Excellente idée, mon chou. Et si vous alliez gentiment nous le chercher ? Nous vous attendrons ici.

Frank avait dû penser que l'idée du catalogue nous ferait fuir, et se faire envoyer la chercher 'gentiment' était tout aussi difficile à digérer. Mais il était suffisamment professionnel pour faire son travail, même s'il était incapable de cacher ses préjugés.

— Bien sûr, dit-il avec un sourire forcé.

Il s'éloigna, nous laissant un instant seuls.

Cole perdit alors la moitié de ses affectations.

— Quel sale pompeux, marmonna-t-il. Je vais être obligé d'acheter quelque chose, maintenant.

Il se tourna vers moi.

— Peut-être pouvons-nous trouver un compromis et choisir l'un des paysages au-dessus de l'eau.

— C'est ta maison et ton argent. Prends celle qui te plaît.

Mais ce n'était pas aux photos que je pensais. C'était à lui.

Des mois plus tôt, lorsque je l'avais emmené au théâtre et que nous nous étions disputés à cause de son comportement flamboyant, je m'étais fait la réflexion que je l'avais vu en augmenter et en baisser le volume. Pourtant, bizarrement, je n'avais jamais compris ce qui le déclenchait. À l'époque, j'avais trouvé étrange que cela empire lorsque nous sortions de la maison. Après tout, pour moi, il était censé être plus discret en public.

Pourquoi n'avais-je jamais compris que, plus que toutes ses affectations étaient un mécanisme de défense ? Plus il était mal à l'aise, plus il en rajoutait, comme des morceaux d'armure. La gestuelle, l'attitude, tout n'était qu'une façon de créer de la distance avec ce qui le menaçait. Voilà pourquoi, lorsque nous étions à la maison, elles semblaient s'effacer. Parce qu'il se sentait à l'aise et n'en avait pas besoin. Mais lorsqu'il se cachait vraiment derrière ses barrières, comme il le faisait avec Frank, elles étaient amplifiées. Et avec cette soirée avec mon père, et celle d'après, au théâtre, ma désapprobation n'avait dû qu'empirer les choses.

Frank ressurgit avec le catalogue. Cole le prit et se mit à le consulter. Je regardai par-dessus son épaule et ma mâchoire manqua se décrocher quand je vis les prix.

— Dites-moi, mon chou, dit Cole à Frank, êtes-vous payé à la commission ?

La question eut l'air de mettre Frank mal à l'aise, mais il répondit :

— Nous avons un salaire fixe, mais je reçois une prime pour chaque vente, oui.

— Et y a-t-il quelqu'un d'autre qui travaille aujourd'hui ?

Frank commença à s'empourprer un peu. Il eut l'air soudain un peu inquiet. Apparemment, il ne lui était pas venu à l'esprit que son comportement pourrait avoir des conséquences.

— Allison est là également.

— Et si vous alliez me la chercher ?

— Je crains qu'elle ne soit occupée pour l'instant, dit Frank.

Même moi, je voyais qu'il mentait.

Puis Cole fit quelque chose qui me surprit même moi. Il cria :

— Allison ! Êtes-vous là, choupette ?

— Monsieur ! cingla Frank. S'il vous plaît, baissez d'un ton. Nous sommes dans une galerie d'art !

— Je sais, mon chou ! Mais je vous ai gentiment demandé d'aller me la chercher et vous avez refusé.

Il y eut une soudaine agitation à l'entrée de la galerie, puis une jeune femme tourna maladroitement à un coin. Elle n'avait qu'une vingtaine d'années, les joues rouges et l'air embarrassé.

— Oui ?

Cole lui fit son plus beau sourire et alla lui serrer la main.

— Allison, ma chérie, je suis ravi de vous rencontrer !

Il lui prit le bras et l'entraîna vers la photo sous l'eau.

— J'aimerais acheter cette œuvre.

Elle jeta un coup d'œil à Frank. Elle avait l'air de le craindre un peu. Il ne devait pas être un collègue sympathique.

— Est-ce que Frank vous aide ?

— Non, ma chérie !

Cole feignit la consternation. Ils disparurent au coin.

— Frank n'a été absolument d'aucune utilité !

Frank était écarlate. Une veine battait à ses tempes. Je dus me mordre la joue pour ne pas rire et suivis Allison et Cole à l'avant de la galerie. Ainsi, Cole acheta une photo qu'il ne voulait pas forcément pour sa chambre des Hamptons. Il s'arrangea pour la faire livrer là-bas, disant simplement que Margaret saurait quoi en faire.

— Je n'arrive pas à croire que tu aies fait tout ça rien que pour énerver le pauvre Frank, dis-je en sortant.

Il rit.

— Quel est l'intérêt d'avoir de l'argent si l'on ne peut pas s'amuser avec, n'est-ce pas, mon cœur ?

Nous rentrâmes lentement à l'hôtel à pied. Lorsque nous arrivâmes, il était temps de dîner, suite à quoi nous allâmes au théâtre. Le spectacle qui se jouait était *La Cage aux Folles*.

— Je ne savais pas quoi choisir, me dit Cole avec un clin d'œil, mais celui-ci semblait étrangement approprié.

Je connaissais l'histoire, mais je ne l'avais jamais vu. Je ne savais même pas prononcer le titre. Cole, qui parlait couramment le français, trouvait que c'était une excellente raison de se moquer de moi. Ça ne me gênait pas.

Nous retournâmes à notre chambre après le spectacle et il s'étira sur le lit avec le menu du service de chambre pendant que je retirais mon costume. Il était sur le ventre, dos à moi.

— Serait-il terriblement cliché de commander des fraises et du champagne ? demanda-t-il.

Je me mis au-dessus de lui afin d'embrasser le papillon sur son cou.

— C'est une excellente idée.

Alors nous bûmes du champagne, je le nourris de fraises, et il fit de même en retour, puis nous nous déshabillâmes lentement en nous caressant. Lorsque nous fûmes nus, je le repoussai sur le lit et l'embrassai dans le cou. Il ne s'était pas rasé ce matin-là, ce qui était inhabituel de sa part. Il fallait plusieurs jours pour que cela se voie vraiment, mais il avait un minuscule duvet couleur cannelle sur la mâchoire.

— Joyeux anniversaire, lui dis-je.

— Merci d'être venu, répondit-il tout bas

— Merci de m'avoir emmené.

— Je déteste passer mon anniversaire seul.

— Je ne te le reproche pas.

Il haussa les épaules, semblant perdu dans ses pensées. Un bras autour de ma taille, il enroulait les doigts de l'autre main dans les poils de mon torse. En baissant les yeux vers lui, je songeai qu'il était le plus bel homme que j'avais jamais vu. Le marron de ses yeux noisette était clair, presque de la même couleur que ses cheveux. Mais il y avait aussi une touche de vert. Il avait les traits fins et délicats, qui contrastaient merveilleusement bien avec le duvet sur sa mâchoire. Et bien sûr, il y avait ses lèvres, qui attiraient toujours mon regard.

Comment pouvais-je l'aimer autant ? Et surtout, quand était-ce arrivé ? Parce que je ne pouvais plus nier que j'étais fou amoureux de lui. Me l'admettre enfin, une bonne fois pour toutes, fut presque écrasant. J'avais oublié ce que, c'était de tomber ainsi amoureux. C'était effrayant, excitant, euphorisant tout à la fois. Je ne l'avais pas ressenti depuis...

Depuis Zach.

Je cessai de songer à lui, d'instinct, presque avant d'être allé au bout de ma pensée. Non pas parce que c'était toujours douloureux, mais parce que je ne voulais pas que les souvenirs de ma vie passée ternissent cet instant-là, ce que je ressentais aujourd'hui pour Cole. Zach et moi étions jeunes, et de bien des façons, nous avions été inconsidérés. Même cruels. Mais *ça* ? C'était nouveau, pur, fragile. Sacré.

Une seconde chance.

Et je savais, sans le moindre doute, que j'allais la saisir. Je voulais lui dire tout de suite ce que je ressentais. Je voulais qu'il sache combien je l'aimais. Je voulais qu'il sache qu'il ne passerait plus jamais son anniversaire seul.

— Cole.

Mais avant que je puisse finir, il mit ses doigts doux sur mes lèvres. Il ouvrait de grands yeux un peu effrayés.

— Chut, souffla-t-il. Ne le dis pas, Jonny.

Mais...

Il secoua la tête. Puis m'embrassa. Il me serra très fort contre lui. Il avait les lèvres douces et chaudes, la bouche sucrée par les fruits que nous avions mangés. Il enroula les jambes autour de ma taille et à cet instant, il devint tout mon monde. Je voulais déverser tous mes sentiments en lui.

Nous prîmes notre temps. L'impatience de ce matin-là avait disparu. Il n'y avait plus que de la tendresse. Je l'embrassai, sentant son corps mince sous moi, sa peau douce contre la mienne. J'essayai de le caresser partout de mes mains, de mes lèvres, des deux à la fois. Il me touchait doucement,

145

légèrement, mais lorsque je le pénétrai, il enfonça douloureusement les doigts en moi. Puis il n'y eut plus que lui dans mes bras, ses jambes autour de moi, nos souffles mêlés et le plaisir grandissant de nos corps unis. Et durant tout ce temps, le fait de savoir que je l'aimais plus que je ne l'aurais jamais cru possible.

Ensuite, il garda le silence. Il me laissa l'étreindre plus longtemps que d'ordinaire. Je m'endormais lorsqu'il fit mine de rejoindre l'autre côté du lit.

— Non, s'il te plaît, dis-je d'une voix endormie.

Je le serrai plus fort pour qu'il reste avec moi.

— Ne t'en va pas.

Je le sentis hésiter, une seconde, puis il soupira. Pas de frustration ni d'exaspération. C'était un soupir de contentement. Il se détendit à nouveau dans mes bras et je me repliai contre son dos. Pour la deuxième nuit de suite, je m'endormis avec le parfum des fraises.

Date : 5 avril
De : Cole
À : Jared

JE SUIS un imbécile, et un lâche. Je ne sais pas ce qui est le pire.

UNE FOIS son anniversaire passé, la mélancolie qui l'avait pesée pendant les deux semaines menant à notre escapade s'était envolée. Pourtant, il n'était toujours pas tout à fait heureux. Du moins, pas tout le temps. Moi, par contre, je ne l'avais jamais été autant. Du moins, pas depuis très longtemps. Je l'aimais. J'aimais tout chez lui. Chaque instant que nous passions ensemble me ravissait. Il était frivole, lumineux, beau, entêté, et je m'émerveillais, de combien ma vie était plus complète avec lui.

J'étais aussi heureux qu'il ait l'air d'accepter que notre relation avait changé. Il cessa de garder ses distances avec moi. Il me laissait le toucher plus. L'embrasser. Il riait plus. Et la plupart du temps, il semblait aussi heureux que moi. Mais il y avait des instants où le soleil disparaissait soudain derrière les nuages. Ce rire lumineux dans ses yeux s'éteignait d'un coup et il avait l'air triste.

— Qu'y a-t-il ? lui demandai-je un jour.

146

Nous étions encore au lit, le souffle encore inégal d'avoir fait l'amour. Lorsque je baissai les yeux vers lui, en pensant que je l'aimais plus que je ne pouvais l'exprimer, il y avait cette tristesse dans son regard.

Il hésitait à répondre, cela se voyait. Il devait songer à nier qu'il y avait quoi que ce soit. Puis il dit :

— Je vais devoir bientôt partir.

— D'accord.

Je l'enlaçai et l'embrassai. Bien entendu, je n'avais aucune envie qu'il parte, mais il n'était pas dans sa nature de rester quelque part très longtemps.

— Tu ne me manqueras pas du tout, lui dis-je.

Il soupira, mais n'ajouta rien de plus.

Quelques jours plus tard, mon père appela pour nous inviter à dîner. J'hésitai toujours à les rasseoir à la même table, mais mon père insista.

— Jon, tu ne peux pas couper ta vie en deux pour nous séparer. Si tu es sérieux au sujet de cette relation, ce dont je suis certain, alors, la grande folle et moi allons devoir nous habituer l'un à l'autre.

— D'accord, cédai-je, sachant qu'il avait raison. Samedi ?

— Parfait.

— Mais pas un restaurant. Il voudra cuisiner.

— Encore mieux.

— Et papa ?

— Oui ?

— Arrête de l'appeler la grande folle.

Lorsque je parlai à Cole du dîner, son regard s'assombrit un instant. Mais tout aussi vite, il sourit.

— Tout ce que tu veux, mon cœur.

Le samedi après-midi, nous allâmes acheter ce dont il avait besoin pour le dîner.

— Je suis stressé, lui avouai-je lorsque nous sortîmes de la voiture et que nous nous dirigeâmes vers le supermarché. La dernière fois, ça ne s'est pas bien passé.

— Ce ne sera pas pareil, cette fois, me promit-il.

— Comment le sais-tu ?

— Parce que maintenant, tu me fais confiance, dit-il comme si cela faisait toute la différence.

Cela n'avait-il pas été le cas la dernière fois ? Je ne savais pas trop ce que cela signifiait, mais j'en avais l'habitude avec lui, alors je n'insistai pas.

— Qu'est-ce que tu vas faire ? lui demandai-je. Tu pourrais refaire du cioppino. Il l'a tellement aimé la dernière fois qu'il a pratiquement léché le plat après ton départ.

Bien sûr, cela me fit penser à la raison pour laquelle Cole était parti tôt ce soir-là et à l'horrible dispute du lendemain soir après le spectacle.

— Je suis désolé, dis-je. J'étais si...

— Tu es pardonné depuis longtemps, mon cœur, m'interrompit-il. Mais j'apprécie beaucoup ton repentir soudain. Et je ne vais pas faire de cioppino.

— Qu'est-ce que tu vas faire, alors ?

— C'est une surprise.

À sa voix, je savais qu'il ne me dirait rien de plus, même si je le suppliais.

— Veux-tu que nous achetions notre pain ici ou à la boulangerie du bout de la rue ?

— Prenons-le ici. Nous devrions aussi acheter une tarte, ou autre chose, lui dis-je. Il aime finir sur du sucré.

— Nous pourrions avoir des fraises en dessert, proposa-t-il en prenant une de ces boîtes en plastique pleines de fruits pour la sentir. Elles sont parfaitement mûres. Tu le sens rien qu'à l'odeur.

Il fourra la boîte sous mon nez. J'associais le parfum de fraises si fort à lui que lorsque je les sentis, je songeai immédiatement à la sensation de son corps mince sous le mien, à celle d'être en lui, le nez dans ses cheveux couleur cannelle.

Et soudain, je bandai violemment.

Sérieusement ? En plein supermarché ! Je me retournai vers les fruits et légumes afin de cacher mon problème à quiconque regarderait dans ma direction. Je fermai les yeux et tentai de penser au baseball. À tondre la pelouse. N'importe quoi, sauf son odeur et les bruits qu'il faisait lorsque...

— Dieu du ciel, mon cœur, dit-il en interrompant mes pensées bien trop érotiques. Aurais-tu un étrange fétichisme avec les fruits, que j'ignorerais ?

Il avait le regard posé sur moi et, sans surprise, il était rieur.

— C'est toi, chuchotai-je, embarrassé.

— Moi ?

— Tes cheveux.

Il ne semblait toujours pas comprendre, alors je dus expliquer :

— Ça sent comme tes cheveux !

Je vis son regard s'éclairer de compréhension. Et combien celui lui faisait plaisir.

— Les fraises, dit-il. C'est très intéressant. Autre chose ?

Je sentis mes joues s'empourprer en songeant à nouveau à ses cheveux, à la couleur cette fois plus que l'odeur, et à sa peau.

— La cannelle, avouai-je tout bas. Et le caramel.

Cette fois, il avait l'air vraiment, vraiment amusé.

— Il ne manque plus que la crème fouettée.

Ce qui, bien sûr, éveilla des images bien différentes en moi. Des images qui ne firent absolument rien pour calmer la pression de mon aine.

— Tu ne m'aides pas ! dis-je entre mes dents.

Il se mit à rire.

— Je n'essayais pas de t'aider, mon cœur.

Il fit un pas en avant, se mit sur la plante des pieds pour murmurer à mon oreille :

— Dommage que tu sois coincé. Si nous arrivons à la maison à l'heure, peut-être que je te laisserai manger ton dessert avant.

— Tu ne m'aides toujours pas.

— Serait-ce malvenu de te dire combien je pense à tes cravates ces derniers temps ?

— Oh, mon Dieu, gémis-je.

Il rit. Je le repoussai, ce qui ne fit qu'exacerber son rire. Je lui pris le panier. Si je le plaçais de façon stratégique, il cacherait ma bosse embarrassante.

— Est-ce qu'on peut accélérer le rythme ?

— Tout ce que tu veux, mon cœur, dit-il avec amusement.

Il se détourna et continua à avancer dans le supermarché. Je le suivis. Je me disais qu'errer dans les allées derrière lui m'aiderait à ne plus penser au sexe. Tant que nous ne croisions plus de fraises. Ni de cannelle. Ni de caramel. Ni de crème fouettée.

Oui, non, ça ne fonctionnerait pas.

D'autant plus, qu'avec lui devant moi, je voyais le papillon sur sa nuque, la cambrure de son dos qui se terminait sur les douces rondeurs de ses fesses. Cela me rendait fou et le faisait mourir de rire.

Enfin, nous eûmes tout ce dont nous avions besoin, en plus des fraises – nous dûmes retourner les chercher, ce qui ne fit qu'empirer le problème – et nous rapportâmes les courses à ma voiture, garée au fond du parking.

— Tu es horriblement cruel, lui dis-je pendant que nous mettions les sacs à l'arrière.

Il rit à nouveau. Nous montâmes dans la voiture, mais avant que je la démarre, il me prit les clés.

— Qu'est-ce que tu fais ? demandai-je.

Il approcha les lèvres de mon oreille. D'une main, il déboutonna mon jean.

— Je me fais pardonner ma cruauté, murmura-t-il.

Je sentis sa langue contre mon oreille.

J'avais été à moitié en érection pendant toutes nos courses alors cela suffit à me mettre au garde-à-vous. Mais nous étions sur un parking. Celui du supermarché.

— Nous ne pouvons pas faire ça ici, murmurai-je d'une voix rauque.

Il rit tout bas contre mon oreille. Il avait déjà ouvert mon pantalon et il glissa la main dedans et me caressa. Après la torture du supermarché, c'était incroyablement bon. Je retins mon souffle. Mais je craignais toujours que quelqu'un nous voie. Il dégagea mon slip, délivrant mon érection. Ses doigts tendres remontèrent vers le gland où se formaient des gouttelettes.

— Tu es trop coincé, mon cœur, dit-il tout bas. Pour une fois, essaie de te détendre.

Puis, avant que je réponde, il baissa la tête et me prit au plus profond de sa bouche.

Le monde se mit à tourner. J'étais déchiré entre le plaisir de ce qu'il faisait et la crainte d'être surpris. Je regardais autour de nous. Il n'y avait personne dans notre environnement immédiat, et les gens que je voyais ne nous regardaient pas. Mais si ceux qui étaient garés à côté de nous étaient les prochains à sortir du supermarché ? Puis… Puis il fit quelque chose avec sa langue et je ne fus plus capable de m'en soucier. Je ne pouvais plus l'arrêter.

Je serrai le volant à en avoir les jointures blanches. Je fermai les yeux et pensai au parfum des fraises. À de la crème fouettée sur sa peau sombre. À la sensation de son corps mince sous le mien. Je cessai de lutter contre tout le désir qu'il avait éveillé en moi lorsque je le suivais dans le supermarché. Je laissai mon envie de lui m'emplir et savourai la délivrance qu'il m'offrait.

— Oh bon sang, gémis-je.

Il accéléra, allant et venant sur ma verge. Je savais à ses doux gémissements qu'il était aussi excité que moi, ce qui ne rendait l'expérience que plus intense. Rien n'attisait plus ma passion que de l'entendre se donner du plaisir. J'aurais voulu l'aider, mais dans cet espace réduit, il m'aurait fallu une flexibilité dont j'étais incapable. Un bras autour de ma taille, il enfonçait une main dans mon dos de façon presque douloureuse. Il retenait mon pantalon de l'autre main. Je la repoussai afin de le tenir moi-même, ce qui libéra Cole. Il déboutonna immédiatement son propre pantalon pour glisser sa main à l'intérieur. Il ne se caressa pas tout à fait, mais se pressa contre sa paume. Ses gémissements se firent plus fort.

J'étais si près de l'orgasme, et je craignais encore assez d'être surpris pour vouloir que cela se termine vite. Mais je voulais surtout continuer à sentir sa bouche chaude et humide glisser sur ma verge. Entendre ses bruits impatients alors que mon souffle s'accélérait. En fin de compte, bien sûr, je ne contrôlais pas vraiment la situation de toute façon. Je sentis arriver l'orgasme. Je m'agrippai au volant d'une main pour ne pas être tenté de pousser sa tête vers moi quand cela arriverait. Il passa ses lèvres douces sur mon gland, et cela suffit. Je jouis violemment, sentis ses doigts s'enfoncer dans mon dos, et au son guttural qu'il émit autour de ma verge, je sus qu'il jouissait aussi.

Le souffle court, j'ouvris les yeux. Quelqu'un passait devant ma voiture en me regardant d'un air soupçonneux. C'était une femme, d'une soixantaine d'années, qui portait une robe hawaiienne, des tongs et des bigoudis dans les cheveux. Je mis une main sur la tête de Cole pour l'empêcher de la relever et de l'autre je lui fis coucou en souriant comme un idiot. Ses joues s'empourprèrent et elle se détourna rapidement, rejoignant à pas lents sa voiture dans l'allée suivante.

Puis, sans pouvoir m'en empêcher, j'éclatai de rire. Je me sentais incroyablement bien. Pas seulement à cause de la fellation, bien que cela joue bien sûr, mais de tout. C'était si libérateur : être avec lui, lui faire confiance, me détendre. Et rire. Le rire était presque aussi bon que le sexe. Il avait raison. Il fallait que je relâche la pression de temps en temps.

Je retirai la main de sa tête et il se rassit. Il pressa les lèvres contre mon oreille et demanda dans un murmure taquin :

— Tu te sens mieux ?

— Oh, mon Dieu, haletai-je lorsque mon rire se calma. *Oui* !

— Tu devrais te détendre plus souvent, me taquina-t-il.

— Tu dois avoir raison.

Il m'embrassa sur la joue, puis s'écarta de moi et fouilla dans la boîte à gants.

— J'espère qu'il y a des mouchoirs quelque part. Sinon, je vais être coincé dans mon pantalon lorsque nous serons chez toi. Nous risquons de ne plus jamais pouvoir l'enlever.

— Ce serait bien triste, lui dis-je, souriant toujours.

Il me rendit mon sourire et me fit un clin d'œil.

— Cela me fait plaisir que tu le penses, mon cœur.

MON PÈRE arriva tôt. Je n'avais même pas mis la table.

— Le dîner n'est pas encore tout à fait prêt, lui dit Cole lorsqu'ils s'assirent, mais Jonny va nous servir du vin, n'est-ce pas, mon cœur ?

Mon père eut l'air un peu stressé, probablement parce que Cole faisait exprès de me faire sortir de la pièce pour qu'ils soient seuls, mais j'obéis. J'entrai dans la cuisine, ouvris le vin et sortis trois verres du placard.

— Il faut que je prenne des vacances cette année, disait mon père à mon retour.

— Ah bon ? demandai-je, surpris. Papa, tu n'en prends jamais.

— Je sais. C'est pour ça que je dois solder mes congés. Ils me disent que je suis obligé.

— Qu'est-ce que tu vas faire ?

Il haussa les épaules.

— Je n'ai pas décidé. J'aimerais voyager, mais je ne sais pas où aller...

— Oh, mon lapin, intervint Cole.

Je lui donnai un coup de pied sous la table pour avoir appelé mon père 'lapin'. Il me décocha un regard noir, mais ne ralentit pas pour autour.

— Il faut juste connaître la bonne personne et désormais...

Il battit des cils pour plaisanter.

—... c'est le cas ! Je ne sais pas si Jonny vous l'a dit, mais j'ai un pied-à-terre partout. Vous pouvez en profiter, si vous le désirez. Où aimeriez-vous aller ?

— Eh bien, dit mon père, mal à l'aise, je ne sais pas...

— Que pensez-vous de Paris ?

— Paris ?

— Bien sûr, mon lapin ! Qui n'aime pas Paris ?

Il se pencha en avant, repliant une jambe sous lui. Cela le rapprochait de mon père, comme s'il allait lui confier un secret.

— En général, j'y passe la moitié de l'été, ainsi que Noël, bien entendu. J'y ai un appartement absolument adorable ! C'est bien plus pratique qu'un hôtel, et c'est gratuit, ce qui est encore mieux, n'est-ce pas ? Dites-moi simplement quand vous souhaitez y être et...

— Cole.

Il fit la sourde oreille.

—... je préviendrai Alain de votre arrivée. C'est assez petit, mais à moins que vous organisiez une soirée, cela devrait vous convenir parfaitement. Bon, la voisine de palier à un bichon frisé qui aboie de toutes ses forces chaque fois que l'on passe devant la porte, ce qui est très agaçant, mais que cela ne vous inquiète pas. Et ne vous laissez pas intimider par les magazines dans la salle de bain. Jetez-les sous le lavabo...

— Cole, répétai-je sans plus de réaction.

—... sans les ouvrir ou vous aurez un choc. La cuisine est pleine, bien entendu, alors vous n'avez même pas besoin de sortir, ce qui est infiniment moins cher que d'aller au restaurant tous les soirs, n'est-ce pas ? Je vous donnerai le numéro d'Alain, vous pouvez l'appeler, lui dire ce que vous voulez qu'il achète et tout sera prêt pour votre... attendez ! Parlez-vous français ?

Mon père semblait à peine suivre le monologue de Cole, mais il répondit :

— Non.

— Alors mieux vaut ne pas l'appeler, mon lapin, car son anglais est *épouvantable* ! À mon avis, il fait semblant parce qu'il n'aime pas les Américains, mais si nous ne faisons pas attention, il emplira les placards de viande en boîte. Dites-moi ce que vous voulez manger et je m'assurerai que la cuisine soit....

— Cole !

Cette fois, il ne fit pas semblant de ne pas m'entendre.

— Dieu du ciel, Jonny ! s'exclama-t-il en se tournant vers moi avec exaspération. Qu'y a-t-il de si urgent ?

Maintenant que j'avais son attention, je réalisai que je ne savais pas quoi dire.

— Tu ne peux pas acheter mon père avec ton appartement à Paris.

— Pourquoi donc ?

Mon père émit un bruit étranglé – j'étais certain qu'il se retenait de rire – et finit par tousser pour le cacher.

— Parce que, bredouillai-je, c'est déplacé.

Cole fit mine d'être surpris, je le connaissais assez pour savoir qu'il faisait semblant, et se retourna vers mon père de son air le plus innocent.

— Paris n'est pas possible, mon cœur. Désolé. Jonny semble trouver que mon offre est terriblement prétentieuse. Et les Hamptons ? J'y ai une maison aussi. Avec l'arrivée de l'été, ce serait un meilleur choix de toute façon. La piscine sera bientôt prête, j'imagine, et mon jardin est magnifique. Des fleurs partout. Quant à mon jardinier…

— Cole !

Il ne répondit pas, mais il me prit le poignet de sa main fine. Il le serra un peu et me jeta un regard en coin sans cesser de parler, ce qui, je le soupçonnais, était sa façon de me dire de la boucler.

— … Certes, mon lapin, vous le trouverez moins intéressant que moi, mais il y a une adorable veuve à côté de chez moi. Je crois qu'elle s'appelle Martha, mais je n'en donnerais pas ma main à couper. Elle me trouve *effroyable*, ce qui est plutôt amusant. Parfois, je songe à me travestir pour la voir rentrer chez elle en hurlant. Mais vous ? J'ai le sentiment qu'elle vous trouvera à son goût. Elle n'est pas très bonne cuisinière – du moins, c'est ce que me dit Martha –, mais elle sait faire une tarte au citron meringuée exceptionnelle !

Mon père souriait désormais. Il avait l'air un peu assommé, mais se demandait clairement jusqu'à quel point il pouvait prendre Cole au sérieux.

— Vous faites du golf ?

— Pas vraiment.

— Dieu merci. Je ne sais même pas où se trouve le parcours le plus proche. Vous pêchez ?

— Pourquoi ? demanda mon père qui souriait franchement. Et vous ?

— Seigneur, non, dit Cole. Regardez-moi, mon lapin. Ai-je l'air d'un pêcheur ? M'imaginez-vous accrochant un appât ?

Il frissonna de façon dramatique et…

Mon père se mit à rire. Pas le petit rire nerveux qu'il avait eu plus tôt. C'était un vrai rire qui montait du ventre. Je regardai Cole, craignant qu'il soit offensé, mais lui aussi riait.

Et je me rendis compte combien j'étais bête.

À notre premier dîner, j'avais eu si peur que mon père rie de Cole et que ce dernier se vexe, ou qu'il se ridiculise devant mon père. J'avais passé le dîner à me demander pourquoi Cole en rajoutait autant, tout en voulant les protéger tous les deux des moqueries de l'autre.

Désormais, je comprenais que Cole n'avait en aucun cas besoin de mon aide. Et, de plus, qu'il n'en voulait pas. Il avait sa façon à lui de mettre mon père à l'aise, et si cela signifiait amuser ce dernier à ses dépens, il s'en fichait. Mes interférences maladroites n'avaient fait qu'empirer les choses.

— … et c'est un peu loin, mais mon lapin, ils font la meilleure bisque de homard que j'aie jamais dégustée…

Et à cet instant, je ressentis pour lui un tel amour que je me demandais comment mon père et lui ne le sentaient pas émaner de moi. Il continuait à parler. Je l'embrassai. Il ne coopéra pas du tout, il n'arrêta pas du tout de parler et mon baiser s'acheva quelque part près de sa tempe gauche, mais ça ne me dérangeait pas. Mon père rougit un peu, mais il riait à un autre commentaire de Cole et ne détourna pas les yeux.

— Il fait du ski, soufflai-je à l'oreille de Cole.

Cette fois, son regard surpris fut sincère.

— Oh seigneur, Jonny, et c'est maintenant que tu le dis ? demanda-t-il en me repoussant d'un geste joueur. Tu aurais pu me faire gagner beaucoup de temps, si tu me l'avais dit dès le début, tu sais ? George, mon lapin, il faut que je vous le dise, vous avez *très mal* élevé Jonny. Écoutez-moi, j'ai un appartement à Vail…

Je me levai et allai chercher les plats du dîner, les laissant discuter… ou, pour être franc, laissant Cole rendre mon père sourd. Cole me suivit quelques minutes plus tard et je l'attrapai au passage.

— Je suis désolé pour la dernière fois.

— Tu es pardonné.

— J'avais tellement peur qu'il t'offense ou que tu l'offenses…

— Je me vexe très difficilement. Et si les gens ne peuvent pas rire, ils ne se détendent pas, mon cœur. Il peut me trouver aussi ridicule qu'il le souhaite tant que notre relation ne le dérange pas.

Il s'interrompit soudain et son regard s'attrista.

— Tu es merveilleux.

Il esquissa un petit sourire.

— Absolument, mon cœur. Ce qui est agaçant, c'est que tu ne t'en rendes compte que maintenant.

— Je crois que je t'ai…

Il me coupa à nouveau, un doigt sur mes lèvres et un éclair de panique dans le regard.

155

— Ne le dis pas, murmura-t-il en secouant la tête.

Puis il m'embrassa. Il passa un bras autour de ma taille et l'autre autour de mon cou, m'étreignant très fort. C'était un baiser plus agressif que ce dont j'avais l'habitude et terriblement excitant. Il était profond et passionné, le genre de baiser qui, d'ordinaire, nous aurait conduits droit à la chambre. Du moins, si mon père n'avait pas été là. Et s'il n'avait pas choisi cet instant pour entrer dans la cuisine.

— Dis, Jon, as-tu… Oh, merde !

Il tourna les talons et ressortit. Cole me lâcha en riant.

— C'est bon, George ! lança-t-il en se tournant vers la cocotte sur la cuisinière. Vous pouvez revenir. Je vous promets d'attendre votre départ avant d'arracher les vêtements de Jonny !

Je fus surpris, lorsque la nourriture arriva sur la table, de voir que c'était une recette inédite de sa part. Du bœuf Stroganoff aux nouilles. Mon père se servit dans un silence étrange. Cole n'eut pas l'air de le remarquer. Il se tenait près de la chaise de mon père et ouvrait une autre bouteille de vin. Je pris une bouchée. C'était merveilleusement familier. Soudain, je compris.

— C'est la recette de ma mère !

Cole me sourit.

— Oui.

Je voyais qu'il était content que j'aie fait le lien.

C'était si simple, pourtant une seule bouchée me rappela ma mère. Et d'innombrables dîners de famille, où nous étions tous à table. C'était comme si elle était à nouveau présente, en esprit du moins.

— C'est parfait, dis-je. Papa, as-tu…

Je m'interrompis en le voyant. Il contemplait toujours la nourriture dans son assiette, et il y avait des larmes sur ses joues.

— Papa… répétai-je.

C'est alors que Cole se retourna vers lui.

— Oh George ! s'exclama-t-il, horrifié. Je suis désolé ! Je suis tellement, tellement désolé !

Il avait l'air mortifié d'avoir fait pleurer mon père.

— C'était une idée épouvantable ! J'aurais dû le savoir. Je n'aurais pas dû vous surprendre ainsi. Allons plutôt au restaurant, dit-il en faisant mine de lui retirer son assiette. Nous pouvons essayer le nouveau au bout de la rue…

Avant qu'il termine, mon père se leva. Il se tourna vers Cole.

— George, répéta Cole, je suis vraiment désolé.

Mon père attrapa sa chemise.

Je me levai, craignant qu'il s'apprête vraiment à frapper Cole, mais je n'aurais jamais le temps de contourner la table assez vite.

Puis… il tira Cole vers lui et le serra dans ses bras de toutes ses forces.

— Merci, l'entendis-je dire d'une voix rauque.

Si mon père n'avait pas été en larmes, la scène aurait pu être hilarante. Cole était raide comme la justice et son expression s'approchait de l'horreur absolue. Il semblait me demander de l'aide. Il avait un bras coincé contre son flanc par mon père, mais l'autre était libre, alors il agitait le bras vers moi comme si je pouvais rembobiner toute la scène et la rejouer, sans l'étreinte embarrassante à la fin. J'avais un mal fou à ne pas rire.

Mon père le lâcha enfin. Il se rassit sur sa chaise comme si de rien n'était.

— À l'origine, dit-il en séchant ses larmes avec sa serviette, c'était la recette de ma mère. Mais Carol en a fait quelque chose de différent.

Cole avait toujours l'air un peu secoué, mais il réussit à dire :

— Elle y ajoutait du xérès.

Mon père leva un regard surpris vers lui.

— C'est tout ?

Cole hocha la tête. Mon père rit en secouant la tête.

— Ma mère ne le lui a jamais pardonné.

Malgré les émotions qui l'avaient envahi plus tôt, il était redevenu lui-même et il s'attaqua à son assiette avec appétit.

Encore perturbé, Cole me regarda avec une question muette dans les yeux.

— C'est délicieux, lui dis-je.

Il se détendit, ne serait-ce qu'un peu.

— Je voulais vous faire la surprise. J'aurais dû savoir que…

— Ce n'est rien.

— D'accord, dit-il d'une voix tremblante. Je vais… je vais nous chercher du beurre.

Il disparut dans la cuisine.

Nous n'avions pas besoin de beurre. Je savais qu'il voulait juste une minute pour reprendre son sang-froid.

— Il ne voulait pas te troubler, dis-je à mon père. Il a beaucoup consulté la boîte. Tu n'imagines pas tout ce qu'il a appris sur Maman en lisant ses recettes.

— Je trouve ça merveilleux, Jon. Et elle aussi, elle l'aurait beaucoup aimé.

— Tu crois ?

— J'en suis certain.

Il me fit un sourire impertinent.

— Ta mère a toujours eu un petit grain de folie.

Date : 9 mai
De : Cole
À : Jared

J'AI PEUR d'être injuste. Je crois que, peut-être, c'est même cruel. Je vis un mensonge et je me déteste pour ça. Je laisse croire à Jonathan que cela peut durer, alors que je sais que non. Je n'ai jamais eu l'intention d'abuser de lui. Mais tout s'est si bien passé à New York, puis nous sommes rentrés, et ce fut terriblement facile de laisser les choses continuer. Si naturel de continuer à le voir, malgré ma crainte de ne faire que retarder l'inévitable.

Je ne suis jamais resté quelque part aussi longtemps et cet enfant capricieux en moi commence à s'agiter. Il exige, comme toujours, que je parte quelque part, peu importe où. Je sais d'expérience que je ne peux lui résister, malgré mon désir de le faire. Il m'a toujours contrôlé et ce n'est qu'une question de temps avant que je lui obéisse.

Je sais qu'à mon départ, ce sera le début de la fin. Je le sais au plus profond de moi. Jonathan a senti que quelque chose n'allait pas. Je pourrais essayer de le lui expliquer, mais au bout du compte, cela ne changerait rien. Il ne comprendrait pas. Il ne me croirait pas. Nous passerions nos derniers jours ensemble à nous disputer. Il jurerait que nous arriverions à le surmonter. Il me promettrait la lune. Il essaierait même de me l'obtenir, j'en suis certain. Mais ce serait sans importance. Cela se terminerait, comme toujours, quand il se fatiguerait de mon incapacité à rester en place et tournerait la page.

Alors j'ai choisi de me taire. De nous laisser être heureux aussi longtemps que possible. Est-ce mal de ma part ? Est-ce mal que je reste jusqu'à ce que cette horrible voix en moi soit si forte que je ne pourrai plus lui résister ? Est-ce mal de le laisser m'aimer ?

Ne réponds pas.

La vérité, c'est que je ne peux rien faire d'autre. Je l'aime trop.

CE MERCREDI matin, à mon arrivée au bureau, je découvris un mot de Marcus me demandant de venir tout de suite dans son bureau. Maintenant que je ne voyageais plus, je n'avais plus autant de raisons de le voir qu'avant, mais cela arrivait encore, alors je ne m'en formalisai pas. Toutefois, lorsque je passai la porte de son bureau en coin et que je vis son expression, je sus que quelque chose n'allait pas. Sa jovialité habituelle était remplacée par un air solennel qui me rendit nerveux.

— Merci d'être venu aussi vite, Jon. Fermez la porte derrière vous.

Ce n'était pas non plus inhabituel, alors j'essayai de ne pas m'inquiéter. Je m'exécutai et m'assis à mon siège habituel, face à lui.

— Quelque chose ne va pas ? demandai-je.

Ce n'était même pas moi qu'il regardait. Il fixait un point au-dessus de ma tête. Il resta immobile un moment. Je comptai jusqu'à cinq. Puis encore cinq. Enfin, il prit une profonde inspiration et me regarda.

— Jon, nous vous licencions.

La tête me tourna. Mon monde s'écroula. Je dus me rappeler qu'il fallait respirer. C'était comme l'une de ces attractions où le sol s'effondre sous vos pieds. J'avais les oreilles bourdonnantes. Je fus saisi d'un terrible vertige.

— Vous *quoi* ?

— La compagnie est en grosse difficulté, Jon. Nous sommes au bord de la dette. Déplacer les chargés de comptes principaux a aidé, mais pas assez.

— Vous m'aviez dit que personne ne perdrait son travail ! Que...

— Je sais, Jon, et j'y croyais. Je n'avais aucune raison de soupçonner le contraire.

— Que s'est-il passé ?

— Monty essaie de réduire les dépenses. Le conseil d'administration a pris la décision lundi.

— Pourquoi *moi* ?

— Il n'y a pas que vous. Ce sont tous les assistants des chargés de compte. Dix au total.

Avec un soupir, il baissa les yeux vers son bureau et se frotta la tête.

— Je suis la seule personne du conseil qui n'a pas voté la réduction du personnel. Mais c'est mon département, alors c'est moi l'imbécile qui doit annoncer à dix personnes aujourd'hui qu'elles n'ont plus de travail.

Je mis la tête dans mes mains et essayai de respirer. De rester calme. Ce n'était pas la faute de Marcus. Je le croyais vraiment. Il n'avait jamais été mon ennemi. Mais je n'arrivais pas à lutter contre la rage qui montait en moi.

— Je vous l'annonce en premier, Jon, par respect pour votre ancienneté. Nous sommes préparés à vous offrir une indemnité d'un mois de salaire…

— *Un mois ?* Je suis là depuis neuf ans !

— Jon, déclara-t-il fermement, d'une voix désormais un peu dure. Je suis désolé. Ce n'est pas ma décision. Sachez-le.

Je pris une profonde inspiration et me forçai à dire :

— Très bien.

Il soupira encore.

— Un mois de salaire, ainsi que le remboursement de tous les congés non posés.

Ce qui était intéressant, en fait. J'en avais accumulé beaucoup.

Je me levai.

— J'imagine que cela prend effet immédiatement.

Se frottant le front, il regarda à nouveau son bureau.

— Oui. Les ressources humaines ont vos documents. Vous pouvez vous y arrêter d'abord.

J'ouvris la porte, mais il m'arrêta avant que je la franchisse.

— Jon, j'ai neuf de vos collègues derrière vous.

Je savais ce qu'il essayait de me dire : personne n'avait envie d'apprendre son licenciement par la rumeur. Il me demandait d'être discret.

— Oui, monsieur.

Il se leva et contourna son bureau.

— Je suis désolé, Jon, dit-il en me serrant la main. Vraiment.

Tout ce que je pus répondre fut :

— Moi aussi.

Je débarrassai mon bureau. J'essayai de rester discret, mais, un par un, mes collègues revinrent du bureau de Marcus. Lorsque nous fûmes cinq à débarrasser nos affaires, les autres devinèrent ce qui se passait. Certains furent abattus. D'autres, furieux. L'un d'entre eux, même, soulagé. Et moi ? Plus que tout, je me sentais trahi.

Il était quatorze heures lorsque j'arrivai chez moi. Il n'y avait personne. Je ne savais pas si j'étais déçu ou soulagé de ne pas avoir à dire à Cole ce qui était arrivé. Je jetai ma veste et ma cravate par terre. Je me débarrassai de mes chaussures. Puis je m'allongeai sur le canapé le regard perdu dans le vide.

Comment était-ce arrivé ? C'était la seule pensée qui tournait dans ma tête, constamment. *Comment était-ce arrivé ?* J'avais travaillé comme un fou pour cette compagnie pendant neuf ans. Durant tout ce temps, je n'avais jamais dit non. J'avais à peine pris un jour de vacances. J'avais été un employé modèle. Et c'était ainsi qu'on me récompensait ? Avec un mois d'indemnités, une poignée de main et une excuse ?

Aurait-ce été mieux sans la rétrogradation ? Je serais à Las Vegas ou dans l'Utah, mais j'aurais toujours un travail. Ma première réaction fut de répondre oui, il aurait mieux valu déménager. Mais je songeai alors à ces derniers mois avec Cole et je sus que j'avais fait le bon choix. Je n'aurais sacrifié ce temps passé avec lui pour rien au monde.

Ce qui me ramenait à ma question originale. J'avais fait le bon choix. Alors, comment cela avait-il pu arriver ? Je la retournai dans ma tête, encore et encore, et je n'arrivais à rien. J'étais tour à tour furieux et terriblement abattu.

Je ne savais pas combien de temps s'était écoulé. Seulement que je commençais à avoir faim. Plus que faim, d'ailleurs. J'étais affamé. Je n'avais pas déjeuné. Un coup d'œil à ma montre m'informa qu'il était presque 16 heures. Je ne savais pas s'il fallait appeler Cole ou me prendre une bonne cuite.

J'essayais encore de me décider lorsqu'il arriva.

Je n'avais pas bougé du canapé et la porte était derrière moi alors je ne le voyais pas. Mais j'entendis la clé dans la serrure, et je l'entendis entrer. Il y eut un bruissement de sac en papier signifiant qu'il revenait du supermarché.

— Bonjour, mon cœur, dit-il. Pourquoi es-tu à la maison si tôt ? Tu es malade ?

Je ne répondis pas tout de suite. Il apparut devant moi, l'air inquiet, un sac en papier brun sur le bras.

Les mots me vinrent plus facilement que je ne m'y attendais.

— J'ai perdu mon travail.

— Oh non !

Il posa le sac sur la table basse et s'assit à côté de moi sur le rebord du canapé.

— Que s'est-il passé ?

Je n'arrivais pas à le regarder. La sympathie dans ses yeux était douloureuse. Je contemplai le plafond.

— Ils réduisent les effectifs. Ils ont supprimé tout le département.

— Jonny, je suis désolé. Je suis tellement, tellement désolé.

Il prit ma main entre les siennes.

— Je ne sais quoi dire qui ne soient pas des platitudes.

— Ce n'est pas grave.

— Dis-moi ce que tu veux que je fasse, mon cœur.

— Je...

Je ne savais même pas quoi répondre avant que les mots sortent tous seuls de ma bouche.

— J'ai besoin d'être un peu seul.

Il y eut un silence stupéfait, puis il dit :

— D'accord. Je vais rentrer.

Il se leva, mais je lui serrai fort la main pour qu'il me regarde.

— Non. Pas si longtemps. Donne-moi juste quelques minutes.

— D'accord.

L'air soucieux, il se rassit sans me lâcher la main.

— J'avais prévu de faire le dîner. Dois-je toujours...

— Ce serait merveilleux.

— C'est de la poule cornique aux Saint-Jac...

— Et le vin ?

— Un Zinfandel.

— Il nous faudra deux bouteilles.

— D'accord.

Il m'embrassa. Ce fut un baiser si doux, si hésitant, si adorable que j'en eus la gorge serrée. Il me regarda dans les yeux.

— Tout ce que tu veux, Jonny.

Le dîner fut délicieux, mais je ne l'appréciai pas autant que je l'aurais dû. Je me saoulai comme un idiot et m'endormis comme une masse pendant qu'il débarrassait. Le lendemain matin, j'avais la gueule de bois et je fus horriblement malheureux toute la journée. Il fut d'une patience infinie. Il resta avec moi à chaque instant. Il était d'un silence inhabituel. Et à aucun moment, je ne vis son regard s'assombrir.

162

Date : 8 mai
De : Cole
À : Jared

*J'AI TROUVÉ de l'espoir dans le malheur. Cela fait-il de moi une horrible
personne ? Je sais qu'il est dévasté et pourtant, ma seule pensée est que
désormais, nous pouvons rester ensemble. La solution est évidente. S'il
l'accepte.*

JE PASSAI deux semaines d'une humeur de chien. J'étais désagréable avec
tout le monde. Je ne courais pas, je ne me rasais pas. J'étais grognon et
furieux. N'importe qui serait resté très loin de moi. Au contraire, Cole se
révéla complètement masochiste. Il resta là tout le temps, prépara le repas,
me supporta, fit l'amour avec moi le soir.

Ce temps écoulé, je fus prêt à accepter que bouder ne me mènerait
nulle part. Je me forçai à me reprendre. Je refis mon CV pour la première
fois en dix ans et je me mis en quête d'un travail. Je restais agressif et
désabusé. J'avais parié dix ans de ma vie en espérant gagner le gros lot, et
j'avais reçu de la merde à la place. Mon attitude était loin d'être exemplaire.

Trouver un travail se révéla impossible. Beaucoup de compagnies
réduisaient leurs effectifs et le marché était noyé sous des hommes et des
femmes de tous âges qui se disputaient les dernières places disponibles. Je
passai une poignée d'entretiens, mais soit je n'étais pas assez qualifié, soit
je l'étais trop. Il était difficile d'accepter que je ne pusse rien faire. Tout ce
procédé était incroyablement irritant.

En plus de cela, ma relation avec Cole était en mode douche écossaise
et je ne savais que faire pour y remédier. J'étais fou de lui. Il n'y avait pas
d'autre mot. Et parfois, j'avais l'impression qu'il ressentait la même chose.
Nous passions le plus clair de notre temps ensemble. Nous nous disputions
peu, et lorsque cela arrivait, cela ne durait jamais. Notre vie sexuelle avait
atteint une intensité qui me coupait le souffle. Nous vivions des moments
de perfection.

Et pourtant, de plus en plus, je voyais son regard s'assombrir. De plus
en plus, lorsque je voulais l'enlacer, il me repoussait comme dans le passé.

163

Il semblait triste et fébrile. J'essayai de lui demander plusieurs fois ce qui n'allait pas, mais il m'adressait un sourire tendu et disait :

— Tu t'imagines des choses, mon cœur.

J'espérais seulement qu'il ne mentait pas.

Un après-midi, à mon retour d'un entretien qui ne s'était pas terminé de façon prometteuse, je le retrouvai sur le canapé. Il était dos à moi, et au début, je crus qu'il s'était recroquevillé pour lire, comme souvent. Mais lorsque la porte se referma derrière moi, il sursauta. Il se tourna un instant vers moi, par pur réflexe probablement, avant de se détourner en se cachant le visage. Mais à cet instant, je vis ce qu'il voulait me cacher : il avait les yeux rouges et trempés de larmes.

— Bonjour, mon chaton.

Il se leva, mais ne se tourna pas vers moi. Il s'essuyait les joues.

— Comment s'est passé ton entretien ?

— Très mal.

Mais je m'en fichais.

— Qu'est-ce qui ne va pas ?

— Rien ! J'ai dû m'endormir. Je dois être fatigué. Je n'aurais pas dû m'endormir. Je vais lancer le dîner. As-tu faim ? Je voulais faire du…

— Cole.

Je savais qu'il me mentait. Que parler à toute vitesse de détails inutiles était sa méthode principale pour détourner le sujet.

— Dis-moi ce qui ne va pas.

— Tout va bien, mon cœur. Promis.

— Je ne te crois pas.

— J'étais très fatigué, mais je vais mieux. Donne-moi juste un instant…

Il laissa sa phrase en suspens lorsqu'il tenta de s'échapper dans la cuisine, mais je le suivis. Il sortit des choses du frigo, en refusant toujours de me regarder.

— Pourquoi tu me mens ?

Il se figea et pencha la tête.

— Es-tu fâché contre moi ? J'ai fait quelque chose ?

— Non, dit-il en secouant la tête.

Il avait l'air sincère.

— Alors, quoi ?

Il se cacha le visage dans les mains. Je savais qu'il luttait à nouveau contre ses larmes.

— J'ai besoin de temps, dit-il d'une voix tremblante, pour reprendre son sang-froid. Je refuse que tu me voies ainsi.

Plus que tout, j'avais envie de le prendre dans mes bras, mais lorsque je fis mine de l'enlacer, il eut un geste de recul. Il était douloureux d'être à nouveau de l'autre côté de ses barrières. Je regrettais seulement qu'elles ne soient pas tangibles, de ne pas pouvoir les détruire à mains nues.

— S'il te plaît, murmura-t-il d'un ton suppliant. Nous discuterons après le dîner, Jonny. C'est promis. Mais il me faut un peu d'espace pour l'instant.

— D'accord, dis-je.

Je n'en avais pas envie. Cela me brisait le cœur qu'il me repousse encore. Mais je savais que la seule chose que je pouvais faire était d'honorer ses souhaits. Je me changeai, et après en avoir débattu un peu, je le suivis à la cuisine. Le soir, j'essayais désormais de l'aider à cuisiner. Je ne savais rien faire et je le dérangeais plus qu'autre chose, un verre de vin à la main, mais cela restait amusant. Ce soir-là, ce ne fut pas différent. Même s'il fut un peu réservé au début, une fois qu'il comprit que je n'allais pas le forcer à parler, il se détendit. Et quand je passai les bras autour de lui par-derrière, le visage enfoui dans ses cheveux, il s'appuya contre moi et soupira lorsque je l'embrassai dans le cou.

J'étais curieux d'apprendre ce qu'il aurait à me dire après le dîner, mais je n'étais pas inquiet. La plupart du temps, il avait l'air heureux avec moi. Nous mangeâmes et je ne fus pas surpris qu'il n'aborde pas le sujet tout de suite après. Je fis la vaisselle pendant qu'il lisait sur le canapé. Lorsque je sortis de la cuisine, il m'entraîna dans la chambre et nous fîmes l'amour d'une façon que j'aurais vraiment pu qualifier d'extraordinaire. Lorsque ce fut terminé, il se mit de l'autre côté du matelas, sans me toucher. Puis, allongé dans le noir, il parla enfin.

— Viens à Paris avec moi.

Je ne savais pas à quoi je m'attendais, mais ce n'était pas à ça. Je ris.

— Es-tu sérieux ?

Lui ne rit pas.

— Oui.

— Pourquoi ?

— Pourquoi pas ?

Je compris alors que, même si je ne comprenais pas pourquoi ou comment, c'était lié à ses larmes plus tôt. Quoi que ce soit, cela avait beaucoup d'importance pour lui. Je cessai de rire et réfléchis à ce qu'il venait de dire. Paris ?

— J'adorerais, Cole, un jour, mais…

— Je veux dire maintenant, mon cœur. Bientôt.

— Je…

Je n'arrivais pas à croire qu'il était sérieux.

— Je ne peux pas.

Il garda un instant le silence, puis, comme d'habitude lorsqu'il commençait ces conversations dans le noir, je regrettai de ne pas voir son visage.

— Pourquoi non ? demanda-t-il.

— Il faut que je trouve un travail. Je n'ai plus de salaire. Je vais bientôt recevoir mes indemnités de congés, mais…

— Lorsque tu auras un travail, tu seras coincé ici, mon cœur. Tu n'auras pas de vacances pendant des mois. Si nous devons y aller, c'est maintenant.

Il avait raison, bien sûr. Il s'écoulerait probablement une année entière sans que l'on m'accorde de vacances. Un petit voyage ne serait peut-être pas complètement irresponsable. J'aurai toujours le temps de trouver un travail à mon retour.

— Je pourrais partir quelques jours…

— Non, Jonny.

Il se tourna vers moi et roula de façon à se retrouver sur moi, penché vers moi dans l'obscurité. J'aurais voulu voir son expression.

— Je ne parle pas de quelques jours. D'un voyage rapide, puis d'un retour à Phoenix.

Il s'interrompit, comme s'il rassemblait tout son courage.

— Je te demande de venir avec moi sans date de retour.

— Cole, je n'ai pas l'argent. Deux semaines, peut-être. Maximum. Mais…

— Jonny.

Il lui fallut une autre seconde pour prononcer les mots suivants, et lorsqu'il le fit, je compris son hésitation.

— Tu n'as pas besoin d'argent.

Ma première réaction fut de l'irritation, comme toujours, lorsqu'il parlait d'argent. Mais sur ses talons arriva la colère, que j'essayai de réprimer. Ma voix fut tout de même plus brusque qu'elle n'aurait dû lorsque je lui répondis.

— Tu veux que je me laisse entretenir ?

Un autre silence, puis :

— Oui.

— Non.

— J'ai tout ce qu'il faut, mon cœur. Il n'y a aucune honte à avoir. Puis, à notre retour, dans quatre, ou six mois…

— *Six mois* ?

—… tu pourras alors trouver un travail. Nous pourrions…

— Non ! m'exclamai-je, plus fort.

Il s'interrompit net. Il s'écarta de moi, comme si je l'avais frappé.

— Non, dis-je plus doucement. Je ne peux pas, Cole. Partons pour deux semaines. Je peux me le permettre…

— Puis tu recommenceras à travailler et nous n'aurons plus jamais plus que ça.

Je l'entendais lutter pour parler normalement, mais je le soupçonnais d'être encore au bord des larmes. Je ne comprenais pas. Je ne voyais pas pourquoi il y tenait tant.

— Cole…

Que pouvais-je dire ?

— Je ne peux pas. Je suis désolé.

Il garda le silence. Puis, dans le noir, je le vis hocher la tête.

— Je comprends, dit-il avec un calme résigné.

— Vraiment ?

Je ne voulais pas qu'il soit triste.

— Non. Pas vraiment. Mais je m'y attendais.

Il roula sur le matelas, mais, à ma grande surprise, il ne retourna pas de l'autre côté du lit comme souvent. Il se recroquevilla près de moi, la tête sur mon épaule, tandis que je l'enlaçais.

— Cole.

Je voulais lui dire combien je l'aimais. Mais comme toujours, il sembla me prendre de court et ses doigts s'arrêtèrent sur mes lèvres, me faisant taire.

— Chut, Jonny. Ne le dis pas.

Il retira la main de ma bouche, passa le bras autour de ma taille et se recroquevilla un peu plus contre moi.

— Bonne nuit.

Il ne parla plus de Paris. Et si, au cours des deux semaines suivantes, je vis son regard s'assombrir plus souvent qu'à son tour, je fis de mon mieux pour ne pas le remarquer.

Date : 19 juin
De : Cole
À : Jared

JE COMPRENDS désormais ce qu'est une addiction. Avant, ce n'était pas le cas, tu sais. Comment les hommes (ou les femmes) pouvaient-il se laisser aller à une telle autodestruction en sachant que non seulement, ils se faisaient, du mal, mais aussi à ceux qu'ils aimaient ? Il me semblait si facile qu'ils choisissent de ne pas boire ce verre de plus. Qu'ils arrêtent, c'est tout. C'est si simple. Mais comme souvent, mon arrogance m'a empêché de comprendre la réalité.

Je la comprends, désormais.

Tous les jours, je me dis que ce sera le dernier. Tous les soirs, alors que je m'endors dans son lit, je me dis que demain je réserverai un billet pour Paris, Hawaii, peut-être New York. Peu importe où, tant que ce n'est pas ici. Il faut que je quitte Phoenix, que je le quitte lui, avant que cela aille encore plus loin.

Puis il me touche à nouveau, et toutes mes convictions disparaissent comme le vent emporte la fumée.

Cela ne peut que mal se terminer. Voilà la réalité, mon chou. J'ai déjà pris ce chemin, tu le sais bien, et à l'arrivée, il n'y a qu'un cœur brisé. Il n'y aura pas de fin heureuse comme pour Matt et toi. Si je reste ici avec lui, je vais être fébrile, colérique. Cela commence déjà et je ne peux l'empêcher. Je deviens amer et horriblement rancunier. Avant longtemps, je serai intolérable, et il finira par me quitter. Mais si je fais ce que, je dois, ce que ma nature même exige, partir, la fin n'est pas mieux. D'une façon ou d'une autre, je le perds. N'est-ce pas plus sage d'en finir maintenant, mon chou, avant d'en arriver là ? N'est-ce pas mieux d'accepter que ce bonheur soit destiné à s'autodétruire ?

Demain, je partirai. Demain, je cesserai de repousser l'inévitable. Demain, je cesserai de me mentir, et de lui mentir.

Demain.

Et aujourd'hui, demandes-tu ? Aujourd'hui, c'est déjà trop tard. Il sera bientôt là, le dîner est dans le four et le vin dans le frigo. Il va me sourire en passant cette porte et je vais prétendre que cette chose fragile, dangereuse que nous avons créée peut durer éternellement.

Une dernière fois, mon chou. Une dernière dose. C'est tout ce dont
j'ai besoin.

Et voilà *pourquoi je comprends l'addiction.*

IL ME réveilla en plein milieu de la nuit, sa main douce sur mon bras. C'était quelque chose qu'il n'avait jamais fait. J'eus besoin d'une minute pour même comprendre ce qui se passait.

— Cole ?

Il faisait nuit noire dans la pièce. J'arrivais à peine à deviner sa silhouette allongée devant moi. Son visage était plongé dans l'ombre.

— Quelque chose ne va pas ?

Il ne répondit pas, mais se réfugia rapidement dans mes bras. Il n'hésitait jamais, quand il s'agissait de sexe, alors s'il m'avait réveillé dans ce seul but, il aurait déjà lancé la machine. C'était autre chose, et cela me troublait. Tout clochait. Il était trop immobile, trop calme, trop raide contre moi.

— Qu'y a-t-il ? murmurai-je.

Il passa les bras autour de moi. Il tremblait. Ses lèvres furent douces contre les miennes.

— Une dernière fois, mon cœur, chuchota-t-il.

Ce fut lent et doux, j'eus envie de le toucher partout. Il garda le silence du début à la fin, le souffle court, me pressant de ses mains fines, ses jambes enserrant ma taille. Lorsque je l'embrassai à la fin, je sentis le goût des larmes.

Je m'arrêtai alors, me demandant si je me trompais. Je frôlai ses joues du bout des doigts. Elles étaient humides. Il retint son souffle. Il cacha le visage contre mon torse et cessa de lutter contre ce qui le tourmentait, quoi que ce soit. Il se mit à pleurer en silence, si fort qu'il en tremblait, et je ne savais que faire. Je le serrai dans mes bras jusqu'à ce qu'il s'endorme, les joues encore humides sur ma poitrine. Longtemps après que sa respiration avait ralenti, je restai éveillé, un mauvais sentiment me serrant la poitrine. Je me dis que ce n'était rien. Que tout irait bien.

Il était presque cinq heures du matin lorsque je m'endormis. À mon réveil deux heures plus tard, il n'était plus là.

MA PREMIÈRE pensée fut qu'il était allé faire les courses. Il préparait presque toujours le petit-déjeuner. Il me manquait peut-être des œufs ou du bacon. Ou peut-être avait-il décidé de ne pas cuisiner ce jour-là et serait-il de retour avec des bagels et des *latte*. J'allai courir, pensant le retrouver dans la cuisine une fois de retour. Mais il n'était toujours pas là. Cela m'étonna, mais je n'étais pas inquiet. Pas encore. Ce ne fut que dans la douche que je repensai à ce qui était arrivé dans la nuit. Son immobilité. Ses larmes sur mes lèvres. Son murmure.

'Une dernière fois, mon cœur.'

Je sus alors, en un instant, que quelque chose n'allait pas.

L'anxiété que j'avais ressentie lorsqu'il dormait dans mes bras se changea en angoisse pure. J'appelai chez lui, mais il ne répondit pas. Son portable, et je tombai sur son répondeur. Je m'habillai aussi vite que possible et pris ma voiture pour aller chez lui.

Lorsqu'il ouvrit la porte, il avait les yeux tristes et un peu rouges. Il se détourna rapidement.

— Veux-tu un verre de vin ? demanda-t-il avec un détachement forcé.

Comme si c'était normal. Comme si le sol ne tremblait pas sous mes pieds.

— Il n'est même pas encore 9 heures.

— Je sais quelle heure il est, mon cœur. J'y mettrai aussi du jus d'orange, si cela peut te consoler.

— J'ai essayé d'appeler.

Silencieux, il refusait de me regarder. Cette graine d'angoisse s'épanouit et devint une panique absolue.

— Quelque chose ne va pas ? demandai-je.

— Non, répondit-il, d'une voix pourtant étrange.

Tendue. Un peu trop basse. Rien ne suivit, sinon un silence pesant. Il ne me regardait toujours pas.

— Je ne sais pas ce qui se passe, Cole, mais tu me terrifies. Je t'en prie, dis-moi ce qui ne va pas.

Il lui fallut une seconde pour répondre. Une seconde et une profonde inspiration, puis :

— C'est très simple, chéri. Je m'en vais.

La panique explosa alors, me coupa le souffle, me compressa la poitrine, menaça de m'étouffer. Le cœur battant à tout rompre, je dus m'agripper au dossier du canapé pour empêcher le monde de tourbillonner pendant que je restais là, terrassé par le choc.

— Tu me quittes ? réussis-je à demander.

— Je quitte Phoenix.

Respire.

Je me forçai à respirer. À compter jusqu'à cinq. À réfléchir.

Quitter Phoenix ne voulait pas forcément dire me quitter. Que c'était fini.

— Combien de temps ?

— Je ne sais pas encore, chéri.

— Où vas-tu ?

— Dans les Hamptons pour l'instant. Peut-être à Paris plus tard.

En un éclair, un battement de cœur, ma panique disparut, remplacée par quelque chose de pire. De moche.

— Auprès de Raul ? C'est là que tu vas ?

— Non, chuchota-t-il.

J'entendais les larmes dans sa voix.

— Je ne te suffis plus ? cinglai-je.

Je le vis accuser le coup. Ses épaules se mirent à trembler sous le poids de ma colère.

— Ce n'est pas ça, souffla-t-il à nouveau.

Ma fureur éclair s'évanouit. Il ne me restait plus que la douleur, l'incompréhension et la conviction sincère que je ne pouvais le perdre.

Je fermai les paupières. Je luttai contre les larmes qui brûlaient en dessous. J'essayai de déglutir. Pourquoi étions-nous dans cette situation ? S'il en souffrait autant que moi, comme j'en avais la certitude, alors pourquoi ?

— Cole ? appelai-je en ouvrant les yeux.

Il se tourna enfin vers moi. Il avait les joues trempées. Je vis dans son regard que je ne me trompais pas. Il était sur le point de s'effondrer.

— Cole, répétai-je d'un ton cette fois suppliant, parle-moi.

— Il faut que je parte, répondit-il d'une voix qui se brisa.

Je le rejoignis. Je pris son visage dans mes mains et cherchai à le regarder dans les yeux. Mais il les ferma très fort. J'embrassai les larmes sur ses joues.

— Alors, pars. Mais dis-moi que tu me reviendras. Dis-moi que ce n'est pas fini.

— Il le faut.

— Pourquoi ?

171

Il prit une profonde inspiration, tremblante, et lorsqu'il rouvrit les yeux, ils étaient trempés de larmes.

— Jonathan.

C'était sa véritable voix, pas le ton chantant qu'il utilisait d'habitude, mais le plus posé, caché dessous. Elle n'était pas plus basse que d'ordinaire, toujours légèrement féminine. Mais différente : plus douce, emplie de peur. Et ce seul mot, rien que mon nom, me fit plus de mal que je ne l'aurais cru possible, car cela signifiait qu'il était mortellement sérieux.

— Si je te disais que je ne verrais personne d'autre, me croirais-tu ? Me croirais-tu sur parole ? Je pourrais être parti deux mois, ou quatre, peut-être même six. Tu sais comment j'ai vécu par le passé. Si je te disais maintenant que je n'aurais pas d'autre amant que toi, aurais-tu confiance en moi ?

Je voulus répondre oui. Mais serait-ce vrai ? Six mois alors qu'il était de l'autre côté du pays ou du monde. Le croirais-je vraiment seul toutes ces nuits ?

— Et toi ? me demanda-t-il dans un chuchotement tendu. Dans quatre mois, quand je ne serai toujours pas là, m'attendras-tu ? Ou trouveras-tu quelqu'un d'autre pour partager ton lit ?

— Je ne sais pas, reconnus-je.

Ses larmes coulèrent plus fort.

— Moi, oui.

Il repoussa mes mains, se détourna de moi pour s'essuyer les yeux.

— Soit tu décideras que je ne te suis pas fidèle et tu seras envahi par la colère et l'amertume, soit tu te fatigueras de m'attendre et tu trouveras quelqu'un d'autre. Quoi qu'il en soit, à mon retour, tu ne seras plus là.

— Tu ne sais pas que c'est ce qui se passerait.

— Si, Jon. C'est toujours ainsi.

— Tu m'as dit que tu n'avais jamais essayé.

— J'ai menti. Et je ne peux pas le revivre, Jon. Pas encore.

Je lui pris la main et le forçai à me regarder.

— Je ne veux pas que ça s'arrête, Cole. Je t'en prie. Je t'ai…

— *Tais-toi* ! souffla-t-il, les doigts sur mes lèvres pour me faire taire.

Il y avait comme de la panique dans son regard.

— Je t'en prie, tais-toi, répéta-t-il d'un ton suppliant.

— Cole…

— Nous n'aurions jamais dû laisser les choses aller si loin.

— Je ne veux pas que tu partes, Cole. Je ne veux pas que ce soit fini. Ne fais pas ça. Il y a forcément une autre solution.

Ses larmes coulaient à flots, mais il ne fit rien pour me les cacher ou les essuyer.

— Il y a un autre moyen, dit-il. Veux-tu l'entendre ?

— Bien sûr.

— Ça ne te plaira pas.

— Tu n'en sais rien.

Il ne me croyait pas, cela se voyait. Mais il prit une grande inspiration et dit :

— Viens avec moi.

— Où ?

Il hésita une seconde, puis dit :

— Partout.

Je dus prendre le temps de comprendre ce qu'il me disait, puis de la colère naquit en moi. Je le lâchai et reculai d'un pas. Je vis dans son regard qu'il s'y était attendu.

— Tu veux dire, oublier l'idée de travailler un jour et t'accompagner dans tes voyages ?

— Oui.

— Nous en avons déjà discuté, Cole. Je ne te suivrai pas partout en me faisant entretenir et en vivant de ta charité.

— Ce n'est pas de la charité, Jon.

— C'est ce que tout le monde pensera !

J'avais haussé le ton.

— Peu importe ce qu'ils en…

— Comment pourrais-je garder la tête haute, Cole ?

— Si j'étais hétéro, tout le monde s'attendrait à ce que je subvienne aux besoins de mon épouse. En quoi cela…

— Ton épouse ? cinglai-je.

Il grimaça, mais je ne pus m'empêcher de crier.

— C'est donc *ça* que tu veux ?

— Tu as mal compris. Je voulais seulement dire…

— Et le dîner devra-t-il être prêt à ton retour ? Ou est-ce toujours ton rôle ? Faut-il donc que je t'appelle mon épouse ?

Il grimaça et je sus que je l'avais blessé. Mais j'étais trop furieux pour m'excuser.

Il fit un pas en avant, quoique d'un air réservé.

173

— La plupart des gens m'envient ma vie, Jon. Je peux aller où je veux. Je peux tout faire. J'ai plus d'argent que je n'en dépenserai jamais.

Il mit une main tremblante sur ma joue.

— Tout ce que je désire, c'est le partager avec toi. Tu n'as qu'un mot à dire.

Je l'aimais. Je l'aimais si fort que je ne savais pas comment ma poitrine n'explosait pas sous la force de mon amour. Mais je ne pouvais imaginer faire ce qu'il me demandait. Savoir que je n'avais rien à moi, que je dépendais de lui pour tout.

— Je ne peux pas vivre comme ça.

J'avais parlé doucement, mais j'aurais tout aussi bien pu le gifler. Il cessa de respirer. Il ferma les yeux et se détourna de moi. Pas avant que je voie ce qu'il essayait de me cacher. De la honte.

— Cole...

Je tendis les bras vers lui, mais il eut un geste de recul et leva une main pour m'arrêter.

— Un jour, tu m'as demandé pourquoi j'agissais ainsi. Voilà pourquoi, Jon. Parce qu'être excentrique, en faire trop, c'est exactement ce que l'on attend de moi. Et même si les gens rient, ils ont un certain respect pour le fait que je me fiche de leur opinion. Mais sans ce masque, Jon, il ne reste que ça. Je suis un idiot et un lâche. Et je suis *faible*. Et c'est la seule chose qu'un homme gay n'a pas le droit d'être.

— Je ne compr...

Mais il leva la main pour me faire taire.

— J'aimerais que tu t'en ailles, maintenant.

Il parlait d'un ton mitigé. C'était presque sa vraie voix, douce et calme, malgré les larmes qui l'étouffaient. Mais j'entendais aussi le rythme changer, la cadence chantante être forcée. Dos à moi, il se dirigea vers la table. Il prit son verre de vin et vida ce qui y restait.

— Pouvons-nous en discuter, Cole ? S'il te plaît ?

— Il n'y a rien à en dire de plus.

Il s'écoula un autre moment avant qu'il se retourne vers moi, et lorsqu'il le fit, toutes ses affectations étaient présentes. Ses murailles bien en place. Il s'appuya contre la table, pencha la tête à droite afin que ses mèches dégagent ses yeux. Il y avait toujours des larmes sur ses joues, mais ils étaient secs.

— Mon avion part dans cinq heures. Tu sais où est là porte, chéri.

Date : 22 juin
De : Cole
À : Jared

C'EST TERMINÉ. Je l'ai fait, enfin. Je suis certain que c'était la bonne décision. Je regrette seulement que ce soit aussi douloureux.
    Il me manque.

UN NOMBRE de jours indéfini plus tard, je fus réveillé par la sonnette. Je n'avais aucune idée du jour qu'il était. Un coup d'œil à ma montre me révéla qu'il était quatre heures de l'après-midi. J'étais encore au lit. Je tirai les couvertures par-dessus ma tête et tentai de me rendormir avant que ce qui m'avait réduit à cet état me revienne en tête.

On sonna à nouveau. Je ne voulais pas répondre.

Mais c'était trop tard. La réalité me frappa violemment, comme chaque fois que je refaisais surface : Cole était parti. Voilà pourquoi j'étais au lit avec un trou dans la poitrine, à souhaiter m'échapper dans l'inconscience. Je ne savais pas qui était sur mon porche, à me sortir de ma stupeur, mais ça ne pouvait pas être lui. Et je ne voulais voir personne d'autre.

On sonna encore.

Qui que ce fût, il était tenace. Et j'étais réveillé. Avec un grognement, je m'extirpai du lit. Je dénichai un bas de jogging et un tee-shirt abandonnés sur le sol et les enfilai. Je jetai un coup d'œil dans le miroir au passage.

J'étais dans un état déplorable.

Il n'y avait pas d'autre mot. Je ne m'étais pas rasé depuis trois jours. Je n'étais pas allé courir depuis encore plus longtemps. Je passai les doigts dans mes cheveux dans l'espoir de les aplatir. J'essayai de me rappeler si je m'étais douché la veille.

La sonnette retentit à nouveau.

— J'arrive ! criai-je.

Je renonçai à arranger mes cheveux. Il faudrait plus qu'une brosse pour cacher ma déchéance. Je finis par atteindre la porte et l'ouvris.

C'était Julia. Elle avait un plat à gratin dans une main et un pack de bières dans l'autre.

— Pour l'amour du ciel, Jon, dit-elle en entrant, va faire ta toilette pendant que je mets ça au four.

— Julia, je ne suis pas d'humeur…

— À faire autre chose que te cacher chez toi et te complaire dans ton malheur ?

— Exactement.

— Dommage pour toi. Tu pourras chouiner sur moi, après avoir repris une forme humaine.

Je n'avais pas la force de protester. Je me douchai, enfilai un jean et un tee-shirt propre. Je songeai à me raser, mais Julia cria alors que c'était prêt.

Je sortis de la chambre en traînant des pieds et m'assis à table.

— Quand as-tu mangé pour la dernière fois ? demanda-t-elle en posant un bol de nourriture non identifiée devant moi.

— Je ne sais pas, reconnus-je. Hier, je crois.

Elle m'ébouriffa les cheveux comme si j'étais un enfant.

— Mange, dit-elle. Je vais lancer une machine pour toi.

— Tu n'es pas obligée.

— Je sais, Jon. Tais-toi et mange.

Je regardai ce qu'il y avait dans mon bol. J'essayai de ne pas penser à la dernière fois que quelqu'un m'avait cuisiné quelque chose. À des pâtes sautées au homard, ou à du cioppino, ou à quel vin allait avec ces plats. Je contemplai la chaise vide de l'autre côté de la table et tentai de ne pas me demander où il était et ce qu'il faisait. J'avais à nouveau envie de pleurer. Je résistai et me forçai à prendre une bouchée.

C'était bon. Il y avait du poulet, du riz et je ne sais quoi d'autre, mais à ma troisième bouchée, je réalisai que je mourais de faim. Je terminai tout le bol et allai me resservir à la cuisine. Julia était là, à faire la vaisselle.

— Tu n'es vraiment pas obligée de faire ça, dis-je tandis qu'elle remplissait mon bol.

— Je ne vais pas en faire une habitude, déclara-t-elle avant de me le tendre. Je suis là pour te remettre en selle, c'est tout.

Elle sortit de la cuisine lorsque je terminai mon second bol de bouillon de poulet.

— Viens, dit-elle en me tendant une bière.

Je la suivis dans le salon. Elle s'en ouvrit une et déposa le reste du pack sur la table basse entre nous.

— Dis-moi ce qui s'est passé, dit-elle en s'asseyant sur un fauteuil, en face du canapé où je me trouvais.

À l'idée de prononcer les mots, ma gorge se serra. Je dus compter trois fois jusqu'à cinq avant de pouvoir dire :

— Il m'a quitté.

— Qu'est-ce que tu as fait ?

— Pourquoi crois-tu que c'est de ma faute ? protestai-je.

— Parce que c'est lui qui est parti.

Bien vu. J'ouvris la bière et en vidai la moitié d'un coup. Ce n'était même pas de l'artisanale. C'était de la production de masse sans goût. Je me demandai si tout le pack suffirait à me faire oublier ma peine. Rien qu'une nuit de plus.

— Alors ?

Je soupirai.

— Franchement, je ne sais pas. Nous ne nous disputions pas. Tout allait bien. Plus que bien. C'était… c'était…

Je dus m'interrompre avant de me remettre à pleurer. Je terminai la bière le temps de reprendre mon sang-froid.

— Il a dû quitter la ville, dis-je enfin en ouvrant une deuxième canette.

— Alors il revient ? demanda-t-elle, perdue.

— Non. Du moins, pas pour moi.

— Je ne comprends pas.

— Moi non plus.

— Foutaises, Jon. Explique-moi.

Je terminai aussi la deuxième bière. Je commençai à regretter d'avoir bu autant. Sur un ventre vide, deux mauvaises bières auraient au moins dû suffire à me rendre pompette.

— Il est incapable de rester quelque part, mais il a décidé que s'il voyageait et que je restais, cela mettrait fin à notre relation. Il a dit que je me lasserais d'attendre ou que je douterais de sa fidélité.

— Alors il est parti ? demanda-t-elle, incrédule.

— Oui.

J'ouvris une troisième bière en me disant que celle-là, je la ferais durer.

— Il a décidé qu'il valait mieux en finir maintenant plutôt que rester et voir tout s'écrouler.

— Et il n'y avait pas d'autre solution ?

Je faillis rire.

— C'est exactement ce que je lui ai dit !

— Alors ?

— Alors il a dit que la seule autre solution, c'était que je vienne avec lui.

— Bah, fit-elle avec une indignation évidente, pourquoi ne l'as-tu pas fait ?

— Je n'ai pas les moyens de vivre comme lui, Julia.

— Et quelle a été sa réponse ?

— Qu'il pourvoirait à mes besoins.

— Alors où est le problème, Jon ?

— Le problème, dis-je, agacé, c'est que c'est absurde ! Sous prétexte qu'il a de l'argent, je dois ravaler mon ego et le suivre partout comme un petit chien ?

— Laisse-moi y voir clair. Il t'aime tellement qu'il t'a proposé de t'entretenir, dans le seul but que vous soyez ensemble.

— Oui. Mais…

— Mais tu es trop fier pour dire oui.

— Comment pourrais-je me regarder dans la glace tous les matins ?

— Est-ce à ce point honteux, demanda-t-elle d'une voix emplie d'un venin surprenant, que la personne qui t'aime pourvoit à tes besoins ?

— Refuser de le faire toi-même alors que tu en es parfaitement capable ? Oui, c'est honteux. Et humiliant.

Elle posa brusquement sa bière sur la table basse et se leva.

— Très bien !

Elle chercha ses chaussures par terre.

— Pourquoi te fâches-tu ?

— Je ne savais pas que tu avais si peu de respect pour moi, Jon ! lança-t-elle sans me regarder.

Ses sandales avaient glissé sous sa chaise, alors elle les ramassa.

— Toi ? Je croyais qu'on parlait de moi !

— Mon mari a choisi de pourvoir à mes besoins financiers. Devrais-je avoir honte ? Me sentir humiliée ?

Oh, merde. Comment n'avais-je pas pensé qu'elle pourrait mal prendre mes paroles ? J'avais l'impression d'être au bord d'une immense falaise et de vaciller, ne sachant de quel côté aller pour ne pas tomber. Le problème, c'était qu'elle ne me laissait pas le temps nécessaire.

— Ce n'est pas pareil, Julia.

Elle se tourna vers moi. Elle avait enfilé une sandale, l'autre à la main.

— Pourquoi ?

— Parce que tu es une femme.

À son expression, je sus que c'était la pire des réponses.

— Excuse-moi ? dit-elle en haussant la voix. Qu'est-ce que tu viens de me dire ?

— Non ! Je veux dire, tu n'es pas une femme ! Enfin, si, mais pas une femme normale !

Elle écarquilla les yeux. Je fus presque surpris de ne pas avoir été vaporisé par la force de la rage qui y brillait.

— Attends, ce n'est pas ce que je veux dire !

Elle brandit sa sandale comme si c'était une arme.

— Tu n'es qu'un connard.

— Julia, je voulais juste dire que ce n'était pas du tout la même chose ! Pas parce que tu es une femme, mais parce que tu es une... une.

Je m'interrompis, me sentant basculer dans le précipice.

— Une *quoi* ? répéta-t-elle d'une voix mauvaise.

Le mot qui m'était venu en tête était « femme au foyer », mais je ne savais pas s'il fallait que je le dise. Était-ce le terme politiquement correct ? Je me creusai la tête à la rechercher d'un autre mot, mais je fus trop lent.

— Une poule pondeuse, Jon ? demanda-t-elle d'un ton glacial. C'est ça ?

— Quoi ? *Non* ! Je n'allais pas...

— Foutaises ! s'exclama-t-elle en s'avançant vers moi avec sa sandale toujours à la main. Tu te crois bien mieux que moi, c'est ça ? C'est ce que tu penses ?

— Non !

— Eh bien, va te faire foutre ! cria-t-elle.

Elle me frappa violemment le bras avec la semelle de sa chaussure.

— Aïe ! Julia, ça ne va pas ? Je n'ai rien dit de tout ça !

— Tu crois que ta stupide fierté est plus importante que l'amour ? Alors tu mérites bien d'être malheureux !

Elle enfila enfin sa seconde sandale. Je poussai un soupir de soulagement à l'idée qu'elle ne pourrait plus me frapper avec. Elle attrapa le reste des bières, puis me prit ma canette à moitié pleine des mains.

— Tu n'es qu'un crétin, déclara-t-elle.

Puis elle s'en alla.

Je restai là une minute pour comprendre ce qui venait de se passer. Puis je renonçai et retournai me coucher.

JE NE me laissai pas sombrer à nouveau dans le trou duquel Julia m'avait tiré. Le lendemain matin, je me levai et me forçai à aller courir pour la première fois en une semaine. Puis je me douchai, je me rasai et j'allai acheter du café et des donuts pour deux au bout de la rue.

Je frappai à sa porte, un peu stressé. Je m'attendais à moitié à ce qu'elle m'attaque à nouveau à coups de chaussure. Mais lorsqu'elle ouvrit, elle avait un air repenti.

— Ravie que tu sois revenu d'entre les morts, dit-elle.

— Grâce à toi.

Elle haussa les épaules.

— Un donut ? lui proposai-je.

Elle esquissa un sourire.

— Bonne idée.

— Julia, dis-je une fois assis, je suis désolé.

— Moi aussi.

— Je ne voulais pas te vexer.

— Je sais.

— Je voulais seulement dire que c'était différent parce que tu travailles aussi, peut-être pas pour un salaire, mais je sais qu'il n'y a rien de facile à faire ce que tu fais.

Elle haussa les épaules.

— Je ne cherche pas la sympathie, Jon. J'ai une belle vie. Ne t'y trompe pas, parfois j'ai l'impression de jongler avec une main dans le dos. Mais je sais combien j'ai de la chance de pouvoir rester chez moi.

— Je te le jure, Julia, je n'allais pas te traiter de ça.

— Ce n'est pas toi. C'est Tony.

Tony, son frère gay qui vivait en Californie.

— Je lui ai parlé il y a deux jours, et il m'a sorti ça. J'étais tellement choquée que j'aie raccroché avant de pouvoir lui répondre quoi que ce soit. J'ai essayé de me convaincre qu'il ne le pensait pas vraiment, mais plus j'y pense, plus je suis furieuse. Là-dessus, tu t'es mis à dire que c'était une honte de ne pas avoir de travail…

— Julia, je suis désolé. Ce n'était pas ce que je voulais dire.

— Je sais.

— As-tu reparlé à Tony, depuis ?

— Non.

Elle haussa les épaules.

— Ce n'est pas juste, dit-elle d'un ton penaud. C'est moi sa plus grande supportrice. Le reste de la famille refuse de lui parler. Je le défends, et qu'est-ce que je reçois en retour ? Des insultes.

Elle secoua la tête sans me regarder.

— Je ne comprends pas. Ni lui ni moi ne pouvons changer ce que nous sommes, et pourtant, bizarrement, il a l'impression que je ne mérite pas son respect parce que je ne suis pas comme lui.

— Je suis désolé, répétai-je, ne sachant que dire d'autre.

— Si je lui sortais un truc pareil parce qu'il est gay, il ne me le pardonnerait jamais.

— Julia, dis-je avec le plus de tact possible, je ne veux pas jouer les connards, mais dans notre société, je ne crois pas qu'être une femme hétérosexuelle soit aussi difficile que d'être un homme gay.

Elle me regarda comme si j'étais un imbécile.

— Je n'ai jamais dit ça, Jon.

Pas faux.

— Mais ça ne justifie pas qu'il se comporte comme un sale misogyne.

Je ne savais que répondre, et je craignais que cela me revienne encore dans la figure, quoi que je dise. Je finis par répéter pour la troisième fois que j'étais désolé.

Elle me sourit.

— Moi aussi.

— Suis-je pardonné ?

— Oui, dit-elle en sortant un donut du sac. Mais tu restes un crétin.

Trois jours plus tard, je dînai avec mon père. Depuis que Cole m'avait quitté, je l'évitais. Je savais qu'il m'interrogerait à ce sujet et je ne savais pas si je pourrais l'affronter.

— Je pensais que Cole serait là, dit-il lorsque je m'assis.

Cela me fit encore plus mal que je l'aurais cru, mais j'étais prêt à le dire.

— Il m'a quitté.

Il garda le silence quelques instants. Il se contenta de me regarder.

— Je suis désolé, dit-il enfin.

— Je sais que tu trouvais que c'était une grande folle.

Il haussa les épaules.

— Ça ne veut pas dire que je ne l'aimais pas.

181

— Parce qu'il a fait le bœuf Stroganoff de Maman ? Ou parce qu'il avait un appartement à Vail ?

— Ni l'un ni l'autre, Jon, dit-il doucement. Parce qu'il te rendait heureux.

Je dus regarder la table. Je ne voulais pas que mon père me voie pleurer.

— Oui, murmurai-je. C'est vrai.

Date : 2 août
De : Cole
À : Jared

MON DOUX, je sais que tu m'en veux sûrement terriblement. Tu n'as pas cessé de m'écrire et je n'ai même pas répondu. C'est horriblement déplacé de ma part, je sais, mais j'espère que tu ne m'en voudras pas, car tu es la seule personne avec qui je peux être sincère. En partie parce que nous nous connaissons depuis si longtemps. Mais surtout parce que je n'aurai pas à te regarder en face quand j'avouerai combien il me manque.

J'ai passé ces dernières semaines à New York. Je ne cesse de me dire que je partirai bientôt à Paris, mais je n'y arrive pas. Étrangement, qu'un continent nous sépare reste supportable. Un océan, non.

Il a essayé de m'appeler de nombreuses fois. Je ne réponds jamais. J'avais espéré l'éviter jusqu'à... jusqu'à quand ? Je ne sais pas. Jusqu'à pouvoir penser à lui sans que mon cœur se brise encore, je crois. Mais ce ne sera pas le cas. Il s'est passé quelque chose, et il semble que je devrai le voir plus tôt que je ne l'espérais. J'en tremble de peur. Je sais qu'il sera fort, et moi faible comme toujours. Je me déteste.

Ce qu'il y a, mon doux, c'est que cela pourrait être la réponse. Ce n'est pas calculé. Ce n'est pas de mon fait. C'est une heureuse coïncidence et pourrait tout régler. S'il le comprenait.

JE TROUVAI un travail. C'était un poste au plus bas de l'échelle dans un grand cabinet de comptabilité. Je gagnais moitié moins qu'avant et je me retrouvais au milieu de travailleurs acharnés d'au moins dix ans de moins que moi. Je les observais en train d'essayer de se placer, de décider duquel des associés se faire bien voir. Ils faisaient des heures supplémentaires, mais comme ils avaient un salaire fixe, ils n'étaient pas payés plus. J'avais été comme eux, et je les trouvais absurdes.

Il était vrai que mon poste offrait d'excellentes possibilités de promotions, mais je découvris rapidement que cela ne m'intéressait pas. Au bas de l'échelle, on attendait très peu de moi. J'étais très heureux de laisser les plus jeunes se battre et mendier chaque minuscule progression qu'on leur accordait. Je n'avais plus à voyager. J'avais vendu mon appartement de Las Vegas et j'étais ravi d'en être débarrassé. Mon téléphone ne sonnait plus à toute heure du jour ou de la nuit. Je ne travaillais jamais plus de quarante heures par semaine, ce que je ne pouvais plus faire depuis des années, et à la fin de la journée, je rentrais chez moi. Lorsque je quittais mon bureau à dix-sept heures, je ne songeais plus à mon travail avant d'y revenir le lendemain à huit heures. Cela me soulageait de façon incroyable.

Trois semaines après le début de mon nouveau travail, un samedi, mon téléphone sonna. J'en fus surpris. Entre le départ de Cole et la perte de mon ancien poste, cela arrivait très rarement. Je fus encore plus surpris lorsque je regardai l'écran et que je vis de qui il s'agissait.

Au début, je n'arrivai même pas à répondre. J'avais le cœur battant et les mains moites. J'avais la tête qui tournait à l'idée de toutes les raisons pour lesquelles il appelait. Je priais que ce soit pour résoudre les choses entre nous, mais je ne voulais pas me faire de faux espoirs.

— Allô ? répondis-je, la gorge serrée.

Il garda un instant de silence, puis dit :

— C'est moi.

Sa voix était bizarre, comme s'il essayait d'utiliser sa cadence chantante habituelle, mais n'y arrivait pas tout à fait.

— Je sais.

Je me tus, refoulant mes larmes. J'avais un million de choses à lui dire : tu me manques, je t'aime, es-tu rentré ? Reviens-moi, je t'en prie. Je ne savais pas par où commencer.

— Je suis si heureux de t'entendre, dis-je enfin d'une voix inégale.

Seul le silence me répondit. Au début, je crus qu'il avait raccroché. Je regardai l'écran de mon téléphone, vis que l'appel était toujours en cours.

— Cole ?

Enfin, j'entendis comme un sanglot. Soit il pleurait, soit il faisait de son mieux pour se retenir.

— Je ne comprends pas, dit-il dans un murmure tremblant, pourquoi c'est si difficile.

À ces mots, je perdis la lutte contre mes propres larmes.

— C'est dur pour moi aussi, Cole. C'est horrible, à quel point tu me manques.

Il prit une inspiration inégale, et je le vis presque remettre ses affectations en place, comme une armure, une partie après l'autre : son air moqueur, son déhanché, ses cheveux devant les yeux. Lorsqu'il reprit la parole, je ne fus pas surpris d'entendre que le rythme chantant de sa voix était de retour.

— Lapin, j'aurais besoin de savoir si tu peux m'accorder un moment.

Mon cœur rata un battement.

— Bien sûr. Tu es de retour en ville ?

Pitié, faites qu'il dise oui.

— En coup de vent.

— Veux-tu venir ?

Laissez-moi l'enlacer une dernière fois.

— Ce n'est pas une bonne idée.

— Cole, je ne supp…

Je ne supporte pas de vivre sans toi. C'était ce que je voulais dire. Mais il m'interrompit.

— Peux-tu me retrouver au café à quatorze heures ? Celui près de chez toi, après la supérette ?

— Bien sûr, répondis-je, intrigué.

Pourquoi un café ?

— Merci, lapin. À tout à l'heure.

J'arrivai avant lui. Il n'y avait personne à part les employés. Je commandai pour nous deux. Cole arriva lorsqu'ils me servirent. Le revoir fut comme une gifle. Les deux boissons chaudes que je tenais furent la seule chose qui m'empêcha de l'étreindre de toutes mes forces. Ça, et la distance qu'il maintenait entre nous. Il gardait la tête un peu baissée, ses cheveux dans les yeux afin que je ne lise pas son expression.

— Chai ? lui proposai-je en le lui tendant.

Il sourit presque. Presque.

— Merci.

Nous nous assîmes à table, mais aucun de nous ne but. Je le détaillai de tous les côtés, comme si je pouvais l'aspirer complètement. Comme si cela calmerait la douleur que me faisait ressentir cette distance plutôt que de l'empirer. J'essayai de percevoir ce qu'il ressentait. De déterminer s'il avait le cœur aussi brisé que le mien. Il ne me regardait pas. Il avait les yeux rivés à la table.

— Cole, dis-je enfin. Tu me manques.

Je fis mine de lui prendre la main, mais il la retira.

— Arrête.

Le cœur douloureux, je me figeai. Il prit une profonde inspiration.

— Ce n'est pas une visite de courtoisie, lapin. C'est professionnel.

Je suivais à peine ce qu'il disait. Tout ce que je pensais, c'était combien, le voir me repousser à nouveau me faisait mal.

— Je ne comprends pas.

Nouvelle inspiration profonde. Il refusait toujours de me regarder et il avait les poings serrés très fort sur la table. Je soupçonnai que c'était pour m'empêcher de voir combien il tremblait, mais je l'entendais tout de même dans sa voix.

— J'ai un travail à te proposer.

— Un travail ? demandai-je bêtement.

— J'ai un comptable. Chester.

Il s'interrompit et leva les yeux vers moi pour la première fois. Il ne me regardait pas directement, ce n'était qu'un coup d'œil entre ses mèches, mais j'y vis un soupçon de sourire, ainsi que sa difficulté à rester calme.

— En fait, il s'appelle Warren Chesterfield, et il déteste que je l'appelle Chester.

— Raison pour laquelle tu le fais.

Il continua comme si je n'avais rien dit.

— Tu sais que j'ai de l'argent, lapin, et je suis certain que tu ne t'étonneras pas quand je te dirai que je ne m'y intéresse pas du tout. J'ai plusieurs comptes. Je ne sais pas combien. J'ai un agent de change. Ou peut-être plusieurs, je n'en suis pas certain non plus, pour tout t'avouer. Je crois qu'ils font fructifier mon argent, encore que je puisse me tromper. Je donne à certaines organisations caritatives de façon régulière. Tu sais que j'ai plusieurs propriétés et au moins un employé sur chaque lieu. À part celle d'ici, elles sont toutes louées à divers moments de l'année, ce qui donne lieu à une petite rente, j'imagine. Et bien sûr, je pourvois aux besoins de ma mère.

Il s'interrompit un instant. Sachant qu'il n'avait pas terminé, j'attendis.

— Chester gère tout cela pour moi depuis... eh bien, depuis bien avant que l'argent soit à moi, pour te dire la vérité. Je vis ma vie, je dépense

185

ce dont j'ai besoin, je fais ce que je veux et Chester me dit si quelque chose ne va pas.

Il s'interrompit à nouveau. Cette fois, je demandai :

— Quel rapport avec moi ?

— Il y a trois semaines, Chester m'a annoncé qu'il prenait sa retraite. Depuis, il me harcèle afin que je trouve un remplaçant.

Il s'arrêta encore. Lorsqu'il reprit, il parla plus bas.

— C'est le temps qu'il m'a fallu pour trouver le courage de t'appeler.

— Me proposes-tu ce travail ?

— N'est-ce pas ce que je viens d'expliquer, lapin ?

— Qu'est-ce que cela veut dire pour nous ?

Il lui fallut un moment pour répondre. Il ne me regardait toujours pas.

— Cela n'a strictement rien à voir, dit-il doucement.

J'eus l'impression de recevoir un coup de poing en plein ventre.

— C'est un travail. Rien de plus.

— Alors pourquoi, moi ? demandai-je. Il y a des millions de comptables que tu pourrais choisir.

Pour la première fois, il dégagea les cheveux devant ses yeux et croisa mon regard calmement.

— Parce que j'ai confiance en toi, Jon.

L'entendre prononcer mon nom faillit m'achever. Je fermai les yeux et je dus me concentrer sur ma respiration.

— Il serait très facile pour quelqu'un dans cette position de me voler et je sais que tu ne le feras pas. C'est aussi simple.

C'était sensé, pourtant je n'en avais cure. J'avais l'impression que mon cœur se brisait à nouveau. Je ne voulais que lui.

— Cole.

Je lui pris la main, cette fois il me laissa faire.

— Je ferai tout ce que tu veux. Mais reviens-moi.

Il ferma les yeux. Je le sentis trembler. Puis lentement, très lentement, il reprit sa main.

— Non, Jon, s'il te plaît, chuchota-t-il d'une voix inégale. Ne me fais pas pleurer ici.

Je compris alors que c'était pour cette raison qu'il avait voulu que nous nous retrouvions dans ce lieu public : pour qu'il arrive à garder ses distances, ses murs en place. Je refoulai mes propres larmes et contemplai la table devant moi.

— Je me rends bien compte, dit-il d'un ton qu'il avait encore du mal à maîtriser, qu'il pourrait te paraître étrange de m'avoir comme employeur. Mais je t'assure que tu n'en auras pas l'impression. Chester et moi ne parlons qu'une à deux fois par an au mieux, et seulement s'il ressent le besoin de me dire quelque chose. Tu seras ton propre patron, en fait. Je ne regarderai pas par-dessus ton épaule.

J'avais été si tourmenté sur le fait qu'il me manquait que je n'avais pas réfléchi aussi loin. Mais maintenant qu'il le disait, je réalisai que j'aurais dû y songer. C'était bon de savoir que nous n'aurions pas à vivre ces retrouvailles gênantes trop souvent, car celles-ci étaient déjà plus douloureuses que je ne pouvais le supporter.

— Acceptes-tu ?

Je n'avais même pas à y réfléchir.

— Cela fait des années que je n'ai pas travaillé sur des comptes personnels. Il faudra que je me rafraîchisse la mémoire.

— Alors c'est oui ?

— Combien ? demandai-je.

Je me sentais pingre de l'interroger sur le salaire, mais un travail était un travail. Le nouveau ne payait pas très bien et mes comptes épargne baissaient de façon effrayante. Il sortit un bout de papier de ma poche et le glissa vers moi. Le chiffre me surprit tellement que je levai à nouveau les yeux vers lui. C'était plus que ce que j'avais gagné au bout de neuf ans à mon ancien travail.

— C'est trop, dis-je.

Ce fut léger, mais il me sourit.

— C'est trente pour cent de moins que le salaire de Chester. Tu vois, mon cœur ?

Ce petit nom me fit grimacer.

— Tu me fais déjà économiser de l'argent. Je dirai à Chester de t'appeler. Il voudra te rencontrer une fois au moins, je n'en doute pas. Il est arrogant et homophobe, mais très soigné.

— J'attendrai son appel.

— Merci.

Il se leva et fit mine de partir.

Sans même y réfléchir, je lui pris la main.

— Cole ne t'en va pas, je t'en prie.

— Il le faut, répondit-il sans pour autant se libérer.

187

Je n'arrivais même pas à le regarder. Je me sentais perdre le contrôle. Je ne détachai pas les yeux de ses doigts minces prisonniers des miens.

— Cole, dis-je d'une voix tremblante. Je ne le supporte pas. Je t'ai...

Mais avant que je termine, il mit les doigts de sa main libre sur mes lèvres.

— Chut.

Il les déplaça lentement le long de ma joue et je fermai les yeux. Il les glissa dans mes cheveux. Je raffermis ma prise sur son autre main, le tirai vers moi... et il vint. Il me laissa l'enlacer. J'avais le visage contre son ventre, il avait la main dans mes cheveux, il me serra contre lui. Je perdis tout le sang-froid que j'avais si durement essayé de garder. Je libérai mes larmes, sans me soucier du lieu ni des gens qui pouvaient nous voir.

— Ne me quitte plus, je t'en prie. Je ne supporte plus que nous soyons séparés. Tu me manques tellement.

Pendant un temps impossible à mesurer, peut-être des secondes, peut-être une heure, mais un temps bien trop court, il m'étreignit.

— Tu me manques aussi, Jon, chuchota-t-il enfin. Mais rien n'a changé.

Puis il me relâcha. Il sortit, du café, de ma vie. Encore une fois. Lorsque j'eus repris mon sang-froid suffisamment pour relever la tête, il avait disparu.

Date : 6 août
De : Cole
À : Jared

IL SAIT où je suis. Il sait comment me retrouver. Mais il ne vient pas. Je l'aime, Jared, plus que je ne saurais le dire. Il dit qu'il m'aime aussi, mais il m'a quand même laissé partir.

JE DÉMISSIONNAI sans regret du cabinet de comptabilité et me consacrai pleinement à mon nouveau poste. Je rencontrai plusieurs fois Chester, et Cole n'avait pas menti. Il était vraiment arrogant et homophobe. Mais il était aussi soigné et d'une profonde intégrité, et je l'admirais pour ça.

Il me fallut un peu de temps pour réviser le sujet des comptes personnels et comprendre où se trouvait tout son argent. Il y avait plusieurs comptes de dépôt, mais un seul dont il se servait de façon active. Il devait être suffisamment approvisionné pour couvrir tout achat spontané ou tout voyage, mais pas assez pour que la perte ou le vol de sa carte de débit soit un désastre. Il y avait un compte pour sa mère. Sa pension y était virée le premier de chaque mois et elle en dépensait chaque centime. Il y avait des comptes pour chacun des gardiens de ses différentes habitations. Je réalisai alors qu'ils ne faisaient pas que maintenir les lieux propres. Ils faisaient plus de la gestion de bien. Il les payait généreusement, quoiqu'il ne le sache probablement pas. Ils se servaient des comptes pour régler les dépenses nécessaires à la propriété. L'une de mes activités était de m'assurer qu'ils avaient ce dont ils avaient besoin, mais n'abusaient pas de cet accès facile au compte.

Je compris autre chose. Il était vraiment très riche. Et il avait raison lorsqu'il disait qu'il aurait été incroyablement aisé pour moi de le voler sans que personne ne s'en rende compte. Bien entendu, cela ne m'effleura même pas l'esprit.

Les semaines s'écoulèrent. Certains jours, il me manquait encore horriblement, ceux où la moindre chose me le rappelait. Nos dîners, ses moqueries, me réveiller à ses côtés tous les matins. Mais d'autres jours, penser à lui me faisait sourire, alors la douleur dans ma poitrine devenait presque supportable.

Le sexe me manquait aussi. Ce n'était pas forcément lié. Plusieurs fois, je songeai à aller aux bains-douches, mais au bout du compte, je ne le faisais jamais. Bizarrement, j'avais l'impression que trouver un autre partenaire, même anonyme, serait la goutte d'eau de trop. Ce serait reconnaître ma défaite, accepter que je l'aie perdu à jamais. Je n'étais pas encore prêt à le faire.

Je vivais avec lui par le biais de ses comptes en banque. Il se servait de sa carte de débit pour tout. Même s'il s'écoulait quelques jours avant que le compte soit débité, je reformais le puzzle de ce qu'il faisait. Je savais toujours dans quelle ville il se trouvait. Je le vis dépenser huit mille dollars dans une galerie d'art à New York et je me demandai ce qu'il avait acheté exactement. Je le vis manger dans son restaurant préféré à Paris et je me demandai s'il était seul.

Ce n'était pas très sain, je le savais, mais cela m'aidait à tenir. Cela me connectait à lui, même de façon ténue.

Mes jours ne suivaient plus de rythme clair. Mon temps m'appartenait. Il m'avait offert une liberté que je n'avais pas connue depuis l'université et je la savourais. J'avais donné la plupart de mes costumes à une œuvre de charité, mais gardé toutes les cravates qu'il m'avait achetées. Je portais des jeans ou des shorts comme les gens normaux. Je ne me rasais plus tous les jours. Parfois, ma maison me faisait l'effet d'une tombe. J'allais alors travailler au café avec mon ordinateur. Je courais encore presque tous les jours, mais plutôt que de le faire à cinq heures pour échapper à la chaleur de l'Arizona, j'attendais souvent vingt-et-une ou vingt-deux heures, après le coucher du soleil.

Et enfin, un an après qu'il m'avait offert le bon, je sautai en parachute. Ce fut à la fois le moment le plus effrayant et le plus exaltant de ma vie. Je ne fus même pas surpris que Cole ait eu raison. Je rêvais de voler.

Six semaines après avoir accepté ce travail, je décidai de sortir de chez moi. Je pris mon ordinateur et m'installai à un café non loin qui offrait le WiFi gratuit. Je commandai une salade de maïs et un verre de vin. C'était un nouveau symbole, petit – mais important – de ma nouvelle vie : j'avais le droit de boire du vin au déjeuner. Il n'y avait pas de bureau où retourner, pas de client à convaincre, personne qui pourrait me le reprocher. Je souris en demandant un verre de Sauvignon blanc, car j'imaginais la tête de Cole si je prenais du Chianti.

En attendant ma nourriture, je me connectai à ses comptes en banque. Deux jours plus tôt, il avait pris un billet de Paris à New York. Regarder le numéro du vol sur le site Internet de la compagnie d'aviation ne fut pas difficile. Il arriverait tard dans l'après-midi du lendemain. Je me demandai s'il passerait alors ses nuits avec Raul. Cette idée déclencha une vive douleur dans ma poitrine, alors je la repoussai.

— Nous avons déjà réservé !

Cette phrase attira mon attention. Elle arrivait d'une table près de moi où un jeune couple déjeunait. L'homme portait un costume et une mallette reposait contre les pieds de sa chaise. La femme luttait contre les larmes. C'était elle qui avait parlé. Elle avait chuchoté avec intensité, essayant de toute évidence de contrôler sa voix sans y arriver complètement.

— Cela fait des mois que nous prévoyons ce voyage !

— Que veux-tu que je fasse ? lui demanda-t-il. Si je refuse, ils donneront le dossier à Connor.

— Qu'ils lui donnent !

— Claire, tu n'es pas raisonnable. C'est l'occasion que j'attendais. Que *nous* attendions pour…

— La seule chose que j'attendais, c'était notre anniversaire de mariage !

— Peut-être que l'année prochaine…

— C'est ce que tu as dit l'année dernière !

— Tu peux quand même y aller, Claire. Autant utiliser les billets.

— *Toute seule* ?

—Oui. Pourquoi pas ? Tu t'amuseras. Carrie pourrait t'accompagner…

La sonnerie de son téléphone l'interrompit. Essuyant ses larmes d'un geste rageur, Claire s'appuya contre le dossier de sa chaise et croisa les bras.

Cet idiot répondit au téléphone.

— Mike à l'appareil.

Cela me rappela mon premier rendez-vous avec Cole, celui où il était parti. Je m'étais comporté comme un véritable abruti, tellement pris par ma course à la promotion que je n'étais même pas capable d'apprécier mon dîner. Et malgré la sonnerie constante de mon téléphone, il m'avait quand même donné son numéro et dit de l'appeler.

Et s'il ne m'avait pas donné cette deuxième chance ? Et si je ne l'avais jamais saisie ?

Mike parlait encore.

— Bien sûr, monsieur. Ce n'est pas un problème, je vous l'assure.

Claire se leva, prit son sac et sortit du café.

Mike ne la suivit pas.

Et soudain, avec une douloureuse clarté, je compris quel idiot j'étais. Julia me l'avait dit. Mon père me l'avait dit. Pourquoi j'avais mis autant de temps à comprendre qu'ils avaient raison, je n'en savais rien.

Plus de dix ans plus tôt, dans un appartement du Colorado, j'avais fait mon sac et j'étais parti, en laissant ma chatte. Pas parce que je ne voulais pas d'elle, mais parce que j'étais certain que je ne partais pas pour de bon. J'étais certain que Zach me supplierait de revenir. J'avais attendu et attendu, et il m'avait manqué.

Il n'avait jamais appelé.

Mon propre passivité m'avait déjà coûté l'homme que j'aimais par le passé. Mais avais-je appris la leçon ? Apparemment non. J'étais plus vieux, mais pas plus sage, à attendre que Cole comprenne qu'il m'aimait autant que je l'aimais. À attendre qu'il comprenne que nous étions faits l'un pour l'autre. À attendre qu'il appelle.

Et s'il ne le faisait jamais ?

Je n'avais pas envie de reconnaître que c'était définitivement fini entre nous. Mais si j'attendais qu'il reconnaisse avoir tort, ou qu'il change sa vie de nomade, j'attendrais jusqu'à la fin de ma vie.

Je réservai l'avion avant même de quitter le café. J'allais directement chez Julia.

— Pourrais-tu t'occuper de ma maison quelque temps ?

— Bien sûr.

Je n'avais pas voyagé depuis des mois, mais elle avait toujours la clé.

— Combien de temps seras-tu absent ?

— Je ne sais pas encore. Je t'appellerai.

— Où vas-tu ?

— À sa poursuite.

Elle me sourit.

— Il était temps.

LE VOL Phoenix-New York durait six heures. Six heures pour imaginer toutes les façons dont les choses pourraient se terminer.

Chaque instant était un test de patience. L'embarquement avait fait battre mon cœur à tout rompre. Trouver ma place m'avait donné les mains moites. Le décollage avait failli me déclencher une crise de panique : il n'y avait plus de retour possible. On m'avait donné des bretzels (les cacahouètes n'étaient plus autorisées) et un shot minuscule de Sprite On the Rocks. Ce qu'il me fallait, c'était un Valium, mais cela m'aurait étonné que l'hôtesse en ait dans sa petite desserte branlante.

Tous les choix que j'avais faits m'avaient mené là, dans cet avion. Tout ce que je désirais était à l'autre bout de cette traversée terrifiante du pays. Et si cela se passait mal ? Et s'il ne voulait pas de moi ?

À l'aéroport, je louais une voiture et me dirigeai vers sa maison des Hamptons. Elle était, certes, moins ostentatoire que beaucoup d'autres dans le quartier, mais elle devait bien valoir un petit million. C'était une demeure aux allures de ranch, aux grandes pièces ouvertes, dotée d'une cuisine extraordinaire qui avait dû être refaite pour répondre aux exigences de Cole. Je fus surprise de trouver la photo sous-marine de notre visite à New York pendue dans le salon. Je partis à la recherche de la chambre et ce que j'y découvris me fit sourire. Malgré l'été, il y avait une couette épaisse sur le lit. Et sur le mur, une autre photo venue de la même galerie d'art : celle de flocons de neige parmi les trembles aux branches dénudées.

Dans le jardin, je trouvai une piscine au milieu d'un gazon parfaitement tondu et de magnifiques buissons de fleurs.

Je tombai aussi sur le jardinier.

Cole m'avait dit que si je le voyais, je comprendrais, et il avait raison. D'une vingtaine d'années, Raul avait la peau d'un mat profond et les cheveux d'un noir de jais. Il ne portait que des tennis en toile et un short en jean incroyablement court. Il arrachait des mauvaises herbes à genoux dans l'une des plates-bandes. Il avait un corps fort et musclé, tout à fait fantastique. Il releva vers moi un visage de dieu des temps anciens et je m'arrêtai net.

— Bonjour, me dit-il avec un sourire.

J'essayai de le lui rendre, ce fut un échec cuisant.

— Vous devez être Raul.

— Et vous, le petit ami, répondit-il d'un ton léger.

— Qu'est-ce qui vous fait dire ça ?

Son sourire se fit plus large et amical. Il haussa les épaules et retourna à ses fleurs.

— Disons que cela fait très longtemps que je ne m'occupe plus que du gazon.

Et soudain, je pus sourire, enfin.

J'étais en train de cuisiner de la façon la plus authentique possible lorsque j'entendis Cole arriver. Je l'écoutai s'agiter dans le salon et je cherchai le courage de l'affronter. C'était la raison pour laquelle j'étais venu jusqu'à New York. Je ne pouvais plus vraiment faire demi-tour. J'espérai un instant qu'il m'épargnerait cette décision en entrant dans la cuisine, mais non. En fait, je ne l'entendais même plus. Je passai en silence dans le salon.

Il était dos à moi. Il avait déjà retiré ses chaussures et, pieds nus, parcourait la pile de courrier que Margaret avait laissée pour lui sur la commode près de la porte. Il fallait que je dise quelque chose, mais je ne trouvais pas ma voix. Six semaines seulement s'étaient écoulées depuis la dernière fois que je l'avais vu, pourtant, elles m'avaient semblé durer un millénaire. J'avais l'impression qu'il aurait dû avoir changé, mais non. Il portait le même style de vêtement, avait la même coupe de cheveux. Sa silhouette fine était identique. J'espérais de tout mon cœur que son odeur était toujours la même aussi.

Je ne savais que lui dire, mais je mourais d'envie de le toucher. Je fis quelques pas hésitants vers lui. Au quatrième, le sol grinça sous mon pied.

— C'est vous, Margaret ? demanda-t-il.

Puis il se retourna et manqua me rentrer dedans.

Il fit un bond en arrière et se cogna contre la commode derrière lui. Seul le mur derrière elle l'empêcha de basculer.

— Dieu du ciel, Jon ! Tu m'as fichu une peur bleue !

— Je ne voulais pas t'effrayer.

Je l'avais tellement pris par surprise qu'il avait prononcé mon nom. Je ne pus retenir un sourire. Il sembla s'en rendre compte au même moment, car il s'empourpra et se détourna vivement.

— Comment savais-tu que je serais là ?

— J'ai accès à tous tes comptes. J'ai vu le paiement du billet d'avion.

— Et as-tu trouvé la porte ouverte ou bien t'entraînes-tu au crochetage ?

J'entendais la cadence chantante de sa voix refaire surface, en même temps qu'il remontait ses murailles.

— Je signe les chèques de Margaret. La convaincre de m'ouvrir n'était pas difficile.

Il garda un instant le silence. Lorsqu'il reprit la parole, ce fut d'une voix plus basse.

— Pourquoi es-tu là ?

Je fis un pas vers lui. Il resta immobile. Quand je mis les mains sur ses bras, il se raidit de façon notable. J'hésitai un instant, je ne voulais pas le provoquer trop, trop vite, mais j'avais attendu si longtemps. Je ne supportais pas de ne pas le toucher. Je m'approchai assez pour mettre le nez dans ses cheveux et sentir l'odeur de son shampoing à la fraise. C'était tellement ridicule, pourtant, j'en eus les larmes aux yeux. Parler me demanda un effort.

— Je suis venu te dire que je ne te laisserai plus me fuir.

— Parce que c'est ce que j'ai fait ?

— Oui. Et j'ai été assez bête pour te laisser faire. Mais c'est terminé. Nous sommes faits l'un pour l'autre et tu le sais.

— C'est une très mauvaise idée, chéri, dit-il d'une voix inégale. Vraiment. Cela ne marchera jamais.

— C'est une excellente idée et tu le sais. Tu fais juste ta tête de mule.

— Tu vas te lasser de moi, mon cœur, et…

— Arrête !

Je fus surpris qu'il obéisse.

— Depuis notre rencontre, nous avons tout fait à ta manière. Je t'ai toujours suivi. Mais je refuse de te laisser détruire notre relation parce que tu as peur.

Je le sentis trembler, alors je l'enlaçai.

— Je...

— Tais-toi !

—... t'aime. Je veux être à tes côtés. Je ne supporte pas d'être loin de toi. De ne pas pouvoir te toucher. De me demander où tu es, ce que tu fais. Et plus que tout, j'ai horreur de ne pas savoir quand tu rentreras enfin.

— Je n'aime pas non plus être loin de toi, murmura-t-il, mais je ne peux pas rester à Phoenix, chéri. Pas tout le temps.

— Je sais.

— Que feras-tu quand je partirai ?

— Je te suivrai.

Il garda un instant le silence, mais quand il reprit la parole, j'entendis l'espoir dans sa voix.

— N'importe où ?

— Partout.

Il cessa de respirer et tenta de s'écarter, mais je resserrai mon étreinte. Le souffle inégal, il se figea. Je savais qu'il essayait désespérément de ne pas pleurer à nouveau devant moi.

— Lâche-moi, chuchota-t-il, mais je ne fis que le serrer plus fort.

— Arrête de lutter, Cole. Arrête de lutter contre moi.

— Je ne veux pas que tu me voies comme ça, dit-il d'un ton tremblant.

Je posai les lèvres sur la tache de naissance sur sa nuque et le sentis frissonner.

— Ça ne me gêne pas. Tu n'as pas à te cacher de moi, Cole. Tu n'as pas à faire semblant. Je connais le visage que tu montres au reste du monde et je sais ce qui se trouve dessous. Je sais que tu crois devoir le dissimuler, mais il ne fait que renforcer mon amour.

Il s'affaissa alors dans mes bras. Je sentis le mur entre nous s'écrouler lorsqu'il se laissa enfin aller et libéra ses larmes.

— Je suis une horreur, dit-il à moitié en plaisantant, à moitié sérieux. Je suis exigeant, capricieux et terriblement difficile à vivre.

Je ris sans même le vouloir.

— Crois-tu vraiment que je ne sais pas tout ça, depuis le temps ?

— Alors, comment peux-tu m'aimer ?

Sans desserrer mon étreinte, je continuai à l'embrasser dans le cou.

— Comment ne puis-je pas ?

Cela faisait trop longtemps que je n'avais pas pu le toucher. Une partie de moi voulait le serrer toute la nuit. L'autre n'avait qu'une envie, c'était de l'entraîner dans la chambre, de lui arracher ses vêtements et de lui faire l'amour pendant une éternité.

— Cole, murmurai-je. Je ne peux pas vivre sans toi.

— N'est-ce pas terriblement cliché, chéri ?

— Ça ne le rend pas moins vrai. J'ai besoin de toi.

— Mais pourquoi ?

— Pour te moquer de moi quand je suis trop sérieux. Pour me rappeler qu'il y a beaucoup plus important dans la vie que de monter en grade.

— Je suis certain que tu t'en sortirais sans moi, mon cœur.

Et j'étais heureux d'entendre ce petit nom-là, car cela voulait dire qu'il cédait.

— Qui d'autre fera attention à ce que je ne boive pas de Chianti avec un homard Alfredo ?

Il se mit à rire.

— Je t'aime, et je ne te laisserai plus m'empêcher de le dire.

Il dut prendre un instant et une profonde et tremblante inspiration avant de répondre.

— Je ne veux pas t'en empêcher, dit-il doucement. Pas vraiment.

J'en eus la gorge nouée. Je le serrai plus fort. Je mis les lèvres contre le papillon sur sa nuque et répétai :

— Je t'aime.

Enfin, il se détendit complètement dans mes bras. Il s'appuya contre moi avec un doux soupir de capitulation. Je sus alors que j'avais gagné.

— Jonathan, dit-il tout bas. Je t'aime aussi.

Toute la peur et l'anxiété que j'avais ressenties en venant ici, ma nervosité quand je l'avais vu, le soulagement de l'enlacer à nouveau, le bonheur d'entendre enfin ces mots, savoir qu'il était à nouveau à moi... Ce fut trop. Soudain, ce fut à mon tour de lutter contre les larmes. Il dut le sentir, car il se retourna et passa les bras autour de moi.

— Tu ne m'as pas du tout manqué, réussis-je à murmurer d'une voix rauque.

— Tu ne m'as pas manqué non plus, répondit-il doucement. Encore moins chaque minute de chaque jour passant.

Nous nous enlacions avec force. Sa peau était douce et chaude, ses cheveux sentaient la fraise, comme toujours. Et je me sentais bien.

— Ne me laisse plus, je t'en prie, suppliai-je.

Ma voix se brisa sur ces mots.

— Je n'ai jamais voulu te quitter, mon cœur.

— Alors pourquoi ?

— Je ne pouvais pas rester. Et tu étais trop fier pour venir avec moi.

— Mais…

Je dus prendre le temps d'y réfléchir, ce qui m'aida à me calmer. Et à reprendre mon sang-froid. Il avait raison. Par deux fois, il m'avait demandé de venir avec lui. Mais j'avais été trop orgueilleux pour le laisser m'entretenir. Et avec un travail de bureau ordinaire, j'aurais été coincé à Phoenix. Je n'aurais jamais eu la liberté de venir le retrouver si je ne travaillais pas pour lui. Je m'écartai assez pour voir son visage.

— Mais tu m'as offert le poste…

— C'était un coup de chance pur que Chester prenne sa retraite, mais j'espérais que tu changerais d'avis.

— Pourquoi ne l'as-tu pas dit ?

— J'avais l'impression que cela devait venir de toi.

Il haussa les épaules.

— Peut-être était-ce ridicule. Mais je ne voulais pas que tu croies que je me servais de ce travail pour te manipuler. Et je voulais vraiment que tu l'acceptes. Que tu me rejoignes ou non, je savais que je pouvais te faire confiance.

Il mit les bras autour de mon cou et frôla mes lèvres des siennes.

— Cela fait des siècles que je t'attends, mon cœur. J'avais presque renoncé. Qu'est-ce qui t'a pris si longtemps ?

Je ne pus m'empêcher de rire.

— Soit je suis un crétin, soit tu dois travailler ta communication.

Il sourit.

— Cela peut être un peu des deux.

— J'ai rencontré Raul, tout à l'heure.

— Et ?

— Je vais peut-être devoir le virer.

Il rit. C'était si bon à entendre. Déjà, j'avais l'impression que tout était redevenu normal, que tout était parfait. Je l'embrassai dans le cou et il renversa la tête afin de me faciliter l'accès à la peau douce qui s'y trouvait.

— Je t'ai préparé le dîner, dis-je en y déposant un baiser.

— Oh oh, fit-il d'une voix malicieuse. Est-ce de la pizza surgelée ?

— J'aimerais dire qu'il s'agit de nouilles sautées au homard, mais il s'agit en fait de sandwiches à la viande hachée.

— Et le vin ?

— J'ai acheté du Chardonnay à la pêche.

— Mais quelle horreur, chéri ! Le Merlot à la mûre est un bien meilleur choix.

— Il n'y en avait plus.

J'avais les mains baladeuses. Je soulevai sa chemise pour sentir la peau douce de son dos. Je le poussai jusqu'à ce qu'il s'assoie sur la commode derrière lui. Il referma les jambes autour de ma taille et me laissa me presser contre lui.

— Je sais que tu dois mourir de faim et que je devrais te laisser manger. Mais j'ai trop envie de te déshabiller.

— Je ne sais que te dire, déclara-t-il. J'ai faim, mais je suis certain que j'entends ta viande brûler. Ce doit être immangeable, maintenant.

Je l'embrassai en déboutonnant son pantalon. Je rentrai la main dans sa braguette ouverte et caressai la bosse dans son slip.

— Il y a toujours de la pizza surgelée.

Il retint un instant son souffle, puis dit d'une voix haletante :

— Et si nous sautions le dîner et passions directement au dessert ?

— Des fraises ?

— C'est parfait, mon cœur.

— Je ne peux plus en manger depuis que tu es parti.

— Ont-elles toujours le même effet sur toi ? demanda-t-il avec un sourire malicieux.

— Pour dire la vérité, oui.

Il rit, passa les bras autour de mon cou et m'attira vers lui.

— Je suis ravi de l'entendre.

Date : 30 septembre
De : Cole
À : Jared

SEIGNEUR, MON doux, veux-tu bien cacher ta satisfaction ? Si tu continues à te vanter, tu deviendras insupportable. Dis au grand méchant flic avec qui tu vis que je suis navré d'avoir transformé son partenaire tendre et aimant en un tel donneur de leçons. Comme s'il ne me détestait pas déjà assez.

Bon, très bien, je le reconnais, tu as raison. Jonathan et moi sommes à nouveau ensemble et tout sent la rose (et la fraise). Pour dire vrai, je n'ai jamais été aussi heureux. Et non, je ne te remercierai pas. Tu es déjà bien assez fatigant !

Nous sommes de retour à Phoenix et nous y resterons au moins quelques semaines. Nous sommes là pour l'anniversaire de George, car personne ne devrait passer son anniversaire en solitaire. J'ai décidé de lui acheter un abonnement annuel aux matches des Diamondbacks. Je voulais lui offrir un box VIP, mais Jonathan dit que c'est trop ostentatoire et les places du petit champ sont suffisantes. Petit champ, grand champ, quelle est la différence, vraiment ? Et je me suis dit, autant que George soit assez près pour voir les hommes sur le terrain (même s'il ne les apprécie pas comme il faut) alors j'ai pris un box de troisième base. Il était si heureux qu'il en a presque pleuré. Quant à Jonathan ? Mon loup, il a crié au scandale ! Comment pouvais-je savoir qu'il m'avait interdit tous les box ? Il aurait dû être plus précis, ne crois-tu pas ? Franchement, cet homme est d'un agaçant ! C'est incroyable que je le supporte.

Enfin, ce n'est rien de grave. Je m'excuserai et Jonathan me pardonnera. De plus, pourquoi ne dépenserais-je pas mon argent au profit de George si j'en ai envie ? J'ai une famille, désormais. Une toute petite famille, puisqu'à Jon et moi, nous n'avons qu'un seul véritable parent, mais une famille tout de même. J'adore vraiment George, et pour dire vrai, je crois qu'il m'apprécie. Et pas seulement à cause de l'abonnement.

Il faut que j'y aille, mon doux, mais avant cela, il y a quelque chose que je meurs d'envie de te dire. Je n'ai jamais pu avant. Je pouvais à peine me l'admettre à moi-même, tellement cela semblait impossible.

Mais plus maintenant.

Je le dirai à Jonathan, bien sûr, quand le courage me viendra. Il comprendra. Mais je te le dirai à toi, d'abord. Je veux savoir ce que cela fait de coucher ces mots à l'écrit. Je veux savoir ce que cela fait de les laisser prendre vie, de reconnaître qu'un jour, peut-être, ce vœu sera lui aussi exaucé. Tu sais, Jared...

J'ai toujours voulu être père.

Marie Sexton

JE TE LE JURE

Coda, numéro hors série

Jared Thomas a vécu toute sa vie dans la petite ville montagnarde de Coda, dans le Colorado. Il ne s'imagine vivre nulle part ailleurs. Malheureusement, l'unique autre homme gay en ville a deux fois son âge et a été son professeur, alors Jared s'est résigné à passer sa vie tout seul.

Jusqu'à ce que Matt Richards débarque dans sa vie. Matt vient d'être embauché par le commissariat de la ville de Coda et Jared et lui sont aussitôt devenu amis. Matt prétend qu'il est hétéro, mais pour Jared, avoir un ami sexy comme Matt est beaucoup trop tentant. Face à la liaison de Matt avec une femme de la région, la désapprobation de sa famille, le harcèlement des collègues de Matt, Jared craint qu'ils ne trouvent jamais le moyen d'être ensemble… s'il arrive déjà à convaincre Matt d'essayer.

www.dreamspinner-fr.com

DE A à Z

Marie Sexton

Coda, numéro hors série

Zach Mitchell est enlisé dans sa routine. Ça fait dix ans que son petit ami de fac l'a quitté, pourtant Zach vit toujours dans le même appartement, conduit la même voiture et continue à nourrir la chatte ingrate de son ex. Son vidéo club de Denver, De A à Z, est en difficulté. Il a des clients ennuyeux, des voisins excentriques et vit une romance inintéressante avec son propriétaire, Tom.

Angelo Green, un insolent en bottes de combat, a grandi dans des familles d'accueil et se débrouille seul depuis qu'il a seize ans. Il n'a jamais appris à faire confiance ou à aimer. Il refuse aussi les relations sérieuses, alors quand il commence à travailler à De A à Z, il décide que Zach lui est strictement interdit.

Malgré leurs différences, Zach et Angelo se lient rapidement d'amitié. Quand la rupture de Zach et Tom met le vidéo club en péril, c'est Angelo qui trouve la solution. Avec l'aide de Jared et Matt, leurs amis de Coda dans le Colorado, Zach et Angelo trouveront le moyen de sauver De A à Z, mais pourront-ils aussi se sauver l'un l'autre ?

www.dreamspinner-fr.com

LA
LETTRE Z

Marie Sexton

Suite de *De A à Z*
Coda, numéro hors série

Zach et Angelo se sont faits à leur nouvelle vie à Coda dans le Colorado. Avec l'aide de leurs amis Matt et Jared, ils ont trouvé leur place dans la communauté. Zach et Angelo explorent aussi les particularités de leur relation, mais quand ils prennent une décision que Jared désapprouve, Angelo se fâche avec le meilleur ami de son partenaire. Et le partenaire de son meilleur ami.

Lorsqu'ils décident de partir quelques jours à Las Vegas, Angelo croit que Jared et lui sont sur la voie de la réconciliation. Mais lorsqu'ils rencontrent par hasard l'ex-petit ami de Zach, Angelo se remet en question, ainsi que leur relation. Matt et Jared ont toujours été là lorsque Zach et Angelo ont eu besoin d'aide. Mais quand il s'agit de leur relation, leurs amis pourraient plus être le mal que le remède.

www.dreamspinner-fr.com

SUFFISAMMENT NORMAL

MARIE SEXTON

LA GUERRE DES MOTEURS

La guerre des moteurs, numéro hors série

Qu'est-ce qui est "normal" ?

Quand Brandon Kenner entre dans le garage de Kasey Ralston avec sa Chevelle SS 454 de 1970, Kasey est sous le choc, à la fois à cause de l'homme et de sa voiture. Mais Kasey cache un secret des plus embarrassants : son amour pour les vieilles muscle cars qui va bien au-delà de ce que l'on pourrait considérer comme normal. Cet attrait inhabituel avait conduit Kasey à rester isolé — à l'écart de sa famille, et même à distance de ses collègues de travail.

Mais quand Brandon découvre le secret du mécano, il n'est pas repoussé. En fait, il trouve même Kasey intrigant, et est bien déterminé à l'avoir pour lui tout seul.

Absolument tout chez Brandon fait ronronner le moteur de Kasey, et il est plus que motivé à se salir les mains en compagnie de cet homme des plus charmants. Les inquiétudes de Kasey viennent plus de ce qui pourrait se passer ensuite. Y a-t-il une chance pour qu'ils aient un futur ensemble ? Dans le passé, l'espoir d'une relation à long terme l'avait toujours conduit à de cruelles déceptions. Mais Kasey ne peut s'empêcher d'espérer qu'en dépit de ses penchants, Brandon sera l'exception.

www.dreamspinner-fr.com

MARIE SEXTON vit dans le Colorado. C'est une grande fan de tout ce qui peut provoquer un empilement de jeunes hommes musclés, particulièrement les Denver Broncos dont elle aime aller voir les matchs avec son mari, ainsi que ses amis imaginaires qui l'accompagnent fréquemment. Marie a une fille, deux chats, et un chien, chacun d'entre eux se dédiant corps et âme à détruire ce qui lui reste de santé mentale. Mais elle les aime quand même.

Facebook: www.facebook.com/MarieSexton.author

Par MARIE SEXTON

CODA
Je te le jure
De A à Z
La lettre Z
Des fraises en dessert

LA GUERRE DES MOTEURS
Par L.A. Witt : Les derniers en lice
Suffisamment normal

Publié par DREAMSPINNER PRESS
www.dreamspinner-fr.com